Die Toten vom Kinzigtal

Matthias Fischer, geboren 1964 in Hanau, wuchs in Bruchköbel auf. Er studierte evangelische Theologie in Oberursel und Mainz und absolvierte sein Vikariat in Wächtersbach. Seit 1994 ist er evangelischer Pfarrer in einer Gemeinde im Kinzigtal sowie in der Notfallseelsorge, seit 1986 studiert er außerdem Kampfkunst. Matthias Fischer ist Vater dreier Kinder.

MATTHIAS FISCHER

Die Toten vom Kinzigtal

KRIMINALROMAN

emons:

Bibliografische Information der Deutschen Nationalbibliothek
Die Deutsche Nationalbibliothek verzeichnet diese Publikation in der Deutschen Nationalbibliografie; detaillierte bibliografische Daten sind im Internet über http://dnb.d-nb.de abrufbar.

MIX
Papier aus verantwortungsvollen Quellen
FSC® C083411
FSC
www.fsc.org

Umschlagmotiv: photocase.com/maspi
Umschlaggestaltung: Tobias Doetsch
Gestaltung Innenteil: César Satz & Grafik GmbH, Köln
Lektorat: Susann Säuberlich, Neubiberg
Druck und Bindung: CPI – Clausen & Bosse, Leck
Printed in Germany 2015
ISBN 978-3-95451-481-6
Originalausgabe

Dieser Roman wurde vermittelt durch die
Medienagentur Gerald Drews, Augsburg.

Für Paula, Damian und Sarah

Prolog

Sie war mit dieser Art der Verabredung vertraut. In gewisser Weise mochte sie diese Blind Dates. Oft hatte ihr Gegenüber sogar der Beschreibung entsprochen, die sie zuvor von ihm erhalten hatte. Diesmal wusste sie nichts über den Mann. Der Treffpunkt, den er angegeben hatte, lag irgendwo in der Provinz zwischen Frankfurt am Main und Fulda. Der Ort hatte ihr nichts gesagt. Das Navigationsgerät hatte sie zu diesem Café gelotst.

Nun saß sie an einem Tisch und gönnte sich ein Stück Sachertorte zum Kaffee. Nach der anstrengenden Autofahrt aß sie in fast meditativer Ruhe. Ab und zu blickte sie durch das Fenster auf den kleinen Platz, auf dem ein Brunnen an die Geschichte des Städtchens erinnerte.

Ihr war gesagt worden, er wollte sich nicht in der Öffentlichkeit zusammen mit ihr zeigen. So erwartete sie seinen Anruf, während die Gabel den Schokoladenguss aufbrach und ein weiteres Stück von der Torte schälte. Bevor sie das Stück zerkaute, hielt sie es einen Augenblick lang im unbewegten Mund, gerade so lange, dass die Schokolade flüssig zu werden begann und ihre Zunge mit Kaskaden von süßen Aromen überflutete.

Das Mobiltelefon in ihrer Handtasche meldete sich. Eilig bemühte sie sich, wieder aus der Versenkung im Reich der Gaumenfreuden heraufzusteigen. Noch kauend holte sie das Handy aus der Schutzhülle. Doch er hatte nicht angerufen. Der Eingang einer neuen SMS wurde angezeigt. Er bestellte sie in ein Landhotel, irgendwo im Nirgendwo. Langsam begann sie dieses Versteckspiel zu nerven. Betrachtete er das etwa als eine Art Vorspiel, bevor sie endlich zur Sache kamen?

Sie traf die Männer, die mit ihr ins Bett gingen, meistens nur einmal. Vorher waren sie Fremde für sie, und nachher verblassten die Gesichter in ihrer Erinnerung fast ebenso schnell wie der Geruch von teurem Aftershave auf ihrer Haut.

Sie überlegte einen Augenblick lang, ob sie das Ganze abblasen sollte. Ein ungutes Gefühl machte sich in ihrer Magengegend breit und verdarb ihr den Genuss des restlichen Tortenstücks. Es war wie ein gelbes Ampellicht. »Sei vorsichtig! Bleib lieber stehen und fahr nicht weiter!«, war die Botschaft, die sauer in ihr aufstieg. Sie schob ihre Bedenken beiseite und spülte den sauren Geschmack mit einem großen Schluck Mineralwasser weg.

Sie machte das schon eine ganze Weile, und es war immer gut gegangen. Warum sollte es diesmal anders sein? Gut, der Typ hatte eigenartige Marotten. Aber vielleicht hatte ihm eine eifersüchtige Ehefrau einen Privatdetektiv auf den Hals gehetzt, um jeden Fehltritt zu dokumentieren. »Es ist nicht leicht, einen guten Schnüffler hinters Licht zu führen«, sagte sie zu sich selbst, als sie das Café verließ.

Im Wagen gab sie die neue Adresse in das Navigationsgerät ein, schnallte sich an und fuhr los. Die Landschaft, die sie kaum wahrnahm, war mit einer dünnen, harten Frostschicht überzogen. Die Sonne schaffte es nur, den Nachmittag in ein mildes Licht zu tauchen. Ihre Wärme ließ der trockene, bitterkalte Ostwind nicht zu, der seit Wochen die Welt mit seiner eisernen Hand umklammerte.

Sie sah nur wenig Menschen auf ihrer Strecke. Alle waren in dicke Winterkleider eingepackt. Besonders die Kinder sahen darin lustig aus, fand sie. Sie selbst hatte als Kind weniger gehabt; weniger Kleidung, weniger Spielsachen und weniger Temperatur in der nur mäßig beheizten Wohnung. Bis die Wolke kam. Danach hatte sie gar nichts mehr. Nur Leid und Elend.

Sie konzentrierte sich wieder auf die Straße, die kurvenreich durch die Täler und über die Hügel verlief. Als sie später durch einen Ort fuhr, zeigte ihr das Navigationsgerät, dass sie in fünfhundert Metern nach links abbiegen musste. Die Dämmerung hatte eingesetzt, und sie wäre trotz des Bordcomputers an der Abzweigung vorbeigefahren, hätte sie nicht die Hinweisschilder gesehen, die die Richtung zum Landhotel zeigten.

Nur langsam fuhr sie den asphaltierten Weg entlang, der im Schatten des Waldes lag. Als sie den Wagen vor dem Anwesen parkte, hätte ihr eigentlich auffallen müssen, dass nirgendwo drinnen ein Licht brannte. Aber sie war viel zu müde von den langen Autofahrten an diesem Tag und viel zu bedacht darauf, ein freundliches Lächeln und eine gute Portion positiver Ausstrahlung zur Schau zu stellen, sodass sie es zunächst nicht bemerkte.

Vom Fenster ihrer Fahrertür aus sah sie, wie einige Meter weiter ein Paar Scheinwerfer zweimal aufblendete. Sie stieg aus und ging auf den Wagen zu. Da war es wieder, das gelbe Ampellicht in ihrem Bewusstsein. Sie sah sich hastig um. Nirgendwo stand ein weiterer Wagen. Es schien keine Gäste zu geben, keinen Hotelbetrieb. Sie war an einem gottverlassenen Ort ganz allein und verkürzte mit jedem ihrer Schritte die schützende Distanz zu einem Kerl, den sie nicht kannte, von dem sie nicht einmal wusste, wie er hieß oder wie er aussah. Er hatte ihr eine Falle gestellt, und sie war wie ein dummes Schaf hineingetappt. Aber noch war es nicht zu spät. Noch konnte sie fliehen. Sie hörte kein Motorengeräusch. Bis der Fremde seinen Wagen gestartet hatte, konnte sie bei ihrem Toyota sein. Mit etwas Glück kam sie hier mit dem Schrecken davon.

Blitzschnell drehte sie sich um und rannte auf ihr Auto zu. Doch nachdem sie nur wenige Meter zurückgelegt hatte, gefroren ihre Bewegungen zu einer eisigen Starre. Im Licht des Scheinwerfers sah sie etwas, das aus der Richtung ihres Wagens auf sie zukam.

Es hatte nichts Menschliches an sich. Seine Bewegungen wirkten irgendwie steif und ungelenk. Und doch war es schnell. Nadelzweige hingen an dem unförmigen Körper herunter. Das Wesen schien ansonsten nur aus Eis und Schnee zu bestehen. Wo ein Gesicht hätte sein sollen, sah sie nur ein unförmiges Gebilde mit zwei dunklen Höhlen.

Sie schreckte zurück, unfähig, die Flucht in eine andere Richtung fortzusetzen. Dann war das Wesen bei ihr. Sie hörte sein Schnaufen, konnte aber keinen Mund sehen. Sie taumelte zurück und öffnete ihren Mund zu einem Schrei. Doch bevor der aus ihrer Kehle dringen konnte, spürte sie einen stumpfen Schlag in die Magengrube, gefolgt von einem stechenden Schmerz.

Sie bekam keine Luft mehr. Nicht genug Luft zum Atmen und schon gar nicht genug Luft für einen lauten Schrei.

Bevor ihre Lungen wieder bereit für einen tiefen Atemzug waren, fühlte sie eine Hand des Wesens auf ihrem Hinterkopf, die andere seitlich am Kinn. Der Ruck zur Seite kam schnell, zu schnell, als dass ihr Zeit geblieben wäre, mit ihrer Hals- und Nackenmuskulatur dagegenzuhalten.

Das knackende Geräusch, das ihre Halswirbel von sich gaben, als sie brachen, hörte sie schon nicht mehr. Sie war in die Falle getappt, nach so vielen Jahren hatte jemand sie drangekriegt und ihr den Hals herumgedreht – irgendwo im Nirgendwo.

Liebe und andere Schwierigkeiten

»Wie fandest du es?«

Christoph Caspari blickte kurz von der Straße hinüber zu Clara, die neben ihm auf dem Beifahrersitz saß.

»Eindrucksvoll. Bewegend.«

»Das ist alles? Nicht mehr?«

Caspari tat sich schwer, sein Erstaunen zu verbergen.

»Es irritiert dich, dass ich keine euphorische Nachlese halte?« Über Claras Gesicht huschte der Hauch eines Lächelns.

»Na ja, ein bisschen mehr Begeisterung habe ich, ehrlich gesagt, schon erwartet«, gab Caspari zu.

»Das war eine wundervolle und wirklich liebe Idee, glaub mir«, versicherte sie. »Im Grunde bin ich ja auch eine Opernliebhaberin. Aber die Geschichte von Tatjana und Eugen hat mich doch sehr an unser vorweihnachtliches Spektakel erinnert.«

Caspari riskierte noch einmal einen Blick weg von der Straße in ihre Augen. Da war sie wieder, diese ungezügelte Energie, die von ihnen ausging.

»Guck mich nicht so an, konzentriere dich lieber auf die Straße«, sagte sie amüsiert.

Caspari konnte sich keinen Reim auf ihr Verhalten machen. Er hatte schon vor Wochen zwei Karten für die Tschaikowski-Oper »Eugen Onegin« besorgt. Ein Kino in Hanau bot seit einiger Zeit Liveübertragungen von Aufführungen der »Metropolitan Opera« in New York in einem angenehmen Ambiente an.

Nachdem Caspari davon erfahren hatte, hatte er Clara so lange damit genervt, bis sie ihn bat, doch endlich Karten zu besorgen, damit sie sich nicht länger seine Vorträge über diese Form der modernen Teilhabe an Kultur anhören musste.

So hatte es Clara zumindest anderen in seinem Beisein immer wieder erzählt, um ihn damit aufzuziehen. Im Grunde war sie eine große Opernliebhaberin, das wusste er. Doch wie sie auf die Idee kam, Gemeinsamkeiten zwischen ihrem Leben als Paar und der Geschichte um Liebe zur falschen Zeit zu sehen, war ihm völlig schleierhaft.

»Hilf mir mal auf die Sprünge.«

»Tatjana verliebt sich in Eugen, als sie eine schwärmerische Sechzehnjährige ist«, erklärte Clara. »Doch Eugen weist sie ab, weil er sich als junger Mann noch nicht festlegen, sondern das Leben in vollen Zügen genießen will. Sechs Jahre später treffen sich die beiden wieder. Sie hat einen älteren, reichen Fürsten geheiratet, der sie abgöttisch liebt. Er ist ruhelos um die Welt gereist und erkennt nun bei dem Wiedersehen, dass er eigentlich immer nur Tatjana gesucht hat, die er doch abgewiesen hatte. Tatjana steht auch förmlich in Flammen, als sie ihn wiedersieht. Doch sie entscheidet sich dafür, bei ihrem Mann zu bleiben.«

»Gute Zusammenfassung. Doch was hat das mit Maria und mir zu tun?«, brummte Caspari, der langsam ungehalten über den Verlauf des Gespräches wurde.

»Also, nun sei mal nicht so begriffsstutzig«, forderte ihn Clara heraus. »Maria und du, das war doch auch eine Jugendliebe, gegen die du dich entschieden hast. Oder ging es von ihr aus? Nach etlichen Jahren taucht sie plötzlich wieder auf und macht dich total wuschig. Glaub mir, ich hätte nie gedacht, dass ich mal so um den Fortbestand unseres Verhältnisses bangen müsste. Und das, wo wir doch schon mit unseren Hochzeitsplanungen begonnen hatten.«

Caspari hatte seit den vergangenen eineinhalb Monaten schon öfter Claras Eifersucht zu spüren bekommen. Am Anfang gefiel es ihm sogar. Die Erfahrung, dass eine Frau meinte, ihre Ansprüche an ihn gegen eine andere verteidigen zu müssen, war neu für ihn.

Er selbst fand sich unattraktiv. Als zu wuchtig gebaut fühlte er sich schon sein ganzes Leben. Nur ungern betrachtete er sich in einem großen Spiegel. Dort blieb sein Blick immer an seinen Schwachstellen hängen. Für einen durchtrainierten Athleten war er um die Hüften zu breit, für den klassischen Intellektuellen strahlte er wiederum zu viel Körperkraft aus. Dabei war er beides, promovierter Akademiker und eifriger Anhänger der alten Kampfkünste Japans.

Clara hatte ihn aus seinen Selbstzweifeln und seiner Schüchternheit herausgeholt. Sie hatte in ihm den Mann gesehen, der er gern sein wollte. Doch nachdem Maria, seine Jugendliebe, mit einer gemeinsamen Tochter in der Adventszeit plötzlich aufgetaucht war, hatte sich Claras Temperament, das sie von ihrer irischen Mutter geerbt hatte, Bahn gebrochen. Selbst bei den kleinsten Meinungsverschiedenheiten musste sich Caspari anhören, dass er zu seiner »Hollywood-Liebe« gehen könne, wenn Clara ihm nicht passte. Immer wieder hatte er ihr versichert, dass er bei ihr bleiben wolle, weil er sie wirklich liebe. Eigentlich wusste sie das auch. Doch hin und wieder schien sie einfach noch einmal hören zu müssen, dass er es ernst meinte.

»Nun mach aber mal einen Punkt«, wehrte er sich. »Wann haben wir dieses Thema endlich durch? Muss ich demnächst vor jedem Theater- oder Opernbesuch genau prüfen, ob du vielleicht eine Parallele finden könntest?«

»Tut mir leid«, lenkte sie ein. »Ich bin wohl ein hoffnungsloser Fall in Sachen Eifersucht.«

Caspari hörte sie tief einatmen.

»Es war ein wirklich toller Abend. Anna Netrebko und alle anderen Künstler haben Unglaubliches geleistet. Wie man anspruchsvolle Arien ausdrucksstark und technisch perfekt singen kann, ohne sich die Seele aus dem Leib zu schwitzen, ist mir unbegreiflich.«

»Das sagst du nur, um mir die Laune nicht zu verderben«, hielt Caspari dagegen.

»Nein, das meine ich ganz ehrlich«, protestierte sie. Dann neigte sie ihren Kopf zu ihm, gab ihm einen warmen Kuss auf die Wange und hauchte ihm ins Ohr.

»Danke, mein Großer. Das war wirklich ein Erlebnis.«

***

Seine Träume quälten ihn. In jeder Nacht kamen sie und machten sich über ihn her. Selten konnte er sich an den Inhalt erinnern. Der Arzt hatte ihm empfohlen, sie aufzuschreiben, um den Dämonen der Nacht ihren Schrecken zu nehmen. Aber selbst die Träume, deren Schatten noch in seinem Gedächtnis geblieben waren, waren viel zu diffus, zu wirr.

Die Tabletten halfen auch nichts. Die machten nur müde und bildeten eine Brücke in den Schlaf. Doch in Morpheus' Armen warteten schon die Alpträume auf ihn und ließen erst wieder von ihm ab, wenn ihn der Wecker aus dem Schlaf holte.

Wenn er doch nur ein Bild, eine Sequenz oder gar eines der Gesichter mit in den Tag nehmen könnte, wo er die Kontrolle über seine Gedanken hatte.

Er saß ratlos und erschöpft in seinem Bett, auf dem sich die ersten Strahlen des Tageslichtes ausbreiteten.

Die schöne Tote

Caspari stieß sich auf dem Weg zum Telefon den Fuß am Türrahmen. Humpelnd ging er weiter und riss fluchend den Apparat aus der Station.

»Ich höre«, polterte er übellaunig.

»Christoph? Morgen. Hier ist Heinz.«

»Das höre ich. Was willst du am heiligen Sonntagmorgen auf der privaten Leitung?«

»Junge, Junge. Was regst du dich so auf? Es ist immerhin acht Uhr. Hast gestern wohl ein bisschen gefeiert? Dein Diensthandy ist ausgeschaltet.«

»So in der Art. Ich habe dieses Wochenende frei. Keine Bereitschaft oder so etwas. Lukas ist bei Elke, Clara muss keinen Gottesdienst halten, und ich will meine Ruhe.«

»Darauf nehmen die Verbrecher leider keine Rücksicht, mein Junge. Wir haben eine Leiche, die zu einer Mordserie passt. Ein Spaziergänger, der mit seinem Hund unterwegs war, hat sie gefunden. Ich habe Freitagabend erst mit der Polizeidirektion in Offenbach vereinbart, dass wir beim BKA um die Hilfe deiner Abteilung bitten.«

»Und bevor es grünes Licht aus Wiesbaden gibt, taucht die

nächste Leiche auf«, führte Caspari den Gedanken seines früheren Mentors fort.

»So in etwa«, brummte der. »Hör mal, ich störe dich wirklich nur ungern an einem Wochenende ohne Bereitschaft, aber du solltest dir den Fundort wirklich ansehen, solange die Tote noch hier ist.«

Caspari gab resigniert seinen Widerstand auf.

»Wo seid ihr?«

»Mitten im Steinbruch.«

»Doch nicht in dem Basaltwerk zwischen Waldensberg und Breitenborn?«, fragte er, während ihm ein Schauer über den Rücken lief.

»Doch, nur ein paar Kilometer von dir entfernt.«

Caspari räusperte sich.

»Da hat man ständig mit Grausamkeit, Tod und Elend zu tun. Aber wenn es so nah vor der eigenen Haustür passiert …«

»… verschlägt es einem die Sprache«, führte Heinz Bertram den Gedankengang zu Ende.

Caspari blickte auf die Uhr.

»Meinst du, ihr könnt die Leiche bis halb neun liegen lassen?«

»Musst du dich erst noch aufhübschen?«

»Wenigstens für ein paar Minuten will ich ins Bad. Wie ich mich kenne, komme ich sonst den ganzen Tag nicht mehr dazu.«

»Mach nur. Wir sind noch eine Weile hier. Der Gerichtsmediziner ist ohnehin noch nicht da.«

Caspari beendete das Gespräch. Vorsichtig bewegte er seinen Zeh. Es tat zwar immer noch ein wenig weh, aber gebrochen schien er nicht zu sein.

Camillo kam schwanzwedelnd zu ihm und rieb seinen Kopf an Casparis nackten Beinen. Er kraulte den jungen Berner Sennenhund eine Weile hinter den Ohren, dann ging er gähnend ins Schlafzimmer. Clara hatte sich im Bett aufgesetzt und fuhr sich mit der Hand durch das zerzauste lange Haar. Caspari sah ihr dabei mit Wehmut zu. Nur allzu gern hätte er sich wieder zu ihr ins Bett gelegt und ihren nackten Körper auf seiner Haut gespürt.

»Ich dachte, als Kriminaldirektor bleibst du an den Wochenenden von Einsätzen verschont?«

Caspari konnte ihre Enttäuschung verstehen.

»Ja, Sommer und Bauer haben an diesem Wochenende Bereitschaftsdienst. Aber die wohnen in Mainz, und die Leiche liegt hier im Steinbruch.«

»Hier um die Ecke?«

Auf ihrem Gesicht machte sich Entsetzen breit.

»Ja. Bertram hat mich um Hilfe gebeten. Er meinte, es könnte ein Zusammenhang mit einer Mordserie bestehen.«

»Die vier jungen Frauen, die in den letzten drei Wochen tot an verschiedenen Stellen im Kinzigtal aufgefunden wurden?«

»Du weißt davon?« Caspari war überrascht.

»Klar. Sag mal, liest du keine Zeitung?«

»In der letzten Zeit eher nicht. Das ist bei dem beruflichen und privaten Trubel vor und nach Weihnachten völlig auf der Strecke geblieben.«

»Wie einige andere Dinge auch«, beschwerte sich Clara. »Ich war eigentlich noch nicht fertig mit dem Schmusen.«

Caspari setzte sich neben sie auf das Bett, umarmte sie und sog den Duft ihrer Haare ein.

»Ich auch noch nicht. Da gibt es noch dies und das, was wir noch nicht genug … betrachtet haben.«

Sanft fuhr er ihr über ihre Brüste, die die Bettdecke freigegeben hatte.

»Hör auf, sonst lasse ich dich hier nicht weg«, hauchte sie ihm ins Ohr.

Schwerfällig löste er sich von ihr.

»Bist du wieder zurück, wenn Elke Lukas bringt?«, fragte sie mit einem herausfordernden Blick. »Oder bleibt es wieder an mir allein hängen, das Empfangskomitee zu mimen?«

»Das weiß ich nicht.«

»Drückeberger!«, rief sie mit gespielt wütendem Gesicht, bei dem der Mund viele Facetten eines unterdrückten Lächelns zeigte.

Casparis geschiedene Frau Elke hatte alles andere als begeistert reagiert, als sie erfahren hatte, dass er mit Maria, seiner amerikanischen Austauschpartnerin aus der Schulzeit, eine gemeinsame Tochter hatte. Seither fanden die Begegnungen mit ihr in einer angespannten Atmosphäre statt.

Caspari konnte seine Exfrau sogar ein bisschen verstehen. Als sie ihn in der Ehe mit seinem damals besten Freund Jürgen Jungmann betrogen hatte und mit ihrem gemeinsamen Sohn Lukas zu ihm gezogen war, war es Caspari gewesen, der ihr gegenüber sehr abweisend reagiert hatte.

Auch als Lukas nach kurzer Zeit wieder zu ihm zurückgekehrt war, hatte Caspari Elke und Jürgen nicht verzeihen können. Erst mit Claras Hilfe hatte sich das Verhältnis deutlich entspannt.

»Weißt du was? Du hast recht. Ich habe keine Lust auf Elkes vorwurfsvollen Gesichtsausdruck und ihre spitzen Bemerkungen«, konterte er. »Andererseits würde ich das alles liebend gern ertragen, wenn ich dafür einen Vormittag nur mit dir bekommen könnte.«

»Tja, man kann halt nicht alles haben, mein Großer«, entgegnete sie ironisch. Damit, so glaubte er, sei er entlassen. Doch sie drückte sich an ihn, fuhr ihm mit den Fingern durch den Bart und küsste ihn.

»Und nun geh Verbrecher jagen«, sagte sie keck und legte sich wieder hin.

»Deine Schlafenszeit ist wahrscheinlich auch schnell beendet«, revanchierte er sich mit einem Augenzwinkern.

»Warum?«

»Dein Hund wird dich in absehbarer Zeit um einen Spaziergang ersuchen.«

Leichenblässe

Caspari fröstelte, als er zu seinem Wagen lief. Die Morgensonne hüllte den eisigen Wintermorgen in ein fahles Licht. Die ganze

Natur lag in lebloser Starre unter einer harten Schicht aus Eis und Frost. Leichenblässe, dachte Caspari.

Er passierte mit seinem Volvo die geöffnete Schranke, neben der Schilder vor Sprengungen warnten und den Zutritt zum Steinbruch verboten. Nach einer Kurve sah er vier Streifenwagen und einige Zivilfahrzeuge. Daneben patrouillierten uniformierte Polizeibeamte, die mit den Füßen stampften und die Hände aneinanderschlugen. Viel schien das nicht zu helfen.

Caspari zog sich seine Polizeimütze auf und die Handschuhe an, ehe er zu ihnen ging.

»Guten Morgen!«, rief er den Kollegen zu, die seinen Gruß erwiderten. »Wie lange seid ihr schon hier?«

»Viel zu lang«, beschwerte sich einer der beiden, den Caspari von seinem letzten »Kinzigtal-Fall« kannte, bei dem sie einer gefährlichen Psycho-Sekte auf die Spur gekommen waren.

»Wo liegt sie?«

Der Uniformierte zeigte auf eine Stelle rechts neben der Straße. »Die Kriminaltechniker sind schwer am Rödeln. Der Gerichtsmediziner ist vor einer Viertelstunde auch gekommen.«

»Und Bertram, euer Oberindianer?«, fragte Caspari.

»Der hat seinen heißen Tee schon längst ausgetrunken und dürfte mittlerweile festgefroren sein«, feixte sein Kollege.

Caspari ging auf die Stelle zu. Birken ragten neben der Transportstraße wie dürre, bleiche Finger in den milchig-blauen Himmel. Ungefähr dreißig Meter abseits herrschte emsiges Treiben, das an einen Bienenschwarm erinnerte. Frauen und Männer in weißen Overalls untersuchten die Büsche und den Boden in einem großen Radius.

Inmitten dieser Geschäftigkeit sah Caspari zwei nackte Füße und Unterschenkel, die in seine Richtung lagen. Neben dem Körper kniete der Gerichtsmediziner, der gewissenhaft jeden leblosen Zentimeter untersuchte. Auf der anderen Seite stand Bertram, der leicht vornübergebeugt in ein Gespräch mit ihm vertieft war.

Caspari ging auf die fast unwirklich anmutende Szene zu. Das gefrorene Laub knirschte bei jedem Schritt unter seinen Füßen. Bertram sah zu ihm auf.

»Ah, der Herr Doktor kommt auch schon. Ist schon komisch: Die am nächsten dran sind, brauchen immer am längsten«, maulte er.

»Entspann dich«, konterte Caspari. »Zeig mir lieber, was ihr bisher gefunden habt.«

»Da wäre zunächst mal die Leiche«, antwortete Bertram, wobei sein Atem bei jedem Wort in der klirrend kalten Luft in kleinen Dampfwölkchen aus Mund und Nase kam. Caspari entging die Resignation in der Stimme seines früheren Mentors nicht.

»Oder sollte ich sagen: wieder mal eine Leiche? Mittlerweile ist es die fünfte.«

Caspari blickte auf den nackten, toten Körper. Vor ihm lag der Leichnam einer schönen jungen dunkelblonden Frau. Ihre Haut hatte eine frostgraue Farbe angenommen. An den Oberarmen und den Oberschenkeln entdeckte Caspari Bisswunden. Füchse oder Waschbären hatten die schöne Tote wohl für eine willkommene Nahrungsquelle gehalten. Die Augen hatte ihr niemand geschlossen. Leer war der zum Himmel gerichtete Blick.

Ein dunkler Schatten zog sich über die Bauchdecke, fast wie ein Tropfen schwarzer Tinte, den man in ein Glas Wasser fallen lässt. Was Casparis Aufmerksamkeit aber am meisten auf sich zog, war das schwarze Tuch, das um ihren Hals drapiert war.

»Ist es derselbe Modus Operandi wie bei den anderen?«, tastete er sich vor.

»Wieder dieselbe Vorgehensweise«, bestätigte Bertram. »Den Frauen wurde mit einem stumpfen Gegenstand so fest in die Magengegend geschlagen, dass die Bauchdecke gerissen ist. Dann wurde jeder von ihnen das Genick gebrochen. Dr. Völker ist sich sicher, dass dazu eine schnelle und ruckartige Linksrotation des Kopfes durchgeführt wurde.«

»Das heißt, der Täter stand wahrscheinlich vor seinem Opfer. Er hat seine linke Hand auf den Hinterkopf der Frau gelegt. Mit der rechten Handfläche hat er gegen ihr Kinn gedrückt und ihr dann den Kopf mit einer blitzschnellen Bewegung von sich aus nach rechts gerissen. Das spricht für einen Rechtshänder, der den Genickhebel beherrscht.«

»Und wenn er von hinten kam?«, warf Bertram ein. »Dann wäre das Genick von einem Linkshänder gebrochen worden.«

»Dann hätte er einen Komplizen gebraucht, der der armen Frau mit was auch immer in den Bauch schlug. Nein, der Angriff kam gänzlich von vorn. Erst muss sie etwas in die Eingeweide bekommen haben, wodurch ihr Oberkörper sich leicht nach vorn beugte. Das ist die normale reflexartige Reaktion bei einem Schlag in den Magen. Da der Kopf schon nach vorn geneigt war, konnte der Täter gleich zupacken und sein Werk zu Ende bringen.«

»Das arme Mädchen«, stöhnte Bertram und blickte auf die Tote. »Je länger ich diesen Beruf mache, umso schwerer fällt es mir, die professionelle Distanz zu den Opfern von Gewaltverbrechen zu wahren.«

»Lass uns weitermachen. Wir tun den Toten keinen Dienst, wenn wir mit ihnen mitleiden«, sagte Caspari so leise und einfühlsam, wie es ihm nur möglich war. Er wusste, wie schwer es war, das Leid der Opfer von der eigenen Psyche fernzuhalten. Die Mauer, die er bei jedem neuen Fall um sich zog, kostete ihn viel Kraft. Doch ohne diesen Schutz hätte er seine Arbeit schon lange an den Nagel hängen können.

Er war ein Spezialist für Fälle, bei denen es um Serienmorde ging. Als Polizist und Kriminalpsychologe hatte er es mit grausigen Leichenfunden, kranken Täterhirnen und schwer gestörten Persönlichkeiten der Mörder zu tun. Mittlerweile leitete er als Kriminaldirektor eine eigene Abteilung beim Bundeskriminalamt, die auf derartige Fälle spezialisiert war und bundesweit von den Behörden angefordert werden konnte.

»Du jagst seit Wochen eine Bestie. Das zehrt. Wenn das rum ist, nimmst du dir mal eine Auszeit«, sagte Caspari.

Er legte eine kurze Pause ein, bevor er weiterfragte.

»Was kannst du mir sonst noch über die Mordserie erzählen?«

»Der Fundort ist nie der Tatort. Wie auch an den anderen Fundorten, so ist auch hier keinerlei Spur eines Kampfes zu finden. Die Frau wurde hier einfach abgelegt wie ein Müllsack, den man in den Wald schmeißt.«

»Gibt es Reifen- oder Fußspuren?«

»Nichts. Der Wagen wurde wahrscheinlich immer auf den asphaltierten Wegen geparkt. Von dort aus hat der Täter seine Opfer an die Stellen getragen, an denen er sie schließlich zurückgelassen hat.«

»Habt ihr die Kleidungsstücke der Frauen gefunden?«, fragte Caspari.

»Fehlanzeige. Nicht eine Faser. Deshalb gehen wir davon aus, dass sie bereits nackt waren, als er sie zu den Fundorten gebracht hat. Auch müsste der Untergrund Spuren aufweisen, wenn der Mörder seinen Opfern dort die letzte Würde geraubt hätte.«

»Und ihr habt keine Ahnung, wo der Täter seine Opfer ermordet hat?«, hakte Caspari nach.

»Wir stehen vor einem Rätsel«, gab Bertram unumwunden zu.

»Das Einzige, das wir haben, sind feine Spuren von Sand auf der Haut aller Ermordeten«, schaltete sich Dr. Völker ein.

»Der kann von jeder x-beliebigen Baustelle in ganz Deutschland kommen, von irgendeiner Baggergrube und von jedem Spielplatz im gesamten Main-Kinzig-Kreis«, stellte Bertram klar. »Unser Problem ist, dass wir nichts über diese Frauen wissen. Wären wir in Amerika, müssten wir sie alle Jane Doe nennen, oder so. Wir haben alle Vermisstenanzeigen durchgesehen, alle Datenbanken durchstöbert, wir haben sogar schon über die Medien die Bürger befragt, ob jemand diese toten Frauen kennt. Es ist, als seien sie schon tot vom Himmel gefallen.«

»Wurden sie vergewaltigt?« Dieses emotionsgeladene Thema sprach Caspari ungern an. Sich mit dem qualvollen Weg der Opfer bis zu deren Tod auseinandersetzen zu müssen, war eine Herausforderung für jeden Polizisten.

»Nein. Das ist allen erspart geblieben«, meinte Dr. Völker.

»Was hat es mit dem Schaltuch auf sich?«, wollte Caspari wissen.

»Das trägt erst recht zur Verwirrung bei«, brummte Bertram. »Drei der fünf Toten hat der Täter ein schwarzes Tuch umgelegt. Die anderen zwei fanden wir mit weißen Schaltüchern. Das ist ja das Verwirrende: Bei allen ist es derselbe Modus Operandi, abgesehen von den Tüchern. Wir wissen nicht, ob wir es mit nur einem Täter zu tun haben, der sich einen makabren Scherz mit seinen Opfern und uns erlaubt, oder ob es zwei Mörder sind, die eine Art Wettstreit miteinander austragen. Nach wem suchen wir hier, verdammt noch mal?«

Caspari dachte nach.

»Nach jemandem, der körperlich sehr stark ist. Man braucht viel Kraft, um einen toten Menschen aus dem Kofferraum zu hieven und in den Wald zu tragen. Zum anderen verfügt derjenige über genug Erfahrung und beherrscht die Technik, jemand schnell, leise und effektiv zu töten. Was mich irritiert, ist die Tatsache, dass das nicht nach einer Tat im Affekt oder im Blutrausch aussieht, sondern nach eiskalten, präzise ausgeführten Eliminierungen. Das passt so gar nicht in das Bild eines Täters, der aufgrund eines ödipalen Komplexes oder einer anderen extremen Persönlichkeitsstörung enorm viel psychischen Druck aufbaut, den er nur in der brutalen Tötung eines Menschen loswerden kann. Das hier ist viel zu klar und nüchtern, fast sachlich durchgezogen.«

»Also suchen wir keinen deiner üblichen Verrückten?«, schnaufte Bertram unwillig.

»Ich weiß es nicht. Um eine Beurteilung abzugeben, brauche ich mehr Fakten, mehr Puzzleteilchen – und vor allem meine Truppe.«

»Wollt ihr schon wieder in mein Revier eindringen?« Bertram schien nur mäßig begeistert von der Aussicht, nach vier Ermittlungen des BKA in den vergangenen Monaten in Gelnhausen Casparis Abteilung auf ein Neues mehrere Büroräume und ein Besprechungszimmer zur Verfügung zu stellen.

»Du willst doch, dass der Spuk aufhört, oder?«, fragte Caspari zurück.

Heimatgefühle

»Wenn das so weitergeht, können wir bald komplett hier einziehen«, warf Erich Fuchs, einer der beiden älteren Mitarbeiter Casparis, mit einem Augenzwinkern in die Runde. »Im Kinzigtal häufen sich die Leichen wie bei einem Drogenkrieg in Mexiko.«

Gelächter brach aus, dem selbst Caspari sich nicht entziehen konnte. Der Vergleich hinkte natürlich gewaltig. Allerdings hatte der Kollege nicht ganz unrecht. Seit gut eineinhalb Jahren hatte seine Abteilung mehrere Fälle im Kinzigtal, im angrenzenden Vogelsberg und im Spessart aufklären müssen. Was war nur mit diesem idyllischen Fleck Erde, der seine Heimat war, los, dass er eine solche Anziehungskraft auf Verbrecher zu haben schien?

Caspari zwang sich, seine abschweifenden Gedanken wieder auf die Besprechung zu richten. Er hatte die Kollegen seiner Abteilung bereits am vorherigen Nachmittag über die Mordserie an den unbekannten Toten informiert und den Umzug von der BKA-Zentrale in Wiesbaden zum Gelnhäuser Polizeirevier veranlasst.

Nach dem Bezug der Büros saßen nun alle im Gemeinschaftsraum, der ihnen zugleich als Sitzungsraum diente. Mario, sein Freund und engster Mitarbeiter, hatte ein Whiteboard organisiert, das zugleich als Bildschirm für die Computer diente.

»Ich genieße es, in diesem Revier zu arbeiten«, entgegnete Mario. »Hier ist es familiärer als in dem riesigen Kasten in Wiesbaden, wo man kaum die Leute der anderen Abteilungen kennt. Außerdem«, fügte er mit ironischem Unterton hinzu, »haben wir im Büro vom Chef einen Waffenschrank. Diesen Luxus gibt es in Wiesbaden nicht.«

Caspari ließ einen Moment lang schweigend seinen Blick auf seinen Leuten ruhen.

Eine Gruppe Individualisten, dachte er, während er einen nach dem anderen ansah, und doch die beste und schlagkräftigste Mannschaft, die ich mir nur wünschen kann.

Erich Fuchs und Wolfgang Jung, die beiden alten Hasen, waren mit ihrer Erfahrung nicht zu ersetzen.

Andreas Sommer, ihr »Greenhorn«, hatte eine feine Nase bei

der Recherche und gewann in den Außeneinsätzen immer mehr an Selbstsicherheit.

Svenja Bauer, die burschikos auftretende junge Polizistin, entpuppte sich zunehmend als Universaltalent.

Gernot Schneider, ein ehemaliger Angehöriger der GSG 9, war ihr Verhör- und Zugriffsspezialist. Caspari hatte ihn trotz seines zweifelhaften Rufs als das Enfant terrible des BKA in seiner Abteilung aufgenommen und diese Entscheidung nie bereut.

Schneider war in den letzten Monaten ausgeglichener geworden und hatte seine Aggressivität gegenüber Verdächtigen und Tätern zufriedenstellend im Griff. Das Verdienst dafür teilte sich Caspari mit Jin Jang, einer Polizistin aus Hongkong, die mit Hilfe der guten internationalen Kontakte des BKA-Präsidenten in Casparis Abteilung bleiben konnte, nachdem sie bei der Aufklärung einer chinesisch-deutschen Mordserie mitgewirkt hatte.

Die junge Chinesin hatte sich in Schneider verliebt und ihm geholfen, sich von seinem emotionalen Autismus zu befreien, in dem er sich seit dem Tod seiner Frau verkrochen hatte. Caspari schätzte Jin Jangs Qualitäten als ausgezeichnete Fallanalytikerin und Nahkampfexpertin.

Schließlich verweilte sein Blick bei Tina und Mario, seinen langjährigen Mitarbeitern und Freunden. Niemand außer seiner Familie kannte ihn so gut wie diese beiden. Privat ein Paar, waren sie auch als Polizisten hervorragend aufeinander eingestellt.

Mario, der den Charme und die Lebensfreude eines Italieners kultivierte, war der kreative Spürhund in seiner Abteilung. Er entdeckte und sammelte Details, die sonst keiner sah.

Tina hingegen war die strukturierte Denkerin, die Marios Gedanken-Mosaik sortieren und zu einem Gesamtbild zusammenfügen konnte. Caspari mochte die dynamische Art seiner Kollegin. Wer sich von der attraktiven Erscheinung mit der roten Löwenmähne zu sehr einnehmen ließ, erlebte ein böses Erwachen, wenn sie die Seite der knallharten Polizistin herauskehrte.

»Was ist?«, fragte Tina verunsichert. »Warum starrst du uns denn so an?«

»Mir ging gerade durch den Kopf, dass diese Truppe die beste ist, die ich mir nur wünschen kann«, entgegnete Caspari mit belegter Stimme und wechselte schnell das Thema.

»Wir sind wieder einmal in diesem Polizeirevier zusammengekommen, weil es seit einigen Wochen eine Mordserie gibt, an deren Aufklärung sich die Kollegen die Zähne ausbeißen.«

Mit Hilfe der Tatortfotografien, die er auf der Tafel zeigte, erklärte er ausführlich, mit welchen Taten sie es zu tun hatten.

»Die erste Leiche wurde in Gelnhausen-Roth gefunden, am Herzberg. Da das in der Nähe eines Wohngebietes liegt, muss der Täter wohl die Möglichkeit in Kauf genommen haben, beobachtet zu werden. Doch darauf, dass er gesehen wurde, deutet bisher nichts hin. Deswegen gehen die Gelnhäuser Kollegen davon aus, dass die Platzierung der Leiche so gegen zwei bis drei Uhr morgens stattgefunden haben muss.

In dieser Zeitspanne fährt noch niemand zur Frühschicht, und es kommt auch noch niemand aus der Nachtschicht heim. Die zweite Leiche lag schätzungsweise drei Tage da, bis man sie entdeckte. Der Täter hat sie neben einem Wanderweg zwischen Gelnhausen-Höchst und Biebergemünd-Wirtheim abgelegt.«

Caspari deutete mit dem Mauspfeil auf die Stelle der digitalen Karte.

»Die dritte tote Frau wurde nach noch längerer Liegezeit in der Nähe eines Wanderwegs zwischen Biebergemünd-Kassel und Bad Orb gefunden. Der Wanderweg führt an einer früheren Keltensiedlung vorbei, der Alteburg. Das vierte Opfer entdeckte ein Landwirt in der Nähe seines Aussiedlerhofes am Löwelsberg. Der liegt an der Landstraße 3199, der sogenannten Eisernen Hand, die man fährt, wenn man von der Autobahn kommend nach Bad Orb möchte. Zu guter Letzt haben wir die Leiche von gestern, die auf dem Gelände des Steinbruchs zwischen Waldensberg und Breitenborn gefunden wurde.«

»Zum einen«, konstatierte Mario, »kommt unserem Mann der strenge Frost zugute. Der Boden ist so hart, dass Autoreifen oder Schuhe keine brauchbaren Abdrücke hinterlassen. Zum anderen wählt er die Ablageorte nach keinem erkennbaren Muster aus. Fundort eins bis drei liegen auf einer Linie, wenn ich das richtig sehe, die beiden anderen Fundorte haben aber keine erkennbare Verbindung zu ihnen. Auch irritiert mich, dass unser Täter bei den Leichen eins und vier riskiert, beobachtet zu werden, so nah, wie er an bewohnten Gegenden agiert. Für die anderen Toten wählte er dagegen deutlich abgelegenere Gebiete, in denen er sich keine Sorgen machen musste, aufzufallen.«

»Warum die schwarzen und weißen Tücher um den Hals der Toten? Was will uns der Mörder damit sagen? Oder sind es vielleicht sogar zwei, die hier am Werk sind? Dagegen spricht aber der vollkommen identische Modus Operandi«, fügte Fuchs hinzu.

»Und es gibt wirklich keinen Hinweis, wer diese jungen Frauen sein könnten?«, warf Jung eine neue Frage auf.

»Nicht den geringsten. Das Ganze ist ein großes, grausames Rätsel. Und nun kommen wir ins Spiel. Wir müssen wie das berühmte Schweizer Uhrwerk arbeiten. Jeder muss wissen, was der andere tut. Der Informationsaustausch läuft immer über mich. Nach Bedarf rufe ich zu zusätzlichen Besprechungen außer der Morgen- und der Abendrunde zusammen. Das ist euch allen ja nichts Neues mehr. Von unserer Effektivität hängt es ab, ob oder wie viele Frauen noch sterben müssen.«

Caspari verteilte die einzelnen Aufgabengebiete an seine Leute. Jin Jang bedeutete er, ihn in die Gerichtsmedizin zu begleiten.

»Ach, und Mario, koche doch bitte einen Kaffee, bis ich wieder zurück bin«, rief er im Gehen.

»*Porca miseria!* Warum muss immer ich das machen, wenn unsere Sekretärin nicht da ist?«, maulte der.

»Weil du von uns allen halt den besten Kaffee machst.«

Alpträume

Im gerichtsmedizinischen Institut angekommen, wandte sich Jin Jang, die auf der gesamten Autofahrt recht schweigsam gewesen war, Caspari zu. Das asiatische Lächeln war aus ihrem Gesicht verschwunden. Ihr Blick wirkte ruhelos, ängstlich, wütend. Was beunruhigte sie nur?

»Ich hasse es, mir die Leichen nach der Sektion anzusehen«, stieß Jin Jang plötzlich hervor. »Mit den langen, genähten Schnitten sehen die aus wie gestopfte Weihnachts...« Sie brach ab.

Caspari hatte die chinesische Kollegin bisher nur ein einziges Mal so erregt erlebt, als sie einen Mordverdächtigen mit einem Familienmitglied verwechselt hatte. Jin Jang blickte zu Boden.

»Es tut mir leid. Das hätte ich nicht sagen sollen«, entschuldigte sie sich mit brüchiger Stimme. »Es war respektlos dir gegenüber – und gegenüber den Toten auch. Es ist nur so, dass ich nach diesen Besuchen in den Sektionssälen Alpträume habe. Eine oder auch zwei Nächte. Ein ausgeweideter Körper, sezierte Organe – die Vorstellung, dass das alles ist, was von einem Leben übrig bleibt, ist deprimierend.«

Caspari sah sie ruhig an.

»Das ist nicht alles, was vom Leben übrig bleibt. Da ist die Erinnerung, durch die die Toten in den Herzen ihrer Angehörigen weiterleben. Und dann ist da die Seele, von der ich glaube, dass sie existiert. Dieser Kern unseres Selbst ist unsterblich und nach dem Tod irgendwo gut aufgehoben, außerhalb unserer Wahrnehmung.« Er machte eine kurze Pause. »Ich nehme am liebsten dich mit an diesen Ort, weil du Dinge an den Toten siehst, die nicht mal mir auffallen. Es ist eine Gabe, die du hast. Ach – und: Es war nicht respektlos, mir gegenüber nicht. Und den Toten ist es egal.«

»Ehrlich?«

»Ja, ehrlich.«

Jin Jang wirkte erleichtert.

»Geht es wieder?«, fragte Caspari mit beruhigender Stimme.

»Und du meinst wirklich, ich habe diese Gabe?« Ihre Stimme war wieder gefasster.

»Sonst hätte ich es nicht gesagt.«

»In Ordnung. Wir können reingehen.« Sie hielt den Türgriff in der Hand und verharrte. Mit ihren dunklen Mandelaugen blickte sie Caspari noch einmal an, bevor sie die Tür öffnete.

»Über das alles muss ich in Ruhe nachdenken, *Sifu*.«

Caspari war überrascht und bewegt zugleich. Jin Jang hatte ihn in ihrer Muttersprache »Meister« genannt – ein Ehrentitel, das war ihm bewusst.

Dr. Völker erwartete sie bereits im Sektionssaal. Ein Mitarbeiter schob die Leiche auf einer Edelstahlbahre vom Kühlraum zu ihnen herein. Der Gerichtsmediziner zog in einer fast ehrfürchtigen Bewegung das grüne Laken weg, das die schöne Tote bedeckte. Caspari ließ die Stille zu, die sich bleiern auf sie legte.

Wie tief in einer Meditation versunken, tasteten Jin Jangs Augen den Körper ab. Schließlich blickte sie wieder auf und sah Völker und ihn an, als ob sie gerade erst ihre Gegenwart bemerkt hätte.

»Das war kein dumpfer Gegenstand, der den Riss im Zwerchfell verursachte«, stellte sie fest. »Das war ein extrem harter Schlag in die Magengrube, mit äußerster Kraft und sehr präzise ausgeführt.«

»Suchen wir einen Schwergewichtsboxer?«, fragte Caspari.

»Möglich. Aber das glaube ich nicht. Ich gehe vielmehr von einem Nahkampfspezialisten aus. Und damit meine ich nicht einen, der ein paar Monate lang in einem Armee-Camp geschliffen wurde. Das hier ist die Arbeit von einem richtigen, gut und lange ausgebildeten Profi, der ohne Waffen schnell, leise und sehr effektiv töten kann. Das zeigt auch die Technik, die er beim Genickbruch angewandt hat. In dieser Frage teile ich deine Meinung.«

»Dann sind wir ein Problem schon einmal los«, konstatierte Caspari. »Den dumpfen Gegenstand müssen wir nun nicht mehr suchen. Was meinen Sie dazu, Dr. Völker?«

»Ich gebe Ihrer Kollegin vollkommen recht.«

»Nun fehlt uns noch ein Ansatz bei der Ermittlung der Identität der Frauen«, schnitt Jin Jang das Hauptproblem an.

Dr. Völker wedelte mit einer Mappe. »Ich denke, da kann ich Ihnen weiterhelfen.«

Dunkle Spuren

Gesamtkonferenzen waren ein notwendiges Übel. Nach sechs Stunden Unterricht sehnte sie sich nach frischer Luft und einer kleinen Weile Ruhe. Ihre Aufgabe war es ja nicht nur, mit den Schülern thematisch zu arbeiten, sondern auch, die Erziehung nachzuholen, die viele Jugendliche in ihren Elternhäusern entweder gar nicht oder nur sehr ungenügend erfuhren.

Daneben musste sie einen endlosen Kampf gegen die Whatsapp- oder Facebook-Sucht führen. Kaum ein Schüler war noch in der Lage, dem Unterricht zu folgen, weil der unaufhörliche Strudel aus Kommunikationsmüll ihre Aufmerksamkeit fast vollständig aufsog. Beim Einsammeln der Mobiltelefone fühlte Clara sich zumeist wie Don Quichotte in seinem Kampf gegen die Windmühlen. Erst vor zwei Stunden hatte sie wieder drei dieser kleinen Quälgeister in der Verwaltung abgegeben, wo ihre Besitzer sie nach Unterrichtsende abgeholt und dabei auch gleich eine Verwarnung kassiert hatten.

Clara nahm einen tiefen Schluck Kaffee aus ihrem Thermobecher. Mit einer Prise arabischem Kaffeegewürz schmeckte das Gebräu sogar, das einer der Kollegen aus dem Fachbereich Chemie aufgesetzt hatte. Bevor der Rektor die Tagesordnung abzuarbeiten begann, stellte er eine neue Kollegin vor.

»Für Frau Rose, die sich, wie viele von Ihnen wissen, gerade im Mutterschutz und anschließend in Elternzeit befindet, konnten wir außergewöhnlich schnell eine Vertretung finden. Ich begrüße die neue Kollegin für die Fachbereiche Physik und Mathematik, Frau Milena Schwab.«

Eine junge Frau Mitte zwanzig erhob sich und nickte in die Runde. Clara fiel auf, wie schön sie war. Das lange dunkelblonde Haar umgab das schmale Gesicht mit den hohen Wangenknochen wie ein Schleier aus weicher Seide.

»Meinen Namen hat der Direktor Ihnen gerade genannt. Ich bin sechsundzwanzig Jahre und stamme aus Bad König im Taunus. Studiert habe ich in Frankfurt und …«

Claras Aufmerksamkeit war so sehr auf den Ausdruck auf

dem Gesicht der neuen Kollegin gerichtet, dass sie nicht mehr mitbekam, was sie noch erzählte. In Milena Schwabs Augen lag tiefe Traurigkeit wie ein grauer Schatten. Die junge Frau bemühte sich, ihn mit einem strahlenden Lächeln zu überspielen. Bei den anderen schien sie damit Erfolg zu haben. Doch Clara hatte als Seelsorgerin schon zu viel gesehen und erlebt, als dass ihr die Spur, die irgendein Schmerz im Gesicht der neuen Lehrerin hinterlassen hatte, entgehen konnte.

»... sodass ich sehr dankbar bin, direkt im Anschluss an mein Referendariat an einer so renommierten Schule wie dem Grimmelhausen-Gymnasium eine Anstellung gefunden zu haben«, beendete die Kollegin ihre Rede und setzte sich wieder.

Was quält dich?, dachte Clara, als sie noch einmal zu der neuen Kollegin hinüberblickte. Dann ergriff der Rektor wieder das Wort.

Fast zwei Stunden später fuhr sie zum Weiherhof. Sie freute sich auf einen ausgedehnten Spaziergang mit Camillo und einen gemütlichen Abend mit Caspari und Lukas. Vielleicht würden auch noch Tina und Mario zum Abendessen zu ihnen kommen. Caspari hatte für die beiden wieder das Gästeapartment seiner Eltern auf dem Weiherhof reserviert.

Kaum war sie auf den Innenhof des alten Anwesens gefahren, kam Lukas mit einem Klassenkameraden angerannt. Casparis Sohn begrüßte sie mit einer stürmischen Umarmung.

»Hallo Clara!«, rief er atemlos. »Tim und ich spielen Verstecken.«

Clara drückte ihm einen Kuss auf die Stirn und rückte seine Pudelmütze wieder zurecht.

»Wer von euch beiden hat sich denn versteckt? Oder habt ihr gerade Spielpause?«

»Nee, ich habe Camillo versteckt, und Tim muss ihn finden.«

Clara rollte die Augen.

»Ah ja. Aber nur innerhalb des Hofes. Draußen könnt ihr das nicht spielen.«

»Das hat Opa uns schon gesagt. Das machen wir auch nicht, wirklich.«

Lukas sah sie mit seinen großen Augen an und setzte eine ernste Miene auf.

»Na dann, zieht mal los, ihr beiden, und sucht unseren Hund«, gab Clara nach, als ein wildes Gebell hinter den Strohballen in der offenen Scheune erscholl.

»Ich hab ihn!«, rief Tim und rannte, Lukas im Gefolge, dorthin. Kurz darauf kam der junge Berner Sennenhund auf Clara zugerannt und begrüßte sie ungestüm. Sie ließ die Tasche von ihrer Schulter gleiten und kraulte ihn ausgiebig.

»Clara!« Die Stimme von Casparis Mutter hallte über den Hof.

»Hallo Pia. Danke fürs Aufpassen auf Kind und Hund.«

»Ach hör auf. Wenn uns das keinen Spaß mehr macht, können wir uns doch gleich ins Grab legen. So haben wir wenigstens noch Beschäftigung und bleiben ein bisschen länger jung«, winkte die resolute alte Dame ab. »Kannst du schnell mal zu mir kommen? Ich muss dich kurz sprechen und will nicht über den ganzen Hof rufen.«

Clara nickte und ging zur Eingangstür des Hoftraktes, in dem die alten Casparis wohnten.

»Elke hat angerufen. Es geht um den Tausch eines der vereinbarten Wochenenden, an denen Lukas zu ihr geht. Sie sagte ausdrücklich, sie möchte das nur mit dir besprechen.«

»Pia, das geht so nicht weiter«, protestierte Clara, »wie lange will sie Christoph noch grollen?«

»Du sprichst mir aus der Seele. Rede ihr doch mal ins Gewissen. Du als Pfarrerin hast vielleicht noch andere Möglichkeiten als ein pensioniertes Lehrerehepaar.«

»Eigentlich ist mein Bedarf an Gesprächen für heute schon gedeckt«, maulte Clara. »Aber ich bringe das hinter mich, bevor ich mit Camillo losziehe und den Rest vom Sonnenlicht genieße.«

Nachdem sie ihre Tasche in ihrem Arbeitszimmer abgestellt und in ihre Wanderhose geschlüpft war, wählte sie lustlos die Nummer von Elke Jungmann. Als hätte sie auf den Anruf gewartet, hob Elke sofort ab. Die Terminverschiebung war schnell besprochen, als Clara es sich nicht länger verkneifen konnte, das Reizthema anzusprechen.

»Wie lange willst du Christoph denn noch aus dem Weg gehen? Das darf nicht zum Dauerzustand werden, Elke.«

»Ich werde einfach nicht damit fertig, dass er immer wieder mit dieser Schauspielerin was laufen hatte, solange wir zusammen waren. Damit nicht genug. Als Krönung hat sie auch noch ein Kind von ihm.«

»Na komm«, widersprach Clara, »soweit ich weiß, hat es in den Zeiten vor eurer Hochzeit öfter gekriselt. Bevor ihr euch dann doch endgültig gekriegt habt, lief bei dir ja auch das eine oder andere.«

»Du hast gut reden. Das war ja vor deiner Zeit.«

»Meinst du, das war mir völlig schnuppe? Ich sag dir mal was: Christoph war ziemlich durch den Wind, als Maria uns eröffnete, dass er der Vater ihrer Tochter ist. Aber er hat mir immer wieder gesagt und gezeigt, dass er zu mir steht, ohne Wenn und Aber. Das ist der Grund, warum ich geblieben bin. Ich habe diese Entscheidung bisher keine Sekunde lang bereut.«

»Mir kommt halt die Galle hoch, wenn ich daran denke, welche Vorwürfe er Jürgen und mir jahrelang gemacht hat, der Moralapostel. Dabei ist er keinen Deut besser«, wehrte Elke sich.

»Ich will keinen Streit mit dir. Aber ich sehe doch einen Unterschied, ob man eine Ehe aufgibt oder ob man in einer Beziehung, in der mal Schluss ist, mal nicht, sich hier und da in die Arme seiner Jugendliebe fallen lässt«, entgegnete Clara genervt. »Im Übrigen bin ich der Meinung, dass Christoph und du euch endlich mal aussprechen solltet. Das wäre auch im Sinne eures gemeinsamen Kindes.«

Strahlen der Vergangenheit

»So here we are again«, zitierte Mario aus dem Sketch »Dinner for one«, als sie ihre Sachen in das Apartment trugen.

»Vielleicht sollten wir uns hier gleich eine Zweitwohnung mieten oder gar kaufen, so oft, wie wir im Kinzigtal und Umgebung ermitteln«, schnaufte Tina, die einen schweren Koffer auf das Bett wuchtete.

Mario seufzte.

»Dabei bin ich nach der langen Ermittlungsphase vor Weihnachten innerlich eigentlich gerade erst wieder in unserer schönen Wiesbadener Stadtwohnung angekommen. Und schwups – schon sind wir wieder in diesem herrlichen Gemäuer mit Holzofen, alten, frei liegenden Deckenbalken und urgemütlicher Einrichtung angekommen. Wo ist denn jetzt eigentlich mein Zuhause?«

»Bei mir, mein Schatz.«

»Wie könnte ich das vergessen? Das ist doch selbstverständlich. Aber ich meine es ernst. Wie lange wollen wir noch als Doppelverdiener ohne Kind und Kegel in einer Drei-Zimmer-Wohnung in der Wiesbadener Innenstadt leben? Über Weihnachten ging mir öfter diese Frage durch den Kopf. Ist es nicht endlich an der Zeit, sich ein kleines Häuschen zu kaufen oder zu bauen und sich dort mal einzurichten? Ein Nest zu bauen, in dem vielleicht auch eine Familie Platz hat? Wir sind schließlich beide keine zwanzig mehr.«

Mario sah irgendwie verloren aus, fand Tina, so wie er vor dem Bett stand. Sie nahm ihn in den Arm. Es war an der Zeit, ihr gemeinsames Leben zu verändern, ihrer Beziehung eine neue Qualität zu geben. Das war ihr bewusst geworden, als sie um sein Leben gebangt hatte, nachdem er vor zwei Monaten von einem Tatverdächtigen angeschossen worden war, den sie gestellt hatten.

»Du hast recht. Wenn wir so weitermachen, werden wir früher oder später nichts weiter sein als Zaungäste am Glück anderer. Wenn dieser Fall gelöst ist, werden wir uns Gedanken machen, wo und wie wir leben wollen.«

»Ich liebe dich, Tina«, raunte Mario mit belegter Stimme in ihr Ohr.

»Ich liebe dich auch, *mio bello*.«

»Du bist jetzt wirklich Mitglied einer Brauereigenossenschaft?«, fragte Mario eine halbe Stunde später ungläubig, während

Caspari ihm eine Bierflasche über den Küchentisch reichte. Der beobachtete seinen Freund, der interessiert das Etikett las, bevor er den Bügelverschluss öffnete und sich eingoss. Nach einem tiefen Zug machte er ein zufriedenes Gesicht und nickte anerkennend.

»Die alte fürstliche Brauerei in Wächtersbach ist von einem der großen Braukonzerne geschluckt und nach Würzburg verlegt worden. Also fanden sich ein paar Geschäftsleute und Bürger zusammen und gründeten die Genossenschaft der Wächtersbacher Bürgerbräu. Die Idee hat mir gefallen, deshalb habe ich mir ein paar Anteile gekauft. Das Bier, das hier gebraut wird, kann sich ja auch sehen lassen.«

Tina und Clara kamen lächelnd in die Küche und setzten sich zu den beiden.

»Das Gute-Nacht-Sagen war heute Abend recht lang«, stellte Caspari mit einem Blick auf die Uhr fest.

»Lukas musste Tina unbedingt noch seine Lernerfolge beim Lesen demonstrieren, sonst hätten wir ihn nicht ins Bett bekommen«, erklärte Clara.

»Und ich erzähle ihm vorher noch im Bad, dass es heute mal schneller gehen soll, weil wir noch einiges besprechen müssen«, brummte Caspari und machte ein gespielt ernstes Gesicht.

»Nun komm schon«, intervenierte Tina. »Er hat uns ja nicht alle Tage.«

»Ich gehe mal, damit ihr in Ruhe über euren Fall reden könnt«, sagte Clara.

Caspari sah sie ungläubig an.

»So ein Quatsch«, widersprach Mario. »Ja, rein rechtlich gesehen, dürften wir in deiner Gegenwart nicht über Fahndungsdetails sprechen. Aber immerhin hast du uns schon oft wichtige Hinweise gegeben, die uns weitergebracht haben.«

»Betrachte dich einfach als ehrenamtliches Mitglied unserer Abteilung«, ergänzte Tina.

Caspari verkniff sich ein Lachen angesichts dieser experimentellen Interpretation der Bestimmungen. »Ich würde mich freuen. Bleib doch – vorausgesetzt, du hast Lust darauf.«

Clara gab ihm einen Kuss auf die Stirn und setzte sich zu ihm.

»Wir hatten heute keine Gelegenheit mehr, über euren Besuch bei der Gerichtsmedizin zu sprechen«, stellte Tina mit Neugier in den Augen fest.

»Da wäre zum einen das Problem, das Jin Jang mit solchen Terminen hat.«

»Echt? Ich dachte, sie wäre ein riesiges Talent beim Aufspüren von Hinweisen am Körper der Opfer«, unterbrach ihn Mario.

»Das ist richtig. Aber sie bekommt Alpträume davon.«

»Wie willst du damit umgehen?«, fragte Tina.

»Indem ich viel mit ihr darüber spreche. Wenn das nicht hilft, muss ich ihr solche Besuche ersparen – zumindest vorübergehend. Ich möchte eigentlich nur ungern auf ihre Spürnase verzichten«, gestand Caspari. »Eine weitere Möglichkeit wären Gespräche mit unserem Psychologen.«

»In Ordnung, das hätten wir. Und was gab es sonst noch an Neuigkeiten?«, drängte Tina.

»Jin Jang ist der Meinung, der Riss im Zwerchfell wurde nicht durch einen dumpfen Gegenstand verursacht, sondern durch einen extrem kraftvollen, harten Schlag. Dr. Völker stimmt ihr zu.«

»Ein Nahkämpfer«, resümierte Mario.

»Ja, aber kein gewöhnlicher. Unser Täter verfügt über Fähigkeiten, die über die normale Ausbildung der Kommandoeinheiten des Militärs hinausgehen. Dieser Mann beherrscht das Kime.«

»Das was?«, fragte Clara und zog die Stirn in Falten. »Was ist das denn schon wieder?«

»Das ist die Kunst, die ganze Energie einer Kampftechnik auf einen Punkt zu fokussieren, auf dem sie förmlich explodiert. Der Geist ist auf diesen Punkt ausgerichtet. Die gesamte beteiligte Muskulatur spannt erst dann an, wenn zum Beispiel die Faust das anvisierte Ziel erreicht. Auch die Ausatmung ist in diesem Sekundenbruchteil auf ihrem Höhepunkt. Wer das richtig gut beherrscht, kann damit eine gewaltige Energie an der Stelle auf dem Körper des Gegenübers freisetzen, die er gerade trifft«, führte Caspari aus. »Diese Fähigkeit erwirbt man sich nur durch jahrelange Übung. Bruce Lee zum Beispiel war ein Meister darin. Das ist für eine Polizei- oder Militärausbildung zu langwierig.«

»Und wo lernt man so etwas?«, hakte Clara nach.

»Im chinesischen Kung-Fu und im ursprünglichen Karate, wie es heute noch in Okinawa gelehrt wird, nicht als Sport, sondern als Kampfkunst.«

»Beherrschst du das Kime?«, wollte Tina wissen.

»Nur ein bisschen. Im Aikido haben wir eher die fließenden Bewegungen. Aber diese Form der harten Schläge und Tritte kennen und üben wir auch, wenn auch nicht so intensiv wie ein Karateka.«

»Also gut. Unser Mann ist eine gefährliche, weil gut ausgebildete Killermaschine«, fasste Mario zusammen. »Gibt es sonst noch etwas, woran wir arbeiten können?«

»Dr. Völker hat eine Entdeckung gemacht, von der ich nicht weiß, was ich damit anfangen soll. Er fand in den Knochen der Toten Ablagerungen radioaktiver Substanzen.«

»Bei allen?«, fragte Tina ungläubig.

»Bei allen«, bestätigte Caspari.

»Wie geht das denn?«, widersprach Mario. »Sind die alle unter Tage in Gorleben auf die Welt gekommen, oder was?«

»Sie müssen alle radioaktiver Strahlung ausgesetzt gewesen sein«, vermutete Caspari. »Aber wo gab es in den Neunzigern oder in der ersten Dekade des 21. Jahrhunderts die Möglichkeit, dass gleich eine ganze Gruppe von Mädchen radioaktiv verstrahlt wird? Von Fukushima kann es nicht stammen.«

»Vielleicht waren gar nicht sie diejenigen, die verstrahlt wurden, sondern ihre Eltern«, mutmaßte Clara.

»Du denkst an etwas Bestimmtes?«, hakte Tina nach.

»Ich denke an die Tschernobyl-Opfer in der Ukraine und in Weißrussland. Unser Kirchenkreis unterstützt Nadeshda. Das ist ein Naherholungsheim in Weißrussland für Kinder aus der Region, die von der Reaktorkatastrophe betroffen war. Selbst die Kinder, die einige Jahre danach geboren wurden, tragen durch ihre Eltern die Spuren davon noch in sich, sichtbar und unsichtbar.«

»Wenn das mal kein Fahndungsansatz ist«, brummte Caspari.

Kinder von Tschernobyl

Caspari stand mit dem Kaffeebecher vor der weißen Tafel und sah sich konzentriert an, was sie bisher zusammengetragen hatten. Svenja Bauer hatte tags zuvor eine Straßen- und eine Wanderkarte besorgt und beide am Whiteboard befestigt. Mit bunten Magneten waren auf ihnen die Leichenfundorte markiert.

Nachdem alle Platz genommen hatten, eröffnete Caspari die Morgensitzung.

Ergebnisse oder neue Erkenntnisse konnte niemand präsentieren. Über ein gründliches Aktenstudium waren Schneider, Bauer, Sommer, Jung und Fuchs nicht hinausgekommen. Im Grunde hatten sie nichts außer den Fakten, die ihnen die Gelnhäuser Kollegen schon präsentiert hatten.

Caspari überließ es Jin Jang, ihnen von ihrer Einschätzung des Schlags in den Magen der Opfer zu erzählen, und davon, welche Schlüsse sie über den Täter daraus zog. Doch er behielt es sich vor, über die radioaktive Ablagerung in den Körpern der Toten zu berichten.

»Wir können mit an Sicherheit grenzender Wahrscheinlichkeit davon ausgehen, dass unsere Opfer allesamt aus Weißrussland oder der Ukraine stammen. Einen anderen Ansatz haben wir derzeit nicht, also konzentrieren wir uns darauf. Für Kinder aus dieser Region gibt es seit vielen Jahren Hilfe von den verschiedensten nationalen und internationalen Organisationen. Die müssen wir schnellstens ausfindig machen und kontaktieren.«

Das Präzisionsuhrwerk, das Caspari noch am Tag zuvor beschworen hatte, begann zu arbeiten. Im Laufe des Tages waren alle

Hilfsorganisationen ausfindig gemacht und die Kontaktaufnahme zu ihnen aufgeteilt. Am Nachmittag meldete Tina einen Erfolg.

»Die Hilfsorganisation heißt ›Kinder von Tschernobyl e.V.‹«, erklärte sie in der eilends einberufenen Besprechung. »Das ist, wie der Name schon sagt, ein deutscher Verein, der sich allerdings mit einigen Partnerorganisationen im Ausland zu einer Art Verbund zusammengeschlossen hat. Die Geschäftsführerin hat sich bei mir gemeldet, weil sie zwei unserer Toten auf den Fotos der Gerichtsmedizin erkannt hat. Sie hatte die beiden einige Zeit persönlich betreut, als sie noch Kinder waren. Beide waren weißrussische Vollwaisen. Ihre Eltern starben früh an Krebs, der eine Folge der Verstrahlung war. Der Verein hat die medizinische und psychotherapeutische Versorgung der Mädchen organisiert. Ziel war es, sie zur Adoption freizugeben oder bei geeigneten Pflegefamilien unterzubringen. Allerdings scheiterte das am Widerstand der örtlichen Behörden. Die unterstellten ihm, die Kinder Weißrusslands an westliche kinderlose Ehepaare verschachern zu wollen. Deshalb kamen sie zunächst in staatliche Einrichtungen, wo der Verein den Kontakt zu ihnen verlor. Das muss die Frau sehr mitgenommen haben. Sie weinte am Telefon, als ich ihr sagte, dass die beiden einem Verbrechen zum Opfer gefallen sind.«

»Konnte sie dir die Namen der beiden sagen?«, fragte Svenja Bauer in die Spannung hinein.

Tina brauchte einen Moment, um sich zu fassen. Das Gespräch mit der weinenden Frau ging ihr immer noch nahe.

»Ach ja, natürlich, Entschuldigung. Die Frauen hießen Gruscha Golubew und Frosja Andrejew. Gruscha ist unsere erste Tote, Frosja die vierte.«

»Endlich habt ihr eure Identität wieder«, sagte Caspari zu den Fotos an der Tafel, unter die er mit einem Filzstift die jeweiligen Namen schrieb. »Kommen wir ohne richterlichen Beschluss an die Datenbank des Vereins?«, fragte er.

»Im Prinzip ja, meinte die Geschäftsführerin«, antwortete Tina. »Sie muss allerdings erst die beiden Vorsitzenden um Erlaubnis fragen. Des Weiteren fragt sie auch bei den Partnerorganisationen nach, ob die anderen drei Frauen dort irgendjemandem bekannt sind. Da im Laufe der Zeit Mitarbeiter sicher auch gewechselt haben, war sie allerdings nur verhalten optimistisch.«

»Wer sind denn die beiden Vereinsvorsitzenden?«, wollte Caspari wissen.

»Zwei Ärzte: die emeritierten Professoren Dr. Horst Keil und Dr. Ernst Brüning«, erklärte Tina.

»Ich oute mich jetzt wahrscheinlich als Volltrottel«, unterbrach sie Erich Fuchs. »Was bedeutet ›emeritiert‹?«

»Dass sie keinen Lehrauftrag mehr an der Universität haben, weil sie in den Ruhestand gegangen sind«, mischte Caspari sich ein.

»Der Ruhestand scheint aber nur das Lehren zu betreffen«, fuhr Tina fort. »Keil und Brüning sind die Chefärzte einer Rehabilitationsklinik. Keil als Orthopäde, Brüning als Psychiater und Psychotherapeut. Die Klinik gehört einer Stiftung, ist also so etwas wie eine private Einrichtung. Die Patienten sind in erster Linie Soldaten, die verletzt oder mit dem posttraumatischen Belastungssyndrom oder mit beidem aus Auslandseinsätzen zurückgekommen sind. Hinzu kommen Polizisten – auch aus dem deutschsprachigen Ausland –, die Mitglieder von verschiedenen Einsatzkommandos sind. GSG-9-Angehörige gehören auch dazu. Bei denen geht es fast ausschließlich um psychische Indikationen.«

»Haben die Österreicher und die Schweizer keine eigenen Kliniken für so etwas?«, wunderte Andreas Sommer sich.

»Doch, allerdings keine, die für den Staat so geringe Kosten verursachen. Wie ich bereits sagte, handelt es sich um die Einrichtung einer Stiftung. Diese Stiftung wurde von der deutschen Waffenindustrie ins Leben gerufen«, erläuterte Tina.

»Na klasse. Erst produzieren sie Waffen, dann sponsern sie eine Klinik, in der die Folgen ihrer Produkte behandelt werden«, meinte Mario kopfschüttelnd.

»Das spricht aber nicht gegen die Qualität der ärztlichen Behandlung«, warf Schneider ein.

»Kann sein«, gab Mario klein bei.

»Kennst du die Klinik, Gernot?«, fragte Caspari Schneider. »Du warst ja mal bei der GSG 9.«

»Nach dem Tod meiner Frau war ich sechs Wochen dort. Ohne die Hilfe, die ich bei diesem Aufenthalt erfahren habe, würde ich heute nicht hier sitzen«, antwortete Schneider mit ernster Miene. »Die Klinik ist übrigens ganz in der Nähe. Sie liegt sehr idyllisch. Die Stiftung hat sie im Schloss Ramholz im Umland von Schlüchtern untergebracht.«

»Dann, denke ich, sollten wir den zwei alten Herren mal einen Besuch abstatten«, beschloss Caspari.

Sport und Zärtlichkeiten

Erschöpft und entspannt zugleich stieg Clara aus dem Wagen im Innenhof des alten Gutes. Claas, ihr Trainer, hatte sie und die anderen an diesem Abend ordentlich rangenommen.

Seit einigen Monaten übte sie sich im Sportcenter von Casparis altem Trainer Seydel in dem israelischen Selbstverteidigungssystem Krav Maga. Das hatte sie schon einmal vor dem Schlimmsten bewahrt. Ein Mann, der versucht hatte, sie zu vergewaltigen, hatte die Effektivität dieser Form der Selbstverteidigung schmerzhaft erfahren. Seither trainierte sie mit einem Eifer, den sie bei sich selbst nicht vermutet hätte.

Clara hoffte, dass Caspari nach seiner Rückkehr vom Polizeirevier eine ordentlich große Runde mit Camillo gelaufen war. Sie fühlte sich jetzt nur noch zum Abendessen und anschließend zum Liegen auf der Couch vor dem Kachelofen in der Lage.

In den ehemaligen Stallungen, die Caspari und sein Schwager Benny sich zum Trainingsraum ausgebaut hatten, brannte Licht. Als Zaungast sah sie durch eines der Fenster und beobachtete, wie die beiden verschwitzten Männer Lukas eine Wurftechnik demonstrierten, die er dann mit Benny nachmachte.

Clara wurde warm ums Herz, als sie sah, mit welcher Leidenschaft dieses Kind mit seinem Vater und Onkel, zwei hochgraduierten Aikidoka, übte. Lukas war ihr so sehr ans Herz gewachsen, als wäre er ihr eigener Sohn. Sie war stolz auf dieses Kind und ließ dieses Gefühl zu.

Eine Stunde später lag sie auf dem Sofa, eng an Caspari geschmiegt, der sich hinter ihr ausgestreckt hatte. Camillo, der vor ihr auf dem Teppich lag, hatte sich auf den Rücken gedreht und reckte die Pfoten genüsslich in die Luft, während Clara ihm die Brust kraulte. Der Ofen gab eine wohlige Wärme ab, die sie schläfrig machte.

Aus den Lautsprechern der Musikanlage drangen die Klänge von Mendelssohn Bartholdys Symphonie »Ein Sommernachtstraum« in ihr Ohr. Obwohl der eisenharte Winter das Land noch fest in seinem Griff hatte und der Frühling noch in weiter Ferne zu sein schien, hatte Clara sich von Caspari eine sommerlich-heitere Musik gewünscht. Er fuhr ihr sanft durch das Haar und über den Nacken. Sie befand, dass Camillo nun genug Streicheleinheiten bekommen hatte, und fuhr mit ihrer Hand über Casparis Bauch hinter ihrem Rücken.

»Ich habe zugenommen«, reagierte er frustriert.

»Das ist normal, wenn man Weihnachten und Silvester hinter sich gebracht hat«, kommentierte sie.

»Findest du mich zu dick?«

Sie drehte sich zu ihm um und sah ihm in die Augen.

»Christoph …«, sagte sie sanft, »wann nimmst du dich endlich einmal so an, wie du bist?«

»War das deine Antwort?«, erwiderte er bedrückt.

»Du hast keinen Waschbrettbauch, eher die Waschbärvariante. Das weißt du selbst. Aber das ist keine Wampe, nur ein Bauchansatz. Du machst viel Sport und hast Muskeln, von denen andere nur träumen können. Nein, du bist nicht dick. Du bist ein Bär, mein Großer. Ich will dich gar nicht anders haben.«

Als wollte er ihre Worte unterstreichen, drückte er sie zärtlich an sich und brummte leise.

***

Die Dunkelheit wollte nicht enden. Selbst am helllichten Tag nicht. Sie war immer da, war immer in ihm drin. Wie eine schwere tiefschwarze Decke lag sie auf seinen Gedanken, seinen Erinnerungen. Warum, zum Teufel, hatte ihn sein Gedächtnis verlassen? Es gab ihm nur ein Bild, das es in einer Dauerschleife immer und immer wiederholte.

Da waren zwei Lichtstrahlen, die sich in der Nacht vortasteten. Sie glitten über gefrorenen Boden, der mit Laub und toten Ästen bedeckt war, Meter um Meter. Dann standen sie still, und er spürte eine fast unerträgliche Kälte in seinem Gesicht. Plötzlich brach die Vision ab und begann von Neuem. So ging das stundenlang. Er hatte Angst, verrückt zu werden.

Der Tod wird nicht mehr sein

In die Morgenbesprechung platzte Bertram höchstpersönlich mit einer bösen Nachricht.

»Wir haben soeben einen Anruf bekommen. Es gibt eine neue Leiche.«

Die gesamte Abteilung machte sich auf den Weg zum Fundort.

»Weißt du, wo das ist?«, wurde Caspari von Jin Jang gefragt, die zusammen mit Gernot Schneider in seinem Auto saß.

»Ja. Schlierbach ist leicht zu finden. Der Fundort liegt kurz vor dem Ortseingang in einem Waldstück neben der B 267.«

»Also hat er diesmal wieder einen Ort gewählt, an dem er leichter hätte gesehen werden können als beim letzten«, kombinierte Schneider.

»So sieht es aus«, stimmte Caspari zu und wandte sich an Jin Jang. »Traust du es dir zu, die Tote eingehend zu betrachten? Sag es bitte offen und ehrlich, wenn es nicht geht.«

Jin Jang atmete tief durch.

»Was du mir vorgestern vor dem Sektionssaal gesagt hast, ist mir noch den ganzen Abend durch den Kopf gegangen. Ich habe auch mit Gernot lange darüber gesprochen, ob es die Seele gibt und ob sie unsterblich ist ...«

»Ich habe ihr gesagt, dass ich durchdrehen würde, wenn ich nicht daran glauben könnte, dass meine Frau nach allem, was sie wegen ihrer Krankheit durchmachen musste, jetzt nicht irgendwo wäre, wo sie glücklich ist und es ihr gut geht«, erklärte Schneider.

»Und Gott wird abwischen alle Tränen von ihren Augen, und der Tod wird nicht mehr sein, noch Leid noch Geschrei noch Schmerz wird mehr sein«, sagte Caspari halblaut vor sich hin.

Er spürte, wie Jin Jang ihn überrascht ansah.

»Das stammt aus der Bibel. Diese Worte stehen in der Offenbarung des Johannes, wo es um das ewige Reich der Liebe und des Heils Gottes geht.«

Im Rückspiegel sah er einen in sich gekehrten Gernot Schneider, der schweigsam aus dem Seitenfenster blickte.

»Das ist sehr schön«, sagte Jin Jang leise und fuhr dann mit fester Stimme fort.

»Ja, ich mache es.«

»Diesmal hat es keinen Spaziergänger erwischt, sondern den Fahrer eines Kurierdienstes, der hier nur pinkeln wollte und dabei fast über die Leiche gefallen ist«, begrüßte Bertram sie am Fundort.

»Er hat doch nicht etwa auf die Tote ...?«, entfuhr es Caspari.

»Nein, so geistesgegenwärtig war er trotz des Schrecks dann doch noch«, beruhigte ihn sein früherer Mentor.

Rasch schlüpften sie in die weißen Overalls und zogen das Plastik über ihre Schuhe. Caspari sah kurz seinen Leuten zu, wie sie gemeinsam mit den Gelnhäuser Kollegen systematisch mit der Spurensicherung begannen. Dann wandte er sich zu Jin Jang.

»Können wir?«

Die junge Chinesin nickte und folgte ihm zu der Stelle, an der ein Polizist bereits mit der Fotokamera zugange war. Leise knisterte das am Boden festgefrorene Laub, als sie darauf traten. Die Sonne warf helles Licht von dem blauen Himmel, das sich seinen Weg durch die kahlen Stämme und Äste bahnte.

Vor ihnen lag der leblose Körper einer jungen Frau mit langem roten Haar. Der harte Frost hatte sich auch ihres Leichnams bemächtigt. Die Haut des Opfers wies dieselbe gräuliche Färbung wie bei der letzten Leiche auf, ebenso hatte es das Hämatom im Bauchraum. Er nickte, als Jin Jang darauf deutete. Doch viel mehr als das nahm das Tuch, das um den Hals der Toten drapiert war, seine Aufmerksamkeit in Anspruch.

»Dieses Mal ist es weiß.« Bertram schien seine Gedanken zu erraten. »Hast du eine Idee, mein Junge, was er uns damit sagen will?«

»Wenn es denn bloß einer ist und wir es nicht mit zweien zu tun haben«, gab Caspari zurück. »Nein, ich habe keinen Schimmer.«

»Mal ganz abgesehen von der Arbeit, die sich der Täter mit dem Tuch macht«, stellte Jin Jang fest, »macht es den Eindruck, als habe er die Tote nicht einfach nur abgelegt, sondern mit einer großen Sorgfalt platziert. Die Arme liegen beide gestreckt neben dem Körper, die Beine sind geschlossen, das Haar wurde ihr aus dem Gesicht gestrichen. So brutal er sie auch ermordet hat – er hat der Toten nicht die Würde genommen.«

Milena

Clara biss herzhaft in ihren Apfel, nachdem sie sich im Lehrerzimmer auf ihren angestammten Platz gesetzt hatte. Die Pause hatte sie sich redlich verdient.

»Frau Frank?«

Sie drehte sich in die Richtung, aus der die Stimme kam. Die neue Kollegin sah sich suchend im Raum um. Clara hob den Arm und winkte. Die Frau nickte und kam zu ihr.

»Milena Schwab, hallo«, stellte sie sich mit einem Lächeln vor.

»Clara Frank, auch hallo«, erwiderte Clara gut gelaunt den Gruß und wies auf den freien Stuhl neben sich. Die neue Kollegin bedankte sich und nahm Platz.

»Es geht um zwei Schüler aus Ihrer Klasse«, begann Milena Schwab zaghaft. »Marcel Baumann und Yvonne Krause. Ich habe den beiden die Handys abgenommen. Während des Mathematikunterrichts waren die zwei mehr mit dem Chat als mit den Aufgaben an der Tafel beschäftigt.«

Clara schüttelte verärgert den Kopf.

»Schon wieder die beiden.«

»Wie gehen Sie an dieser Schule damit um?«

»Zuerst gibt es eine Verwarnung, und das Handy liegt bis zum Unterrichtsende in der Verwaltung. Bei Wiederholungstätern wie Marcel und Yvonne werden die Maßnahmen dann schon härter. Ich werde die Eltern zu einem Gespräch einbestellen. Dazu wird es einen Eintrag in die Schülerakte der beiden geben. Falls sich dieses Verhalten dann noch wiederholt, kann der Rektor nach einer Klassenkonferenz einen Schulausschluss verfügen.«

»Sie fahren hier ja ganz schön große Geschütze auf«, wunderte sich Milena.

»Die Schüler müssen begreifen, dass ihr Verhalten in erster Linie ihnen und ihrer Zukunft schadet. Aber natürlich hat das Grimmelshausen-Gymnasium auch einen Ruf zu verlieren.«

Clara nahm die beschlagnahmten Mobiltelefone in Empfang.

»Ich habe Lust auf einen Kaffee«, sagte sie, stand auf und ging zum Geschirrschrank. »Möchten Sie auch einen?«

»Oh ja, gern. Meine Thermoskanne liegt noch in einem der Umzugskartons ganz unten. Deshalb habe ich nichts Warmes zu trinken dabei.«

»Sie sind hierhergezogen?«

»Ja, ich habe eine schöne Wohnung in Haitz gefunden. Allerdings bin ich mit dem Auspacken noch nicht fertig geworden.«

Milena blickte zu Boden und lächelte ein wenig. Clara glaubte, den dunklen Schatten wieder zu sehen, der sich dahinter verbarg. Sie nahm die halb volle Glaskanne von dem Kaffeekocher, goss der jungen Frau und sich ein und wechselte das Thema.

»Ich bin übrigens Clara. Hier duzen sich zwar nicht alle, aber die meisten. Aber nur, wenn es Ihnen recht ist.«

»Ja, gern. Ich heiße Milena.«

»Ein schöner Name. Wo stammt der her?«

»Aus dem Russischen. Ich bin aber keine Russin oder Russland-Deutsche«, stellte Milena klar.

»Aha«, reagierte Clara vorsichtig. Sie hatte den Verdacht, dass dieses Thema ein vermintes Feld war.

Standesdünkel

Schloss Ramholz war ein Bau aus dem 19. Jahrhundert, der Caspari an eines der schottischen Schlösser erinnerte, die er aus Büchern und Filmen kannte.

Zweifellos war es dem alten Gemäuer gut bekommen, dass eine Stiftung mit sehr viel Geld der Eigentümer war. Vergammelte Fensterrahmen und heruntergekommene Ecken und Winkel suchte man hier vergebens.

Mario und Caspari wurden durch ein großes Foyer zu den Fahrstühlen geführt. Im ersten Stock nahm sie eine Frau in Empfang, die sich als Sekretärin von Professor Keil vorstellte und sie in ein großräumiges, stilvoll eingerichtetes Büro führte.

Dort erwarteten sie zwei Herren in Arztkitteln. Caspari schätzte beide auf Mitte siebzig. Der eine war hochgewachsen und so dünn, wie Caspari es nie werden würde. Sein Gesicht war schmal und kantig geschnitten. Dicke, buschige Augenbrauen ragten über den Rand seiner Brillengläser. Der andere war kräftiger gebaut als sein Kollege und nicht ganz so groß. Er trug einen Oberlippenbart, der an den Philosophen Friedrich Nietzsche erinnerte.

Der Kräftige trat auf sie zu und begrüßte sie.

»Professor Keil. Guten Tag, meine Herren. Das ist mein Kollege Professor Brüning.«

»Dr. Caspari und Hauptkommissar Bartoldi vom BKA.«

Caspari verzichtete gemeinhin darauf, sich mit seinem akademischen Grad vorzustellen. Doch der Orthopäde hatte ihn mit seiner Vorstellung geärgert. Was tat es in diesem Fall zur Sache, welchen Titel die beiden alten Herren innehatten? Caspari empfand es als eine Form der Überheblichkeit, die er nicht dulden mochte. Die Nennung seines eigenen Titels war eine versteckte Mahnung, dass sie sich auf Augenhöhe unterhielten.

»Ah, ein Kriminaldirektor mit einem akademischen Grad«, sagte Brüning, der prompt den Köder schluckte und ihnen die Hand schüttelte. »In welcher Disziplin, wenn ich fragen darf?«

»Psychologie, Spezialgebiet Kriminalpsychologie«, erklärte Caspari knapp.

Keil zuckte kaum merklich mit den Mundwinkeln, dann wies er ihnen zwei der Ledersessel zu, die zu einer Sitzgruppe gehörten. Aus dem Augenwinkel sah Caspari, dass Mario zum Fenster hinausblickte, durch das die Wintersonne ihre hellen Strahlen schickte. Seinem Freund gingen diese akademisch verbrämten Angebereien genauso auf die Nerven wie ihm selbst.

»Frau Lindner, die Geschäftsführerin unseres Vereins, hat bereits mit uns telefoniert«, begann Brüning. »Stimmt es, was sie uns unter Tränen erzählte?«

»Ich fürchte ja«, bestätigte Caspari, während Mario die Porträts des ersten und des vierten Opfers auf den polierten schweren Holztisch zwischen ihnen legte.

»Das sind Gruscha Golubew und Frosja Andrejew, oder vielmehr: Das sind ihre Leichen«, sagte er tonlos.

»Mein Gott«, rief Keil aufgebracht. »Da reißt man sich die Beine aus, damit diese gebeutelten Kinder eine Zukunft haben, und dann landen sie auf dem Seziertisch.« Er fuhr sich sichtlich bewegt mit der Hand über das Gesicht. Der akademische Dünkel war dem Entsetzen gewichen. Seinem Kollegen Brüning war die Farbe aus dem Gesicht gewichen.

»Furchtbar, furchtbar. Mir fehlen die Worte«, stammelte er. »Als Ärzte sehen wir jeden Tag furchtbare Verletzungen an Körper und Seele. Dazu habe ich eine professionelle Distanz. Aber diese Mädchen – das ist etwas … Persönliches.«

»Was können Sie uns zu den beiden sagen?«, nahm Caspari den Gesprächsfaden in die Hand.

»Im Grunde auch nicht mehr als Frau Lindner«, antwortete Keil, der sich wieder gefasst hatte. »Vielleicht noch, dass beide ausgesprochen liebe Mädchen waren, deren Schicksal einem das Herz brach, besonders nachdem die weißrussischen Behörden sich quergelegt hatten.«

»Haben Sie sich um alle Kinder aus Ihrem Hilfsprojekt persönlich gekümmert?«, hakte Mario nach.

»Nein, nur um die Ersten, die in das Hilfsprogramm kamen. Als die Zahl stetig wuchs, mussten wir delegieren«, erklärte Brüning, »sonst wäre uns das über den Kopf gewachsen. Frau Lindner war als Geschäftsführerin ein Glücksgriff. Sie ist sozusagen das Herz unseres Vereins.«

»Wir haben leider noch mehr Opfer«, legte Mario nach. »Sie haben dieselben radioaktiven Ablagerungen im Körper wie Gruscha und Frosja. Deshalb gehen wir davon aus, dass es sich bei ihnen ebenfalls um Kinder handelte, die in dem Hilfsprogramm einer Organisation waren, vielleicht sogar bei Ihrem Verein.«

Er legte die übrigen drei Fotografien aus der Gerichtsmedizin auf den Tisch, dazu sein Mobiltelefon, auf dem ein Bild vom Gesicht des neuesten Opfers zu sehen war.

Die beiden Mediziner machten aus ihrem Widerwillen keinen Hehl, sahen sich aber die Fotos an und schüttelten die Köpfe.

»Nein, die kennen wir nicht«, meinte Keil. »Aber das will nichts heißen, denn wir haben ja nach den ersten Jahren des Aufbaus des Vereins unser Engagement eher im Hintergrund betrieben.«

»Und falls wir eine von ihnen gekannt haben sollten, dann als Kleinkind und nur für eine begrenzte Zeit. Ich könnte nicht mit Gewissheit sagen, ob ich eine von diesen Frauen früher betreut habe«, ergänzte Brüning. »Haben Sie schon bei unseren Partnerorganisationen nachgefragt?«

»Die Anfragen laufen bereits«, erklärte Caspari. »Bei unseren Ermittlungen wäre es sehr hilfreich, wenn wir auf die Unterlagen Ihres Vereins Zugriff hätten.«

»Selbstverständlich«, versicherte Brüning. »Wir haben Frau Lindner dahin gehend schon angewiesen.«

»Dann wäre das zunächst alles, womit wir Sie behelligen müssen«, schloss Caspari das Gespräch. »Wir werden aber sicher hin und wieder auf Sie zukommen, wenn sich Fragen ergeben.«

»Natürlich«, stimmte Brüning zu.

Beim Aufstehen fiel Casparis Blick auf einen runden Tisch, der in einer Ecke des Raumes stand. In seine Platte war ein Mühlefeld als Intarsienarbeit eingelassen.

»Das ist ein schönes Möbelstück«, befand er.

»Ja, eine ausgezeichnete Handarbeit«, bestätigte Keil. »Das Spielfeld lässt sich sogar drehen, wenn man die Arretierung löst. Dann befindet sich ein Schachfeld auf der Oberseite.«

»Sie spielen beides, Mühle und Schach?«

»Im Prinzip ja«, gab Brüning zur Antwort. »Allerdings fehlt uns für Schach oft die Zeit. Deshalb spielen wir meistens Mühle.«

Viel Dunkel, wenig Licht

»Wie war es bei den Herren Professoren?«, wollte Tina wissen, als Caspari und Mario eine halbe Stunde später ihre Jacken im Polizeirevier auszogen.

»Blasierte Affen mit Standesdünkel«, ereiferte sich Mario.

Caspari kannte ihn nun schon lang genug, um zu wissen, dass sein Freund neben der mediterranen Leichtfüßigkeit auch das hitzige Gemüt eines Italieners geerbt hatte. Er konnte sich ein Grinsen nicht verkneifen und klopfte Mario auf die Schulter. Dann ging er von Büro zu Büro und berief eine Besprechung ein.

»Die Auswertung unserer kriminaltechnischen Arbeit läuft noch«, führte Svenja Bauer aus, als sie später im Besprechungsraum zusammensaßen. »Was ich aber schon jetzt sagen kann, ist, dass es wahrscheinlich gar nichts zum Auswerten gibt. Da waren keine Spuren – jedenfalls keine verwertbaren. Es ist zum Mäusemelken.«

»Bei dieser wochenlangen Saukälte ist der Boden so fest gefroren, dass da schon ein Panzer über den Boden fahren müsste, um Abdrücke zu hinterlassen«, bestätigte Schneider.

»Auch was die Kleidung betrifft, die bei den Taten getragen wurde, war nicht eine Faser zu finden.«

»Von DNS, Haaren, Haut, Körperflüssigkeit ganz zu schweigen«, bemerkte Jung.

»Also, fassen wir zusammen: Wir haben einen extrem trockenen und kalten Winter«, resümierte Caspari. »Diese klimatischen Bedingungen arbeiten für den oder die Täter. Läge wenigstens etwas Neuschnee, sähe die Sache schon anders aus. Wer auch immer unser Mann ist, er arbeitet ausgesprochen professionell. Ich nehme an, er trägt eine Sturmmaske und Handschuhe aus Softshell, der Rest der Kleidung dürfte aus demselben Material sein. Das ist sehr abriebfest. Auf die Schuhe muss der Täter kein besonderes Augenmerk legen, denn auf diesem Boden hinterlassen sie keine Spuren. Das gilt natürlich auch für die Autoreifen. Die Frage, mit der wir uns auseinandersetzen müssen, ist die, ob die Frauen in einem so kurzen Abstand ermordet werden, weil der Täter Angst hat, sie ansonsten nicht mehr in die Finger zu bekommen, oder weil er das für ihn günstige Klima ausnutzen will, oder beides. Oder haben die kurzen Abstände einen ganz anderen Grund?«

»Hinzu kommt noch die Frage, warum er es auf Frauen abgesehen hat, die als Tschernobyl-Kinder von Hilfsorganisationen betreut worden sind«, warf Tina ein.

»Seit wann waren die Frauen in Deutschland? Lebten sie hier illegal, mit einem Visum oder hatten sie sogar die deutsche Staatsangehörigkeit angenommen? Welcher Beschäftigung sind sie nachgegangen? Handelte es sich um Studentinnen, Angestellte, vielleicht auch Kriminelle?«, zählte Mario auf.

»In Ordnung, das sind erst einmal genug Fragen«, befand Caspari, der stichwortartig an der Tafel mitgeschrieben hatte. »Sind die Unterlagen des Vereins der beiden Ärzte schon eingetroffen?«

Andreas Sommer nickte.

»Kurz nachdem ihr vom Schloss Ramholz zurückgekommen wart, schickte sie die Geschäftsführerin des Vereins als E-Mail.«

»Dann bearbeitet ein Teil von euch bitte die Porträts aller sechs Opfer mit der Software, die beliebig verjüngen oder älter machen kann. Bearbeitet die Bilder der Toten aus der Gerichtsmedizin, sodass man sieht, wie sie mit einem halben, mit einem Jahr, mit drei und mit sechs Jahren ausgesehen haben, und vergleicht sie mit den Fotos in den Vereinsunterlagen. Die anderen gehen alles haarklein durch. Ich will den Namen jeder Person, jeder Organisation, mit der der Verein auch nur drei Worte gesprochen oder geschrieben hat, und ich will wissen, worüber«, beauftragte Caspari seine Leute. »Derweil setze ich mich mit den weißrussischen Behörden in Verbindung und versuche, den Weg zu rekonstruieren, den Gruscha Golubew und Frosja Andrejew nach ihrer Unterbringung im Waisenhaus genommen haben.«

Hochzeitsplanungen

Clara hatte zwei unerfreuliche Telefonate mit den Eltern der renitenten Schüler hinter sich gebracht, als die Wagen von Caspari und Mario in den Innenhof einfuhren. Sie sah die drei vom Küchenfenster aus und warf einen Blick auf die Uhr. Es war doch noch hell draußen. Fünf Uhr nachmittags schien ihr ungewöhnlich früh für den Feierabend, wenn die Abteilung auf Hochtouren ermittelte. Tina und Mario gingen mit schleppenden Schritten zur Eingangstür ihres Apartments im Gästetrakt des alten Hofgutes. Caspari schlurfte auch eher, als dass er ging.

»Hallo«, rief er müde, als er die Tür hinter sich geschlossen hatte. Clara ging ihm im Flur entgegen. Casparis Mundwinkel waren nach unten gezogen, sein Blick strahlte die Erschöpfung aus, die ihn befallen hatte.

»Du siehst aus, als hättest du heute mehr Stress gehabt, als dir guttut«, kommentierte Clara seinen Zustand.

»Zum einen: Wir haben seit heute Morgen die sechste Leiche,

zum anderen: Wir haben zwei der Toten identifizieren können. Außer den Namen und der Herkunft wissen wir allerdings noch so gut wie nichts. Wir haben viel Material, das wir auswerten müssen, wahrscheinlich zu viel, um rechtzeitig den Fall aufzuklären, bevor unser Täter wieder zuschlägt«, erklärte Caspari.

»Du glaubst, er wird weitermachen?«

»Ich befürchte es. Mit den weißrussischen Behörden habe ich Kontakt aufgenommen und einen Rechtshilfeantrag gestellt. Aber das geht alles nur in einem unglaublichen Schneckentempo voran.«

Er zog sich die Wanderstiefel und die Handschuhe an und setzte seine Mütze auf.

»Ich brauche eine Runde Frischluft. Tina und Mario auch. Camillo hat bestimmt Lust auf einen Spaziergang. Willst du auch noch mal raus? Lukas nehmen wir auch mit, wenn er will.«

Clara blieb bei diesem Aufgebot nichts anderes übrig, als mitzugehen. Während einer halben Stunde strammen Fußmarsches auf der Spielberger Platte seufzten mal Caspari, mal Mario, mal Tina, und jeder beteuerte, wie gut ihm dieser Spaziergang tat. Ein Gespräch über den Fall vermieden alle drei, und Clara verkniff es sich, dieses Thema anzuschneiden.

Das Abendessen nahmen Caspari und Clara allein mit Lukas ein. Tina und Mario hatten Claras Einladung mit der Bemerkung abgelehnt, sie seien zu ausgelaugt für eine große Runde am Tisch. Nachdem Caspari seinen Sohn ins Bett gebracht hatte, erwartete ihn Clara in der Küche mit verschiedenen Vorlagen für ihre Hochzeitseinladung. Sie sah, wie sehr er sich bemühte, einen konzentrierten Eindruck zu erwecken, und empfand fast so etwas wie Mitleid mit ihm. Aber der Text auf der Einladungskarte musste am kommenden Tag zur Druckerei gegeben werden.

»Findest du, u. A. w. g. ganz unten auf der Karte reicht aus, oder sollen wir es ausschreiben?«, versuchte Clara, seine Aufmerksamkeit zu gewinnen.

»Mhm?«

»Mensch, Christoph, ich weiß, du bist erschöpft. Aber es ist auch deine Hochzeit, die wir im Juli feiern wollen. Reiß dich noch eine halbe Stunde zusammen, dann sind wir mit allem durch, und du kannst ins Bett gehen.«

Ihre Standpauke zeigte Wirkung. Caspari rieb sich die Augen, trank einen großen Schluck Wasser und ging konzentriert ans Werk.

Die Verabredung

Clara war Caspari im Grunde genommen dankbar dafür, dass er am Abend zuvor früh ins Bett gegangen war. Sie hatte es ihm gleichgetan und fühlte sich am nächsten Morgen frisch und ausgeruht. Als sie den Klassenraum zur Pause hinter sich abschloss, hörte sie jemand ihren Namen rufen. Sie erblickte Milena, die auf sie zukam.

»Wie liefen die Telefonate mit den Eltern von Marcel und Yvonne?«, wollte die neue Kollegin wissen.

»Marcels Eltern waren wenig erbaut über das Verhalten ihres Sohnes. Die sind sehr kooperativ und wollen uns und letztlich auch ihrem Sohn helfen. Yvonnes Eltern hielten unser Vorgehen für überzogen. Wir würden mit Kanonen auf Spatzen schießen, meinte die Mutter. Um mir das Leben nicht ganz so schwer zu machen, habe ich beide Elternpaare zu einem gemeinsamen Gesprächstermin eingeladen«, fasste Clara die Telefonate vom Vortag zusammen.

»Verstehe«, meinte Milena, »so hast du gleich Rückendeckung von Marcels Eltern, wenn die von Yvonne eine Blockadehaltung einnehmen. Diesen Trick muss ich mir merken.«

»Was macht denn das Auspacken der Kisten?«, wechselte Clara das Thema.

»Ich bin gestern Abend um zehn Uhr mit dem letzten Karton fertig geworden. Selbst die gerahmten Bilder haben jetzt ihren Platz.«

Wieder war für einen kurzen Moment ein Schatten über das Lächeln der jungen Frau geglitten, der Clara schon in den vergangenen Tagen aufgefallen war. Diese unausgesprochene, nur mäßig versteckte Trauer und die knappe Auskunft über die Herkunft ihres Namens weckten in Clara eine Neugier, die sie schon einige Male in Schwierigkeiten gebracht hatte. Sie unterdrückte die mahnenden Stimmen in ihrem Hinterkopf.

»Hast du Lust, heute Nachmittag auf eine Tasse Kaffee zu mir zu kommen?«, gab sie ihrer Neugier nach.

»Gern, es könnte aber ein bisschen später werden. Ich habe heute noch einen Termin.«

Wieder zeigte sie ein eher aufgesetztes Lächeln.

»Wann passt es dir?«

»So kurz nach vier.«

»Das geht in Ordnung. Ich habe ohnehin heute Nachmittagsunterricht. Trinkst du lieber Tee oder Kaffee?«

»Tee wäre mir lieber.«

»Gut! Dann bis nachher. Schön, dass das klappt.«

Nicht mehr namenlos

Caspari war kein Freund von SMS. Nur widerwillig las er die Nachricht, die Clara ihm auf sein Mobiltelefon geschickt hatte.

Koche bitte Tee und Kaffee, falls du vor mir zu Hause bist. Ich bekomme Besuch. Hdl. Clara.

Hdl – warum nahm sich heutzutage niemand mehr die Zeit, »Habe dich lieb!« zu schreiben? Unwillig brummte er vor sich hin, als er sich zur Besprechung im Gemeinschaftsraum im Gelnhäuser Polizeirevier setzte.

»Mein lieber Scholli, das war echte Schwerstarbeit«, stöhnte Andreas Sommer. »Aber die Plackerei hat sich gelohnt. Mit Hilfe der Bildbearbeitung aus der Software konnten wir alle Identitäten ermitteln. Drei wurden von ›Kinder von Tschernobyl e.V.‹ betreut, die anderen drei von einer ebenfalls deutschen Partnerorganisation, ›Tschernobyl-Hilfe e.V.‹. Von diesem Verein haben wir gestern Nachmittag durch die Vermittlung von Frau Lindner die Unterlagen via E-Mail zugesandt bekommen. Unsere Toten sind, in der Reihenfolge ihres Todes: Gruscha Golubew, Alja Below, Jewa Kusmin, Frosja Andrejew, Filipa Bogdanow und Marina Baranow, allesamt aus Weißrussland.«

Svenja Bauer schrieb die Namen unter die Porträts an der weißen Tafel.

»Interessant ist allerdings, dass unsere Opfer nicht unter diesen Namen in Deutschland gemeldet waren«, übernahm Schneider. »Das lässt nur zwei Erklärungen zu: Entweder sind sie von Weißrussland ins schöne Kinzigtal gekommen, um sich hier ermorden zu lassen, was eher unwahrscheinlich ist. Oder sie lebten unter falschen Namen in Deutschland.«

»Gut«, befand Caspari. »Wir gehen folgendermaßen vor: Zunächst leiten wir einen bundesweiten Fahndungsaufruf ein. Jede Polizeidienststelle, selbst in Hintertupfingen, bekommt die Porträts der Toten zugesandt, um sie mit den eigenen Unterlagen abzugleichen. Vielleicht liegt irgendwo eine Akte mit dem Bild von einer von ihnen vor.«

»Du hoffst, dass eine der Toten zu Lebzeiten mal erkennungsdienstlich behandelt wurde?«, hakte Erich Fuchs nach.

»Ja. Wir müssen selbst die unwahrscheinlichste aller Möglichkeiten in Betracht ziehen«, sagte Caspari beharrlich. »Des Weiteren will ich, dass die Porträts den Ärzten und den Arzthelferinnen in jeder gynäkologischen Praxis in Deutschland gezeigt werden.«

»Weißt du, was du da verlangst?«, fragte Mario.

Caspari sah zu ihm hinüber. Er hatte schon sehr früh gelernt, auf Tina und Mario zu hören und ihre Einwände ernst zu nehmen.

»Ja, das ist mir klar. Aber verstehe bitte: Ich werde jede sich nur bietende Chance nutzen, diese Mordserie zu beenden. Und wenn sich dadurch die Kollegen von den Polizeirevieren im gesamten Bundesgebiet die Hacken ablaufen müssen, dann nehme ich es in Kauf, um Leben zu retten. Ich werde das nach unserer Besprechung auch selbst veranlassen.«

»Wie steht es in Weißrussland?«, fragte Svenja Sommer.

»Ah, das hätte ich fast vergessen«, entschuldigte sich Caspari. »Unser Rechtshilfegesuch war erfolgreich. Die dortigen Behörden haben die Ermittlungen aufgenommen. Sonst noch irgendwelche Fragen?«

Caspari sah in die Runde. Alle quittierten seine Frage mit einem Kopfschütteln.

»Dann ran an die Arbeit.«

Tee mit einer Toten

Clara war spät dran. Nach dem Unterricht hatte sie der Rektor zu sich ins Büro gebeten. Yvonnes Vater hatte dort kurz zuvor einen sehr unerfreulichen Auftritt gehabt und damit gedroht, das Schulamt einzuschalten, wenn seine Tochter mit größeren Konsequenzen wegen ihrer »Handy-Geschichte« zu rechnen hätte.

Clara war erleichtert, als sie in den Innenhof fuhr und Milenas Auto noch nicht dort stehen sah. Rasch stieg sie aus ihrem Wagen und griff nach der Tüte mit gefüllten Kräppel aus der Bäckerei, die auf dem Beifahrersitz lag. Casparis Volvo Kombi stand schon an seinem Platz. Hoffentlich hatte »ihr Großer« die SMS gelesen.

Kaum hatte sie sich auf den Weg zu ihrer Haustür gemacht, sah sie Milena mit dem Wagen kommen. Camillo begrüßte Clara stürmisch, rannte dann an ihr vorbei und beschnüffelte Milena neugierig. Beruhigt nahm Clara den Duft von Tee und Kaffee wahr.

»Christoph?«, rief sie.

»Ich bin in der Küche«, erhielt sie als Antwort.

Milena im Schlepptau, ging sie in die Küche. Caspari saß an seinem Stammplatz am Küchentisch und trank genüsslich

Kaffee. Plötzlich weiteten sich seine Augen, und er bekam einen fürchterlichen Hustenreiz, bei dem er feuerrot anlief. Clara warf die Bäckertüte auf den Tisch und klopfte ihm zwischen die Schulterblätter.

»Mein Gott, Christoph, was machst du denn?«, schalt sie ihn halbherzig, als er wieder frei atmen konnte. Caspari nahm Claras Worte gar nicht wahr, sondern starrte Milena an, als sei sie ein Gespenst.

»Das gibt es doch nicht. Das ist ausgeschlossen. Unmöglich«, stammelte er.

Clara blickte zu Milena, die dastand, als wäre sie zur Salzsäule erstarrt.

»Kannst du mir bitte erklären, was hier los ist?«, forderte Clara ihn auf.

»Wer ist das?«, fragte er mit heiserer Stimme.

»Milena, eine neue Kollegin«, antwortete sie ungeduldig. »Noch einmal: Was ist los mit dir?«

Caspari holte tief Luft.

»Sie sieht aus wie ...«, begann er zögernd.

»Wie wer oder was? Christoph, ich bitte dich. Du benimmst dich gerade unmöglich.«

»Wie Filipa Bogdanow«, antwortete er halblaut.

Bei der Erwähnung dieses Namens sank Milena an den Türrahmen gelehnt auf den Boden und begann hemmungslos zu weinen. Clara war fassungslos.

»Himmel, Herrgott, Christoph, was soll das?«

Doch Caspari hatte seine Fassung wiedergefunden. »Filipa war Ihre Zwillingsschwester, nicht wahr?«, fragte er Milena. Die nickte, während ihr die Tränen die Wangen hinunterrannen.

»Wer ist Filipa?«, wollte Clara wissen, die Böses ahnte.

»Die Tote aus dem Steinbruch.«

Schatten der Vergangenheit

»Du warst tatsächlich in dieser Klinik?«, wollte Jin Jang genauer wissen. Sie hatte gerade damit begonnen, ein Reispfannengericht zu kochen, während Gernot Schneider die Spülmaschine ausräumte.

»Ja. Ich hätte mir nicht im Traum einfallen lassen, durch eine Ermittlung an meinen Aufenthalt dort erinnert zu werden«, antwortete er mit winzigen Nuancen von Anspannung in der Stimme.

»Du sprichst nicht gern von der Zeit damals«, lockte Jin Jang ihn aus der Reserve.

»Nein, es ist immer noch sehr aufwühlend für mich«, erklärte Schneider.

»Das kann ich gut verstehen. Ich kenne das Gefühl, einen geliebten Menschen zu verlieren.«

»Da ist noch mehr, was du nicht weißt.« Schneider hatte seine Arbeit unterbrochen.

»Komm, erzähle es mir«, forderte sie ihn auf.

»Der Onkologe, der meine Frau behandelte, hatte Belegbetten in einem Krankenhaus. Sie vertraute ihm so sehr, dass sie lieber dorthin ging als in die renommierte onkologische Abteilung der größeren Klinik. Ein befreundeter Arzt erzählte mir in dieser Zeit, dass es eine neue Form der Strahlentherapie gäbe, die Cyberknife-Technik, durch die der Tumor mikroskopisch genau bestrahlt werden könne. Er kannte den Direktor des Institutes in München sehr gut und bot sich an, mit ihm Kontakt aufzunehmen. Allerdings brauchte er dazu die computertomografischen Bilder.

Ich sprach den Onkologen mehrmals darauf an. Der behauptete, die würden im Archiv des Krankenhauses liegen. Dort sagte man mir, die Bilder seien in der Praxis. Letzen Endes bedeutete es für diesen Arzt zusätzliche Arbeit, nach dem Verbleib der Aufnahmen zu forschen. Als ich nach drei Wochen vergeblichem Nachfragen damit drohte, einen Rechtsanwalt einzuschalten, entschuldigte sich zwar der Klinikchef, der Belegarzt allerdings schnauzte mich am Telefon an, er würde sich nicht mit dem Anwalt drohen lassen. Danach ging er ans Krankenbett meiner Frau und sagte ihr, dass er sie nicht weiterbehandeln würde – und das, obwohl ich ihm dieses Gespräch mit ihr untersagt hatte.«

»Was ist das nur für ein herzloser Mensch«, empörte sich Jin Jang. »So kann doch ein Arzt nicht mit einem todkranken Menschen umgehen.«

»Meine Frau rief erst ihre Schwester an, dann mich. Sie war aufgelöst und völlig verängstigt. Ich werde nie vergessen, wie sie mich weinend fragte, was ich getan hätte«, fuhr er fort. »Ich ließ alles stehen und liegen und fuhr sofort ins Krankenhaus. Ich schwöre dir, wenn ich dieses Arschloch dort angetroffen hätte, hätte er die schlimmste Tracht Prügel seines Lebens bekommen. Stattdessen traf ich den medizinischen Direktor des Krankenhauses an, der sich tausendmal bei mir entschuldigte und versprach, sofort die Überweisung in das größere Klinikum zu veranlassen. So kam meine Frau in die dortige onkologische Abteilung, auf der sie vier Tage später starb. Der Schock hatte ihren Körper zusätzlich geschwächt, wie mir unser befreundeter Arzt erklärte. Für mich war klar, dass ich Schuld an diesem schnellen Tod trug, weil ich Druck gemacht habe.«

»Aber du hast doch nur das getan, was jeder gute Ehemann tun würde: Du hast deiner Frau helfen wollen. Die Schuld liegt bei diesem furchtbaren Arzt«, widersprach Jin Jang und nahm ihn in den Arm.

»Das sahen alle Ärzte, mit denen ich nach der Beerdigung gesprochen habe, ebenso. Die waren durch die Bank weg entsetzt über das Verhalten ihres Kollegen. Die zuständigen Stellen, bei denen ich Beschwerde gegen ihn einreichte, sahen das nicht so. Das Verhältnis zwischen Arzt und Patient basiert in Deutschland auf einem mündlichen Vertrag, der jederzeit einseitig gekündigt werden kann. Da die Behandlung ja in der anderen Klinik fortgesetzt wurde, konnte dem Mann kein Vorwurf gemacht werden. Ich argumentierte mit der ethischen Verantwortung eines Arztes für einen sterbenskranken Patienten, aber damit war kein Blumentopf zu gewinnen, weder bei der Landesärztekammer noch beim Patientenbeauftragten der Bundesregierung. Ich habe sehr mit mir gerungen, dieses Schwein nicht zu verprügeln.«

»Nach allem, was du erzählst, könnte ich das sogar verstehen«, gab Jin Jang zu.

»Nein, ich habe das nicht getan. Das übernahm der Vater eines krebskranken Kindes, gegenüber dem er sich auch unmöglich benommen hatte. Diesem Arzt eilt der Ruf des Cholerikers voraus, wie ich damals erfuhr – leider zu spät«, stellte Schneider klar. »Doch die Vorwürfe, die ich mir selbst machte, und der Schmerz über den Verlust ließen mich irgendwann zusammenbrechen. Dank der Hilfe meines damaligen Chefs kam ich in die Klinik im Schloss Ramholz. Neben den Depressionen quälte mich die unbeschreibliche Wut auf diesen Arzt und auch auf mich selbst. In einem Turmzimmer hing ein Sandsack. Ich stellte mir vor, dieses Gerät wäre der Onkologe. Jeden Tag drosch ich drauf, wann immer ich Zeit und Gelegenheit dazu hatte. Irgendwann wurde ich dann als psychisch stabil entlassen. Aber in die GSG 9 konnte ich nicht mehr zurück. Deshalb brachten mich meine Vorgesetzten beim BKA unter. Dort hatte ich genug Gelegenheit, meine kalte Wut an den Verbrechern auszulassen, denen es Freude bereitete, ihren Opfern eine furchtbare Angst einzujagen. Du kennst meinen Ruf im BKA ja.«

Jin Jang nickte. »Aber das warst nicht du.«

»Ich hätte es aber sein können. Das würden dir bestimmt einige der Kollegen aus den Abteilungen sagen, wenn du sie fragen würdest«, sagte Schneider mit rauer Stimme.

»Du bist nicht der eiskalte Rächer der Opfer. Für mich bist du ein lieber und rücksichtsvoller Mann, den ich auch wegen seiner Ecken und Kanten liebe.«

Geschwister

Clara half Milena aufzustehen. Sie hatte eine ganze Weile neben ihr gekniet und sie sanft zur Beruhigung an den Armen und Schultern gestreichelt. Milena setzte sich und wischte sich die letzten Tränen aus den Augen.

»Was für eine grausame Ironie des Schicksals«, sagte die junge Frau. »Ich hatte mich so auf die Stelle in Gelnhausen gefreut. Und dann, einen Tag, bevor ich hier anfangen sollte, wurde meine Schwester nur wenige Kilometer entfernt ermordet aufgefunden.«

»Das muss doch die Hölle sein, trotzdem in die Schule zu gehen«, fand Clara.

»Am ersten Tag, dem Montag, wusste ich davon ja noch nichts. Aber am Dienstag habe ich dann in der ersten Pause das Bild von Filipa in der Zeitung gesehen. Danach hatte ich eine Freistunde, in der ich mich auf der Toilette einschloss und weinte, bis keine Tränen mehr kamen. Das hat ein wenig geholfen, die Fassung zu bewahren und das Kollegium nichts merken zu lassen.«

»Ich habe gespürt, dass dich etwas quält«, erklärte Cara.

»Oh Gott, haben die anderen das auch bemerkt?«, brach es aus Milena hervor.

Bevor Clara antworten konnte, ergriff Caspari das Wort. Sie war ihm dankbar dafür. Ihre Bemerkung drohte Milena noch mehr aus dem seelischen Gleichgewicht zu bringen. Dass sie ihr vorlautes Mundwerk aber auch nie richtig unter Kontrolle hatte …

»Clara ist ausgebildete Seelsorgerin mit viel Erfahrung. Das unterscheidet sie von dem Rest des Kollegiums. Seien Sie also unbesorgt. Es ist unwahrscheinlich, dass ein anderer von Ihrer Trauer etwas mitbekommen hat, wenn Sie sie so gut überspielen konnten, wie ich es Claras Worten entnehme«, beruhigte er sie.

Da war er wieder, der große, gutmütige Bär, den Clara als Wesenszug so an Caspari liebte. Mit seiner Ruhe und Einfühlsamkeit hatte er die Situation gerettet.

»Ich bin der Kriminalbeamte vom BKA, der die Ermittlungen leitet. Fühlen Sie sich stark genug, mir ein paar Fragen zu beantworten?«

Clara war es nicht recht, dass Caspari die Gelegenheit gleich beim Schopf ergriff. Aber sie war ihm gerade noch dankbar gewesen, weshalb sie ihr Unbehagen für sich behielt.

Milena nickte und bat Clara um einen Tee.

Caspari ging in sein Arbeitszimmer und kam mit einem kleinen Diktiergerät wieder zurück.

»Fangen wir ganz vorn an. Erzählen Sie mir bitte, wie Sie als weißrussische Vollwaise nach Deutschland gekommen sind.«

***

Er sah durch die Dunkelheit ein helles Kinn vor sich, nur ein Kinn. Der Rest vom Gesicht war von der Finsternis verschluckt. Er fasste es an, aber er spürte nur den Kiefer. Die Haut, das Fleisch waren wie ein Bild, er konnte die Konturen mit seiner Hand nicht fühlen. Zu wem gehörte dieses Kinn? Warum blieb ihm der Rest des Gesichts verborgen?

Wenn er doch nur wüsste, wie er aus diesem Alptraum wieder herausfinden könnte. Das Licht des Tages sehnte er herbei. Diese stickige, kalte und modrig riechende Nacht wollte er endlich abschütteln, aber wie? Er brauchte Hilfe, dringend Hilfe. Jemand musste ihm helfen, sich zu erinnern.

Ja, Erinnerung war gut. Sie könnte ans Licht bringen, was ihn im Schwarz der Nacht quälte. Licht war Leben, nicht Tod und Kälte, die sich in seiner Seele breitgemacht hatten.

Licht ins Dunkel

»Ihr glaubt nicht, wen ich gestern kennengelernt habe«, eröffnete Caspari die erste Besprechung am Freitagmorgen. Er sah seiner Mannschaft zu, wie einer nach dem anderen ihn erwartungsvoll anblickte. Dann drückte er die Starttaste des MP3-Gerätes und spielte ihnen das Gespräch mit Milena vor.

»Meine Schwester und ich«, hörten sie die Stimme einer jungen Erwachsenen sagen, »sind die Kinder von Eltern, die beide etwas von der radioaktiven Wolke abbekommen haben, die beim Reaktorunglück von der Ukraine durch Weißrussland zog. Wir waren noch sehr klein, als sie starben. Ich kann Ihnen nicht einmal sagen, wer zuerst tot war. Unsere Großeltern waren auch schon gestorben, also steckte man uns in ein Heim. Wir waren fast fünf Jahre alt, da ging es mir mit einem Mal sehr schlecht. Das war die Zeit, in der ein Verein aus Deutschland angefangen hatte, sich um uns und andere Kinder zu kümmern. Ich kann mich nur noch dunkel an die Besuche von Erwachsenen erinnern, die in einer fremden Sprache redeten. Was ich Ihnen weiter aus dieser Zeit sagen kann, weiß ich aus den Erzählungen meiner Adoptiveltern. Die Ärzte diagnostizierten bei mir Leukämie. Um die bestmögliche Behandlung bekommen zu können, brachte man mich in eine Kinderkrebsklinik nach Deutschland. Meine Schwester sollte auch mitkommen, um mich psychisch zu unterstützen. Aber in dieser Frage legten sich die weißrussischen Behörden quer. An mir hatten sie kein Interesse. Sie glaubten wohl, dass ich ohnehin so gut wie tot sei. So lag ich nun im Krankenhaus in einem fremden Land und litt, litt unter meinen Beschwerden, litt unter dem Verlust meiner Schwester. Währenddessen suchte man einen Knochenmarkspender für mich. Ein Mann aus Altenstadt meldete sich bei den Verantwortlichen des Vereins. Bei den üblichen Eingangsuntersuchungen stellte sich heraus, dass er als Spender geeignet war. Dieser Mann rettete mir das Leben. Er und seine Frau waren kinderlos. Während ich in der Kinderklinik lag, war immer einer von ihnen bei mir. Später nahmen sie mich bei sich auf, erst als Pflegekind, dann adoptierten sie mich. So wurde ich die Tochter von Georg und Anette Schwab. Die beiden gaben sich alle Mühe, mit Hilfe des Vereins auch meine Zwillingsschwester Filipa zu sich zu holen. Aber die Weißrussen wollten sie nicht hergeben. So musste ich lernen, mich als ›halber Zwilling‹ in der neuen Welt zurechtzufinden. Wie Sie sehen, ist mir das dank meiner Eltern gelungen. Irgendwann verblassten dann auch die Erinnerungen an Filipa, aber ich fühlte mich trotzdem manchmal unvollständig.«

»Wann trafen Sie Ihre Schwester wieder?«, hörte Caspari sich fragen.

»Vor ungefähr einem Monat. Ich war gerade mit dem Referendariat fertig geworden und wollte mir etwas Schönes für die Vorstellungsgespräche in den Schulen kaufen, da sah ich sie in einem Café an der Hauptwache in Frankfurt sitzen. Die Kleider waren natürlich sofort vergessen. Wir starrten uns durch die Glasscheibe eine halbe Ewigkeit an. Wir waren nicht in der Lage, uns auch nur zu rühren. Ich war die Erste, die sich wieder fing. Ich stürmte hinein, und wir fielen uns in die Arme. Dann haben wir bestimmt zwei Stunden geredet oder vielmehr geflüstert. Denn das, was sie mir erzählte, war so furchtbar, dass niemand außer mir es mitbekommen durfte: Sie war in die Fänge eines Menschenhändlerrings geraten. Die hatten die schönsten und gesündesten Tschernobyl-Waisen aussortiert, sodass sie weder zur Adoption noch zur Pflege freigegeben werden konnten.«

»Wollen Sie damit sagen, dass Staatsbeamte sich das Leid dieser Kinder zunutze gemacht haben, um daraus Profit zu schlagen?«, ertönte wieder Casparis Stimme aus dem Lautsprecher.

»Ja, genau das meine ich. Die Kinder erhielten auf jeden Fall eine ausgezeichnete Schulbildung. Die Erzieher in dem Heim trieben sie dazu an, gute Leistungen in der Schule zu erbringen. Daneben gab es schon früh ein festes Programm für den Nachmittag: Sport und Fremdsprachen. Die Mädchen sollten eine schöne, ansprechende Figur bekommen und sich gut auf Deutsch, Französisch und Englisch unterhalten können. Als ob der Drill nicht schon schlimm genug gewesen wäre in einer Zeit, in der andere ihre Kindheit und Jugend unbeschwert genießen, kam nach dem Abitur das böse Erwachen. Der Direktor des Heims ließ sie zur Belohnung für die guten Schulabschlüsse in ein Freizeitheim bringen, wo alle endlich mal richtig Ferien machen konnten. So war es ihnen jedenfalls gesagt worden. In Wirklichkeit landeten sie auf einem abgelegenen Bauernhof, wo sie von finster aussehenden Männern erwartet wurden. Einer von ihnen erklärte den verunsicherten Mädchen, dass man nicht aus reiner Menschenfreundlichkeit so viel Geld und Energie in ihre

Erziehung gesteckt habe. Jede von ihnen sollte von nun an als Studentin getarnt in Deutschland als Callgirl in einem Begleitservice für zahlungskräftige Kunden arbeiten. Filipa war fassungslos, schaffte es aber, den Mund zu halten. Ganz im Gegensatz zu zweien von ihnen, die zu schreien anfingen und versuchten, davonzulaufen. Die Männer schreckten nicht davor zurück, die zwei von hinten zu erschießen.«

»Aber damit haben sie sich selbst doch zwei Quellen ihrer Einnahmen genommen«, brummte seine Stimme aus dem Gerät.

»Das war ein einkalkulierter Verlust. Filipas Jahrgang war ja auch nicht der einzige aus diesem Heim, dem das widerfuhr.«

»Gut. Also noch einmal zum Verständnis: Diese Verbrecher bezahlen für die jahrelange Erziehung von, sagen wir, zwanzig Mädchen. Sie rechnen von Anfang an damit, dass sie ein paar von ihnen direkt danach erschießen werden, um die anderen einzuschüchtern, damit die willfährig alles über sich ergehen lassen und das böse Spiel aus Angst mitspielen.«

»Sie haben den Nagel auf den Kopf getroffen. Die Mädchen erhielten ein halbes Jahr lang eine ganz andere ›Erziehung‹ auf dem Hof. Die reichte vom korrekten Benehmen in feinen Gesellschaften bis zu diversen Liebesdiensten für geldschwere Männer. Ausgebildet wurden sie nicht nur von diesen Männern. Frauen gehörten auch dazu. Es muss grauenvoll gewesen sein. Filipa wurde dann mit einem anderen Mitglied dieser Gruppe geschändeter Mädchen als Studentin der Germanistik und Anglistik nach Frankfurt geschickt – unter falschem Namen. Der Vorlesungsplan wurde von der Organisation, die hinter allem stand, ganz geschickt so gestreckt, dass sie gerade so viele Veranstaltungen besuchte, um nicht von der Universität zu fliegen. Die Mädchen sollten Geld einspielen, das Studium war reine Fassade. So lief das viele Jahre hindurch. Während ich vollkommen sorglos in Gießen studierte, führte meine Schwester in Frankfurt ein Doppelleben.«

»Woher bekam sie ihre Freier? Wer kontrollierte sie?«, meldete sich noch einmal Casparis Stimme zu Wort.

»Das weiß ich nicht. Filipa sagte, je weniger ich wüsste, umso sicherer sei es für mich. Zum Schluss erzählte sie mir noch, dass sie und ihre Leidensgenossinnen einen Weg aus dieser Sklaverei gefunden hätten. Auch dazu wollte sie mir nichts Genaues sagen.«

Caspari stellte das Gerät aus. Tiefes Schweigen senkte sich über die Mannschaft im Gemeinschaftsraum des Gelnhäuser Polizeireviers.

Liebe und Turbulenzen

Clara genoss es, am Freitag keinen Unterricht zu haben. Das war einer der wenigen Vorteile einer halben Stelle. Gemeinsam mit Lukas kochte sie Spaghetti bolognese und beobachtete ihn während des Mittagessens, wie er sich mit Heißhunger darüber hermachte. Wo aß dieses Kind das alles nur hin? Er war zwar schon recht groß für sein Alter und hatte die kräftige Muskulatur von seinem Vater geerbt. Doch die stämmige Statur hatte er nicht mit in die Wiege gelegt bekommen. Welches verrückte Spiel die Gene manchmal spielten.

Clara fragte sich, wie wohl das Kind aussähe, das sie vielleicht einmal von Christoph bekommen würde. Würden sie denn jemals ein gemeinsames Kind haben? Sie konnte sich nicht vorstellen, darauf zu verzichten. Aber würde Christoph noch einmal Vater werden wollen? Ihr fiel auf, dass sie sich noch nie darüber unterhalten hatten.

Das Telefon riss sie aus ihren Gedanken. Lukas hielt ihr den Apparat hin. Am anderen Ende meldete sich Maria MacDonald, Casparis Jugendfreundin, die vor Weihnachten plötzlich aufgetaucht und Claras Leben mit der Nachricht, dass sie eine gemeinsame Tochter mit Caspari habe, völlig auf den Kopf gestellt hatte.

»Wie geht es euch?«, fragte Maria.

»Oh, es ist wie immer ein wenig turbulent hier«, antwortete Clara und berichtete von Casparis aktuellem Fall.

»Das klingt wirklich turbulent«, stimmte Maria zu.

»Wie geht es den Mädchen?«, wechselte Clara das Thema.

Caspari hatte zwei Monate zuvor Christina, Marias Tochter, aus den Fängen einer Psycho-Sekte befreit, deren Anhänger sie und andere Mädchen auf einer norddeutschen Insel festgehalten hatten. In ihrer Zeit als Geisel hatte Christina sich mit Irina, einer russischen Vollwaise, angefreundet. Maria hatte nach dem Polizeieinsatz gegen die Sekte nicht gezögert, Irina bei sich aufzunehmen.

»Gut. Christina tut der Abstand von den USA sehr gut. Solange das FBI die Untersuchungen gegen die Sekte führt, bleiben wir erst einmal in der Schweiz. Uns allen gefällt es hier sehr gut, selbst meinen Eltern, die ja eingefleischte Amerikaner sind.«

»Was macht Irina?«, wollte Clara wissen.

»Das arme Kind braucht viel Zeit und Ruhe, um die furchtbaren Erlebnisse auf der Insel zu verarbeiten. Christina ist ihr Anker, an dem sie sich festhält, wenn die Stürme der Erinnerung an ihr zerren. Wir haben einen ausgezeichneten Kindertherapeuten gefunden, mit dem sie offenbar gut zurechtkommt, auch wenn es noch viele Verständigungsschwierigkeiten gibt. Deutsch und Englisch auf einmal lernen zu müssen, ist schon eine enorme Herausforderung für ein russisches Mädchen, das jahrelang als Straßenkind gelebt hat. Sie ist schon erstaunlich weit gekommen.«

»In dem Mädchen steckt eine Kämpfernatur«, versicherte Clara.

»Darf ich dich noch etwas zum Thema Turbulenzen fragen?«, tastete sich Maria vorsichtig an ihr Anliegen heran. Clara wusste genau, worauf sie anspielte.

»Klar.«

»Als ich Christoph damals auf eurem Hof gesagt habe, dass Christina seine Tochter ist, war er völlig durcheinander.«

»Ich kann mich gut daran erinnern.« Clara versuchte, den bitteren Geschmack der Erinnerung auf ihrer Zunge zu ignorieren.

»Du warst es, die mir empfohlen hatte, mir einen Therapeuten zu suchen, der auch mit ihm spricht. Da ist eine Frau, sie macht mir einen guten Eindruck. Ich hatte das erste Gespräch mit ihr und habe sie gleich gefragt, ob sie auch Christoph zu einigen Sitzungen hinzunehmen würde. Sie hielt das sogar für notwendig.«

Claras Magen krampfte sich zusammen. Was wäre, wenn ihr Rat von damals dazu führte, dass aus einer alten Jugendliebe, die auch später immer wieder mal aufgeflammt war, plötzlich und ungeplant ein festes Verhältnis wurde? Maria schien ihre Ängste zu spüren.

»Hör mal, Clara, Christoph hat klar und deutlich gesagt und auch gezeigt, wohin sein Herz heute geht. Die Richtung ist ganz eindeutig. Du bist der Mensch, den er mehr als alles andere liebt. Umso wichtiger ist es, dass er und ich einen vernünftigen Modus finden, miteinander umzugehen.«

»Du hast ja recht«, gab Clara zu. »Vielleicht wären die Osterferien kein schlechter Zeitpunkt. Bis dahin haben wir auch endlich die Hochzeitsplanung abgeschlossen.«

»Das hört sich gut an.« Maria holte tief Luft. »Ich möchte dich aber noch etwas anderes fragen: Wie reagiert denn Elke darauf, dass Christina Christophs Tochter ist? Er hat vorletzte Woche am Telefon eine Bemerkung fallen lassen, die ich nicht einordnen kann.«

»Mit einem Wort: schlecht. Christoph hatte Elke und ihrem Mann den Ehebruch und die Vernachlässigung von Lukas nicht verzeihen können. Die Kränkung saß viel zu tief. Als wir uns dann kennenlernten, schaffte er es endlich, sich mit ihr auszusprechen. Die beiden hatten einen Weg gefunden, miteinander umzugehen. Doch das ist leider wieder vorbei, seit Elke von Christina erfahren hat. Nun ist sie es, die ihm die schlimmsten Vorwürfe macht.«

»Aber Christina wurde doch mindestens eineinhalb Jahre vor der Hochzeit gezeugt. Zu dieser Zeit war es ohnehin unklar, ob die beiden überhaupt zusammenbleiben würden«, protestierte Maria.

»Mir brauchst du das nicht zu erzählen«, stimmte Clara ihr zu.

Sie hatte das Gespräch kaum beendet, als Lukas vor ihr stand und sie mit großen Augen ansah.

»Clara, warum ist die Mama böse auf den Papa?«

Sie war beim Telefonat unvorsichtig gewesen. Lukas hatte

heimlich mitgehört. Wie sollte sie ihm diese verzwickte Geschichte kindgerecht erklären?

Im Sumpf der Korruption

»Haben Sie nie nachgefragt, warum Weißrussland unbedingt einen Teil der Mädchen im Land behalten wollte?« Caspari und Mario waren ohne vorherige Terminabsprache nach Ramholz gefahren. Nun saßen sie wieder im Büro von Professor Keil, in dem sich auch der Psychiater Brüning eingefunden hatte. Die Frage war ein Kaltstart.

»Wie meinen Sie das?«, fragte Brüning zurück.

Caspari war direkt zum Thema gekommen. Er wollte den beiden keine Gelegenheit zum Nachdenken geben.

»Es muss Ihnen doch aufgefallen sein, dass ausgerechnet die gesündesten und schönsten Mädchen Ihrer Obhut vorenthalten wurden.«

»Sie kennen die Verhältnisse nicht, die wir dort vorfanden. Überall Armut und Korruption«, verteidigte sich Keil. »Jeder Beamte, mit dem wir zu tun hatten, hielt erst einmal die Hand auf. Im Grunde war es denen wurscht, was mit den Kindern geschah.«

»Noch einmal«, übernahm Mario, »Ihr Verein hat erfolgreich die Adoption von jungen, erkrankten Mädchen durch deutsche Eltern eingefädelt. Haben Sie es einfach so hingenommen, dass Zwillinge voneinander getrennt wurden, weil die eine Leukämie hatte, die andere nicht?«

»Einen Anlauf haben wir unternommen und mit dem Innenminister gesprochen. Er sagte uns sinngemäß, dass eine Zusammenarbeit zwischen unserem Verein und seinem Land nur dann erfolgreich sein kann, wenn wir uns aus deren Angelegenheiten heraushalten«, verteidigte sich Brüning.

»Uns lagen die Kinder am Herzen. Das wussten die ganz genau, und damit haben sie uns auch erpresst«, schnaubte Keil ärgerlich. »Aber warum wollen Sie das wissen? Was hat das mit der Mordserie zu tun?«

»Sehr viel«, erklärte Caspari, der Mühe hatte, seinen Zorn zu unterdrücken. »Diese Mädchen wurden von einem Menschenhändlerring in Weißrussland zu Callgirls der Oberklasse gemacht. Unsere Toten waren in ihren letzten Lebensjahren Sexsklavinnen für reiche Männer.«

»Das kann ich nicht glauben«, rief Brüning entsetzt.

»Man hat ihnen eine erstklassige Schulbildung angedeihen lassen, dafür gesorgt, dass sie sich unauffällig unter den oberen Zehntausend aufhalten können, und ihnen dann den Zweck dieser Ausbildung erklärt. Wer nicht mitspielen wollte, wurde sofort erschossen. So lief das«, widersprach Caspari. »Ich will den Namen von jeder dieser Arschgeigen, mit denen Sie damals um die Kinder gerungen haben. Jeden, vom Laufburschen bis zum Minister.«

»Ja, selbstverständlich«, entgegnete Keil aufgelöst. »Frau Lindner wird sich darum kümmern. Ich rufe sie sofort an.«

Beim Aufstehen fiel Casparis Blick wieder auf das Mühlefeld.

»Ein neues Spiel?«, fragte er beim Hinausgehen.

»Ein altes, langwieriges«, antwortete Keil mit einer wegwerfenden Bewegung.

Gespräche im Schnee

»Warum bist du eigentlich nicht gleich am Dienstag zur Polizei gegangen, als du deine Schwester in der Zeitung gesehen hast?«, fragte Clara. Sie und Milena liefen durch das Waldstück nahe dem Weiherhof, begleitet von Camillo, der neugierig den Boden abschnüffelte.

»Ich hatte unheimliche Angst. Filipa hatte mich nicht ohne

Grund vor den Hintermännern dieses Callgirl-Rings gewarnt. Wenn ich mich bei der Polizei gemeldet hätte, wäre denen doch sofort klar gewesen, dass ich mit meiner Schwester in Kontakt stand. Damit wäre ich ein Risikofaktor gewesen, den sie hätten ausschalten müssen. Nun, da Filipa ohne mein Dazutun identifiziert wurde und dein Mann mich erkannt hat, konnte ich mich nicht länger in der Deckung halten.«

»Hast du mit deinen Adoptiveltern darüber gesprochen?«, fragte Clara. »Die Unterstützung der Familie ist in einer Situation wie deiner sehr wichtig.«

»Es sind meine Eltern, das ›Adoptiv‹ kannst du ruhig weglassen«, korrigierte Milena sie freundlich. »Ja, ich habe ihnen alles erzählt. Sie sind natürlich tief betroffen. Am Sonntag fahre ich zu ihnen und werde mit ihnen gemeinsam überlegen, wie wir Filipas Begräbnis gestalten wollen. In so etwas habe ich keine Übung, weißt du. Es ist das erste Mal, dass ich einen lieben Menschen zu Grabe trage. Außerdem möchte ich sie noch einmal sehen, sobald die Staatsanwaltschaft sie freigibt.«

»Christoph wird dir sicher Bescheid geben, sobald das möglich ist.«

Milena sog tief die eiskalte Winterluft ein.

»Ist das nicht herrlich? Die Sonne scheint …«

»… der Wind bläst einem so viel Kälte ins Gesicht, dass es wehtut …«, setzte Clara die Ausführungen fort.

Milena warf den Kopf nach hinten und lachte leise. »Ja, du hast recht, es ist schweinekalt«, stimmte sie zu, »aber ich ziehe dieses Wetter einem verregneten Tag mit milden Temperaturen und trübem Licht absolut vor.«

»Auch wieder wahr«, gab Clara ihr recht.

»Sag mal«, begann Milena ein neues Thema, »kannst du mir sagen, wie man zu diesem großen Möbelhaus im Gründau kommt? Ich brauche unbedingt einen neuen Esstisch und würde morgen gern hinfahren.«

Clara überlegte kurz.

»Klar, lass uns das doch zusammen machen. Ich wollte sowieso nach ein paar neuen Lampen schauen.«

»Gut, am besten kommst du zu mir, und wir fahren dann mit meinem Auto.«

Als Clara etwas erwidern wollte, hob Milena die Hand.

»Nein, keine Widerrede. Wir nehmen meinen Wagen. Du hast schon genug für mich getan.«

Clara verabschiedete Milena im Innenhof des Anwesens. Nachdem die neue Kollegin mit dem Wagen weggefahren war, begann sie zu frösteln und ging ins Haus. Die Sonne sandte ihre letzten Strahlen, die den seit Wochen währenden Kampf mit dem eisigen Ostwind verloren. Clara stellte sich in der großen Küche vor den mit Holz beheizten Herd und rieb ihre tauben Finger aneinander, als Caspari mit mürrischer Miene aus dem Arbeitszimmer kam. Sein Kuss war flüchtig, er wirkte abwesend.

»Na super«, beschwerte sich Clara. »Wenn die Begrüßung schon vor der Hochzeit so lust- und lieblos ausfällt, wie wird sie erst werden, wenn wir ein paar Jahre verheiratet sind?«

»Es tut mir leid«, entschuldigte er sich und nahm sie in die Arme.

»Na siehst du, es geht doch«, sagte sie nach einer Weile, die sie sehr genossen hatte, und löste sich aus seinen starken Armen. »Und nun erzähl mir, was dir die Laune verdirbt.«

»Dieser Fall, was sonst«, beschwerte er sich. »Immer wenn wir den Eindruck haben, wir kommen ein Stück voran, gibt es wieder Stillstand.«

»Wo hängt es?«

»Mit Hilfe des Vereins und der weißrussischen Behörden konnten wir die Beamten ausmachen, die damals die Adoptionen verhindert und die Mädchen in das Waisenhaus der Menschenhändler gegeben haben.«

»Aber das ist doch ein Fortschritt«, fand Clara.

»Im Grunde ja, aber diese Leute sind wie vom Erdboden verschwunden. Niemand weiß, wohin sie sind. Vielleicht haben sie sich mit gefälschten Pässen irgendwo ins Ausland abgesetzt, vielleicht wurden sie auch still und heimlich beseitigt, kein Mensch weiß es. Besonders verdächtig ist der Zeitpunkt ihres Verschwindens. Kurz bevor die Mordserie begann, verschwanden die Männer plötzlich spurlos samt ihren Familien, sofern sie welche hatten.«

»Gib mal acht, mein Großer«, sagte Clara und legte ihre Arme um seine Schultern, »wir haben Freitagnachmittag. Du hast genug in dieser Woche gearbeitet. Wer keine Pausen macht, ist nicht ausgeruht für die Aufgaben, die ihn in der neuen Woche erwarten. Ich schlage vor, du widmest dich zu deiner eigenen Entspannung jetzt ganz deiner lieben Freundin, die sich schon nach deiner Zärtlichkeit verzehrt.«

Freundschaftsdienste

»Danke, dass du mitfährst.« Milena sah zu Clara hinüber, die auf dem Beifahrersitz saß. Die winkte demonstrativ ab.

»Wie gesagt: Ich will selbst dort auch etwas kaufen. Außerdem verfahren wir ja deinen Sprit.«

Milena chauffierte sie in einem Oktavia Kombi. Geräumiger als meine Renngurke, dachte Clara. »Schönes Auto«, tastete sie sich neugierig nach vorn. »Darf ich mal indiskret sein?«

»Nur zu«, ermunterte Milena sie mit einem Lächeln.

»Wie kommt eine alleinstehende junge Frau zu diesem Auto? Da fährt man doch eher etwas Kleines?«

Milena lachte. »Woher weißt du denn, dass ich Single bin?«

Clara war irritiert. Von einem Freund hatte sie bisher noch nichts mitbekommen.

»Nein, nein, du hast recht. Seit einem Jahr bin ich solo«, beruhigte Milena sie. »Um deine Frage zu beantworten: Diesen Wagen hat mein Vater ein paar Jahre gefahren. Als ich mit dem Referendariat fertig war, meinte er, es wäre ihm wohler, zu wissen, dass ich ein vernünftiges und sicheres Auto fahre. Er hat mir seinen Wagen geschenkt und sich einen neuen gekauft.«

»Toller Papa«, kommentierte Clara.

»Ja, toller Papa«, stimmt Milena zu.

Ihrer beider Lachen wurde von einem lauten Knall unterbrochen. Der Oktavia kam ins Schlingern. Clara sah, wie Milena mit weit aufgerissenen Augen versuchte, ihn wieder unter Kontrolle zu bekommen. Sie steuerte gegen die Bewegungen, die der Wagen machte. Dabei bremste sie ganz vorsichtig ab, bis sie auf dem Standstreifen der Autobahn standen. Milena keuchte und fuhr sich mit der Hand über das Gesicht.

»Das war knapp«, sagte sie schnaufend.

Clara brauchte einen Augenblick, bis sie sich wieder gefangen hatte.

»Was war das?«

»Keine Ahnung. Ich tippe auf einen geplatzten Reifen«, antwortete Milena gefasst, während sie die Warnblickanlage einschaltete.

»Der Knall – da könntest du recht haben.«

»Ich sehe mal nach.«

Milena griff in die Ablage der Fahrertür und förderte eine Warnweste zutage.

»Und ich rufe Christoph an«, sagte Clara, um nicht tatenlos dazusitzen. Sie holte das Mobiltelefon aus ihrer Handtasche und tippte mit zittrigen Fingern Casparis Nummer.

»Christoph«, sagte sie mit einer Stimme, die beherrschter war als ihr Körper, der immer noch leicht zitterte. »Wir haben eine Autopanne und stehen zwischen Gelnhausen Ost und West.«

»Geht es euch gut?«, fragte Caspari besorgt.

»Ja, uns ist nichts passiert«, bestätigte Clara. »Da kam wie aus dem Nichts ein lauter Knall, und der Wagen brach aus. Aber Milena hat die Nerven behalten und das Auto auf dem Standstreifen abgestellt.«

»Das ist tatsächlich der vordere Reifen auf der Fahrerseite«, rief Milena. »Ich stelle jetzt das Warndreieck auf.«

»Clara, ich rufe die Kollegen in Gelnhausen an und bestelle den Abschleppdienst«, drang Casparis Stimme durch das Telefon an ihr Ohr.

»Christoph, es ist nur ein geplatzter Reifen. Die Polizei muss deswegen doch nicht kommen.«

»Ich habe ein ganz ungutes Gefühl, Clara. Es gefällt mir nicht, dass ausgerechnet der Reifen am Auto deiner Kollegin platzt, kurz nachdem sie auf der Bildfläche der Ermittlungen erschienen ist. Bleibt bitte im Auto oder hinter der Leitplanke, bis die Kollegen kommen.«

Fünf Minuten später hielt ein Polizeifahrzeug hinter ihnen. Clara erkannte die beiden Beamten, mit denen sie in den vergangenen Jahren bei einigen Notfallseelsorge-Einsätzen zu tun gehabt hatte. Nachdem sich die beiden Polizisten vergewissert hatten, dass es Clara und Milena gut ging, nahmen sie sich den geplatzten Reifen vor. Ratlos sahen sie sich an, sagten aber nichts. Kurz danach erschienen Christoph in seinem Volvo und Tina mit Mario in ihrem Passat. Auf beiden Wagendächern blinkte das Blaulicht.

Caspari kam auf Clara zugelaufen und nahm sie stumm in die Arme.

»Christoph, kommst du bitte mal«, rief Tina ihn, die mit Mario und den beiden Kollegen vor der Motorhaube des Oktavia stand.

Caspari löste sich von ihr und ging hinüber. Clara und Milena folgten ihm.

»So einen geplatzten Reifen habe ich in meinen ganzen Dienstjahren noch nicht gesehen«, erklärte der ältere der beiden Uniformierten.

»Ich auch nicht«, stimmte Mario ihm zu.

»Was ist denn so ungewöhnlich?«, fragte Caspari, dessen Gesicht sich verdunkelte.

»Der Reifen hat einen Längsriss, der ungefähr über ein Drittel des Umfangs geht«, erklärte Mario.

»Welche Erklärung gibt es dafür?«, mischte Clara sich ein.

Sie registrierte die Blicke, die Mario, Tina und Caspari sich zuwarfen. Es war Mario, der antwortete, nachdem Caspari ihm mit einem Nicken die Zustimmung dazu gegeben hatte.

»Der Reifen ist sehr geschickt angeschlitzt worden. Jemand wollte, dass er platzt. Damit das nicht im Ortsverkehr geschieht, war dieser Jemand sehr vorsichtig. Der Knall sollte bei einer höheren Geschwindigkeit kommen, sodass der Personenschaden höchstmöglich ist.«

»Ein Mordanschlag?«, fragte Milena entsetzt.

»Etwas Genaues wissen wir noch nicht. Das sind erst einmal Vermutungen. Den Wagen wird einer unserer Spezialisten vom BKA unter die Lupe nehmen«, bestimmte Caspari. »Wir besorgen Ihnen erst einmal Personenschutz und einen Ersatzwagen. Mit dem fahren Sie bitte zu Ihren Eltern nach Altenstadt. Bleiben Sie ein paar Tage dort, bis wir mit den Ermittlungen ein Stück weitergekommen sind.«

»Aber der Unterricht«, protestierte Milena.

»Ich würde Ihnen raten, sich vorerst ruhig zu verhalten. Wenn Sie unterrichten wollen, dann fahren Sie von Altenstadt aus täglich nach Gelnhausen ans Gymnasium. Wir haben dann ein Auge auf Sie.«

Er schien die Einwände in ihrem Gesicht zu lesen.

»Es ist ja nur für eine kleine Weile«, sagte er beschwichtigend.

In Milenas Blick stand der Ausdruck der Missbilligung. Doch Clara wusste, dass Caspari in dieser Frage nicht mit sich verhandeln lassen würde. Wollte Milena weiterhin unterrichten, musste sie sich fügen.

Widerwillig nickte sie endlich.

Namen und Gesichter

Mit einem beklemmenden Gefühl im Magen fuhr Caspari am Montag ins Gelnhäuser Polizeirevier. In welches Wespennest hatten seine Leute und er da nur gestochen? Das Wochenende über hatte er nur mit Mühe die Frage verdrängt, was gewesen wäre, wenn Milena die Gewalt über den Wagen verloren hätte.

»Wir haben sie.« Schneider kam am späten Vormittag mit

dem strahlenden Lächeln eines Triumphators in Casparis Büro gelaufen. Wie konnte man morgens nur so gut gelaunt sein?

»Wen haben wir?« Caspari brauchte einen Moment, bis er begriff, was ihm sein Mitarbeiter gerade berichtete.

»Unsere Toten?«

»Ja, deine Idee, bei den Frauenärzten zu fragen, war der Jackpot. Die Arzthelferinnen oder die Ärzte aus verschiedenen Praxen haben die Frauen erkannt. Das Problem war nur, dass sie viel Zeit brauchten, bis sie den Gesichtern Namen zuordnen konnten. Die Frauen waren als litauische Studentinnen gemeldet, mit litauischen Namen.«

»Litauen ist Mitglied der EU. Die Frauen brauchten keine Visa oder Aufenthaltsgenehmigungen. Mit den entsprechenden Zeugnissen und Dokumenten konnten sie sich auch problemlos in die Studiengänge einschreiben.«

»Ich bin noch nicht fertig«, unterbrach Schneider Casparis Gedankengang. »Alle getöteten Frauen lebten in Frankfurt.«

»Ruf sofort alle in den Besprechungsraum.«

Schneider eilte los.

Wenig später saßen alle am großen Tisch. Caspari übergab Gernot Schneider das Wort. Der hatte unter die Namen der toten Frauen unterhalb der Fotos schon andere geschrieben.

»Was wird das?«, fragte Erich Fuchs irritiert.

»Die Frauen konnten wir nirgendwo in Deutschland finden, weil sie nicht unter ihrem richtigen Namen gemeldet waren. Sie alle hatten litauische Pässe und Namen. Gruscha Golubew lebte hier als Danuta Abromeit, Alja Below als Ingrida Balzunatis, Jewa Kusmin als Jurgita Cirolies, Frosja Andrejew als Skaisa Didwerszeitis, Filipa Bogdanow als Vilija Dowidat und zu guter Letzt Marina Baranow als Urte Draugulatis. Die Namen bekommt ihr noch auf eure Computer.«

»Sie lebten als EU-Bürgerinnen in Deutschland«, erkannte Wolfgang Jung.

»Richtig«, sagte Jin Jang. »Und ihre Daten sind in den Praxiscomputern gespeichert. Wir kennen jetzt ihre Adressen, Krankenkassen, Krankenakten und so weiter. Die Gynäkologen waren so freundlich, uns auch gleich die Hausärzte der Frauen zu nennen.«

»Warum hat niemand von denen auf die Fotos im Fernsehen und in den Zeitungen reagiert?«, wunderte sich Svenja Bauer.

»Aus demselben Grund, aus dem ich die ganze Chose auch nicht wirklich mitbekommen habe, obwohl die Toten fast vor meiner Haustür gefunden wurden. Man ist so beschäftigt mit seinen alltäglichen Aufgaben und Pflichten. Dazu ertrinkt man förmlich in einer Informationsflut«, erklärte Caspari. »Heute darüber zu sinnieren, warum in der Vergangenheit Dinge nicht so gelaufen sind, wie sie hätten laufen können, bringt uns aber nicht weiter. Wir müssen jetzt einen Schlachtplan entwerfen. Also, was ist sofort zu tun? Eure Ideen bitte.«

»Wir sollten Kriminaltechnik-Teams in die Wohnungen schicken«, schlug Andreas Sommer vor. Caspari machte sich Notizen, dann sah er von seinem Block auf.

»Ja, das werden wir machen, obwohl ich mir davon nicht allzu viel verspreche. Wir können davon ausgehen, dass ein derart hochprofessionell operierender Menschenhändlerring schon alle Beweise zur Seite geschafft hat. Wir werden dort nichts Verdächtiges finden. Es sei denn, die Jungs haben etwas übersehen. Gut, nächster Vorschlag.«

»Die Vermieter müssen von irgendwem die Miete bekommen haben«, fiel Erich Fuchs ein.

»Gut, darum kümmerst du dich mit Wolfgang«, entschied Caspari, nachdem er mitgeschrieben hatte.

»Wir sollten an der Universität mit den Professoren und Studenten sprechen«, fand Tina.

»Das kann lohnend sein«, kommentierte Caspari.

»Die Messegesellschaft«, rief Mario in die Runde. »Möglicherweise arbeiteten sie dort als Aushilfen oder so etwas.«

»Wir gehen dem nach«, stimmte Caspari zu. »Du denkst in dieselbe Richtung wie ich. Eine Messestadt ist das ideale Aktionsfeld für einen sogenannten Begleitservice. Fakt ist, dass Frankfurt eine der wichtigsten Messestädte Europas ist. Es sind oft sehr zahlungskräftige Geschäftsleute in der Stadt, die Wert auf ein niveauvolles Verwöhnprogramm legen. Und in welchen Räumlichkeiten kann man es sich mit einer hübschen, jungen, gebildeten Frau so richtig gut gehen lassen?«

»In einem Saunaclub jedenfalls nicht«, dachte Tina laut.

»Im eigenen Hotelzimmer oder vielmehr in der Suite«, schlussfolgerte Andreas Sommer.

»So ist es. Mario, Tina, Jin Jang, Gernot, Svenja und Andreas, ihr nehmt euch alle Hotels ab der Mittelklasse aufwärts im Großraum Frankfurt vor. Dort zeigt ihr die Bilder, nennt die litauischen Namen und fragt nach den Frauen. Gute Portiers merken sich das Gesicht einer jungen Frau, die als Begleitung von wechselnden Gästen immer wieder im Hotel auftaucht«, bestimmte Caspari. »Ich kümmere mich um die Durchsuchung der Apartments der Frauen und um die Informationen, die wir hoffentlich doch noch aus Weißrussland bekommen. Ran an die Arbeit.«

Unbekannte Mitspieler

Andreas Sommer verspürte einen ungeheuren Druck auf der Blase, als sie die Empfangshalle des Sheraton betraten. Svenja Bauer stellte sie beide dem Portier vor und zeigte ihren Ausweis. Dann legte sie dem Mann hinter dem Tresen die Bilder vor. Er nahm sich viel Zeit, sie zu betrachten.

»Wissen Sie«, fing er an, »eigentlich sieht es die Geschäftsleitung überhaupt nicht gern, wenn ein Gast so eine Frau mitbringt. Aber was sollen wir machen? Wenn wir intervenieren, verlieren wir Kunden, die hier ihr Geld lassen. Sie können sich vorstellen, dass es dabei nicht um Beträge wie vierzig Euro für Übernachtung und Frühstück geht. Die Abrechnungen, die über diesen Tisch gehen, sind oft im dreistelligen Bereich angesiedelt.«

»Also?« Svenja Bauer wurde ungeduldig.

»Diese Dame hier kenne ich«, kam der Mann zur Sache und tippte auf Filipas Bild. »Sie kam hin und wieder als Begleiterin verschiedener Herren, deren Namen ich Ihnen nicht nennen darf – aus Gründen der Diskretion, versteht sich. Bei ihrem letzten Aufenthalt hat sie ihr Handy im Zimmer liegen gelassen. Das ist gut zwei Wochen her. Einen Tag später rief sie mit einem Zweithandy an und bat mich, es hier am Empfang für sie zu hinterlegen. Sie wollte es bei ihrem nächsten Besuch wieder mitnehmen.«

Svenja Bauer konnte es kaum glauben. Nach so vielen vergeblichen Versuchen, die Ermittlungen schneller voranzubringen, war das ein wahrer Paukenschlag. Mit einem breiten Lächeln sah sie zu Andreas Sommer hinüber, der ebenfalls über das ganze Gesicht strahlte.

»Wir müssen Sie bitten, uns dieses Mobiltelefon auszuhändigen«, forderte sie den Portier auf.

»Werden Sie es ihr geben?«, fragte der Mann unentschlossen.

»Das wird leider nicht möglich sein«, erwiderte Andreas ernst. »Die junge Frau wurde ermordet. Das Porträt stammt aus der Gerichtsmedizin. Dieses Telefon ist ein wichtiges Beweisstück für unsere Ermittlungen.«

»Um Himmels willen, das ist ja furchtbar«, stöhnte der Empfangschef und gab Svenja das in eine Klarsichthülle verpackte Mobiltelefon. Während sie es sich in die Jackentasche steckte, fragte Andreas nach der Toilette.

»Ich warte schon mal draußen«, sagte Svenja beiläufig, während sie auf ihrem Mobiltelefon die Nummer des Chefs wählte.

»Christoph, wir haben einen Volltreffer gelandet«, sagte sie auf dem Weg durch die Empfangshalle. »Milenas Schwester hat im Sheraton ihr Handy vergessen. Ich habe es.«

»Hervorragend«, hörte sie Caspari durch das Telefon rufen, während sie ins Freie trat und schon ein paar Meter auf ihren geparkten Wagen zuging. »Kommt sofort zurück, damit wir alle Daten und Kontakte analysieren können.«

»Yep, geht klar«, antwortete sie und beendete das Gespräch, als sie plötzlich angerempelt wurde. Ein stechender Schmerz durchfuhr ihren Arm, ihr Mobiltelefon entglitt ihrer Hand.

»Autsch, können Sie nicht achtgeben«, rief sie dem Mann in der grünen Bomberjacke hinterher, der mit ihr zusammengestoßen war. Der Fremde zog die Kapuze auf seinem Kopf noch tiefer ins Gesicht und stahl sich davon, als wäre er nicht gemeint gewesen. Svenja rieb sich den Arm, und der Schmerz wich. Dafür spürte sie, wie ein Gefühl der Taubheit ihren ganzen Körper erfasste. Alles um sie herum begann sich zu drehen, erst langsam, dann immer schneller. Sie schloss die Augen, um sich gegen den Schwindel zu wehren, aber es war zwecklos. Gegen ihren Willen gaben ihre Beine nach, und sie sank auf dem Trottoir in sich zusammen.

»Was ist mit Ihnen?«, hörte sie eine Frauenstimme. Mühsam öffnete sie die Augen, doch sie sah die Person nur schemenhaft.

»Ich mache Ihnen die Jacke ein bisschen auf, dann bekommen Sie besser Luft«, sagte ihre Helferin. Doch während sie das langsame Ratschen des Reißverschlusses hörte, spürte Svenja Hände in ihren Jackentaschen. Dann war die Frau nicht mehr neben ihr, sondern wandte sich den umstehenden Passanten zu.

»Ich sage schnell im Hotel Bescheid. Die werden einen Krankenwagen rufen.«

Svenja sah ihr nach, wie sie zur Eingangstür des Sheraton lief. Benommen nahm sie wahr, dass Andreas auf die Straße trat. Sie wollte ihn rufen, ihn warnen, doch sie brachte keinen Ton mehr über ihre Lippen. Um sie herum wurde es mit einem Mal ganz dunkel und still.

Unfaires Spiel

Caspari war außer sich.

»Zusammengebrochen? Und das Handy?«, schrie er durch das Telefon Andreas Sommer an, der in der Notaufnahme der

Universitätsklinik in Frankfurt stand und darauf wartete, dass ihm jemand erklärte, was mit seiner Freundin los war.

»Weg«, sagte dieser kleinlaut.

»Himmel, Arsch und zugenäht!« Caspari verlor die Beherrschung.

»Vor lauter Schreck habe ich gar nicht mehr daran gedacht. Erst als die Sanitäter ihr im Rettungswagen die Jacke ausgezogen haben, fiel es mir wieder ein. Während der Notarzt sich noch vor dem Hotel um Svenja kümmerte, durchsuchte ich ihre Jacke. Das verdammte Ding war wie vom Erdboden verschluckt«, erklärte er mit nun festerer Stimme. »Aber das Beste kommt noch: Ein älterer Herr hat mir erzählt, dass er beobachtet hätte, wie ein Mann Svenja angerempelt habe und dann völlig gleichmütig weitergegangen sei. Gleich danach fing sie an zu straucheln. Dann tauchte eine Frau wie aus dem Nichts auf, die einen auf Ersthelferin machte. Niemand dachte sich etwas dabei, als sie sich an Svenjas Jacke zu schaffen machte. Die Frau hat sich dann recht schnell aus dem Staub gemacht. Ich habe den Kollegen von der Streife gesagt, sie sollen den Herrn mitnehmen und seine Aussage aufnehmen.«

»Hör mal, Andreas, es tut mir leid«, entschuldigte sich Caspari. »Du kannst ja nichts dafür. Irgendwer macht uns hier das Leben extrem schwer, und das mit geheimdienstähnlichen Methoden. Das frisst langsam an meinen Nerven.«

Eine Dreiviertelstunde später stand Caspari mit seiner gesamten Abteilung vor dem behandelnden Arzt und hatte große Schwierigkeiten, seine Wut zu unterdrücken.

»Es tut mir leid«, erklärte der Mediziner, »Sie sind kein Angehöriger. Ich darf Ihnen gegenüber nichts über den Gesundheitszustand von Frau Bauer sagen.«

»Falsch«, widersprach Caspari energisch. »Die Kollegin wurde im Rahmen einer polizeilichen Ermittlung wie auch immer verletzt. Sie werden mir jetzt sagen, wie und wodurch. Oder ich komme in einer halben Stunde mit einem richterlichen Beschluss und beschlagnahme alle Unterlagen.«

»Warum sind Sie denn so gereizt?«, fragte der Stationsarzt eingeschüchtert.

»Weil wir mitten in einer Ermittlung sind und das organisierte Verbrechen alles tut, damit wir nicht weiterkommen. Dazu gehört auch die Ausschaltung der Kollegin Bauer.«

»Organisiertes Verbrechen«, wiederholte der Arzt erschrocken.

»Wir sind vom BKA. Hier geht es nicht um einen Fahrraddiebstahl, sondern um Mord in mehreren Fällen«, stellte Caspari klar. »Also noch einmal: Was ist mit Frau Bauer los?«

»Sie hat eine Einstichstelle am rechten Oberarm, an der Außenseite. Das konnten wir leicht feststellen, weil die Wunde etwas nachgeblutet hat. Jemand hat ihr eine uns fremde Substanz in das Muskelgewebe injiziert, die zur Bewusstlosigkeit geführt hat. Leider muss ich sagen, dass unserem Labor diese Substanz unbekannt ist. In der Uniklinik hat man es schon das eine oder andere Mal mit exotischen Giften zu tun, aber hier war unser Labor überfordert.«

»Wie geht es Frau Bauer in Moment?«, fragte Tina.

»Sie ist stabil. Einen nennenswerten Schaden durch die Injektion konnten wir nicht feststellen. Wir warten, bis sie aufwacht, und behalten sie ein oder zwei Tage zur Beobachtung hier«, erklärte der Mediziner.

»Das BKA wird einen Personenschutz rund um die Uhr vor dem Krankenzimmer postieren«, teilte Caspari mit einer Stimme mit, die keinen Widerspruch duldete. Der Arzt nickte.

»Selbstverständlich.«

»Wir brauchen alle Blutproben von Frau Bauer und die Testergebnisse aus dem Labor«, fuhr Caspari fort. »Ich informiere unsere Spezialisten, die das untersuchen werden.«

»Natürlich, ich sage unten sofort Bescheid.«

Nachdem der Arzt gegangen war, legte Mario seinen Zeigefinger auf den Mund. Caspari sah ihn verwundert an. Doch als Mario sein Mobiltelefon aus der Innentasche seines Sakkos nahm und darauf deutete, begriff er. Mario gab ihnen Zeichen, dass er die Mobiltelefone seiner Kollegen einsammeln wollte. Mit fragendem Blick reichten ihm alle Mitglieder der Abteilung ihre Telefone. Zum Schluss tat es ihnen Caspari gleich. Voll beladen ließ sich Mario von Tina die Tür von Svenja Bauers

Krankenzimmer öffnen, trat leise ein und legte alle Geräte auf das leere Bett neben der schlafenden Kollegin. Als er wieder auf dem Flur stand, atmete er tief durch.

»Was soll das?«, fragte Erich Fuchs, als Mario zu ihnen zurückgekehrt war.

»Warum sind die Mitglieder des Menschenhändlerrings in Weißrussland plötzlich wie vom Erdboden verschluckt?«, fragte Mario zurück. »Wieso platzt Milena Schwabs Reifen ausgerechnet, nachdem du uns von ihrer Existenz erzählt hast? Ich bin noch nicht dazu gekommen, euch über das Ergebnis der KTU zu informieren. Die Jungs schicken morgen den Bericht. Sie haben mir aber schon heute erzählt, dass dieser Reifen tatsächlich mit einem Präzisionswerkzeug angeschnitten wurde. Wäre die Frau schneller als hundertzwanzig Sachen gefahren, läge Clara heute im Krankenhaus – wenn es gut gelaufen wäre. Und zu guter Letzt: Warum wird Svenja überfallen, kurz nachdem sie dir telefonisch mitgeteilt hat, dass sie das Handy von Milenas Schwester hat?«

»Willst du etwa sagen, dass die Organisation uns über unsere Handys abhört?«, fragte Jung ungläubig.

»Das ergibt einen Sinn«, trat Schneider Mario bei. »Jeder von uns hat sein Gerät immer bei sich, vor allem jetzt, da die Ermittlungen auf Hochtouren laufen. Mit der richtigen Technik können die jedes unserer Worte hören, auch wenn wir gar nicht telefonieren.«

»Auch auf dem Klo?«, fragte Tina entsetzt, ohne ernsthaft eine Antwort zu erwarten.

»Ihr wisst alle, was das heißt«, schlussfolgerte Caspari. »Dieser Menschenhändlerring ist noch gefährlicher und verfügt über noch mehr Mittel und Möglichkeiten, als wir auch nur ansatzweise geahnt haben. Wenn wir weiter ermitteln, ist die Eigengefährdung eines jeden von uns so hoch wie bei keinem anderen Fall, den ich jemals bearbeitet habe.«

Tiefes Schweigen senkte sich über die Gruppe.

»Wir haben also zwei Möglichkeiten«, fuhr Caspari fort. »Entweder wir übergeben den Fall an die Abteilung ›Organisiertes Verbrechen‹, oder wir ermitteln weiter. Diese Mordserie fällt spätestens seit der Aussage Milenas über den Menschenhändlerring in die Zuständigkeit beider Abteilungen. Serienmorde fallen in unser Ressort, mafiaähnliche Strukturen und Arbeitsweisen sind deren Spezialität.«

»Als ich bei der GSG 9 war, hatten wir einige Einsätze für das BKA gegen kriminelle Organisationen. Rockerbanden, die russische und die italienische Mafia, die Albaner – die ganze Bandbreite eben. Das waren richtig schwere Jungs. Aber keiner von denen verfügte über die technischen Möglichkeiten der Telefonüberwachung oder über das Know-how, das dafür nötig ist«, meinte Schneider.

»Was Gernot meint«, erklärte Jin Jang, »ist, dass eine kriminelle Organisation, die Geheimdienstmethoden verwendet, eine völlig neue Qualität von Verbrechen darstellt. Mit denen dürften auch andere BKA-Abteilungen ohne Unterstützung überfordert sein.«

»Die können auch keine weitere Arbeit gebrauchen«, mischte sich Fuchs ein. »Zurzeit haben die einiges in Sachen Drogenschmuggel um die Ohren. Die Kollegen haben mir erzählt, dass sie gegen die Italiener und die Türken gleichzeitig ermitteln müssen.«

»Ich will nicht über eure Köpfe hinweg entscheiden, wenn ich mit unserem Direktor spreche«, stellte Caspari klar, »deshalb möchte ich wissen, ob ihr euch noch vorstellen könnt weiterzumachen oder ob euch die Gefahr für Leib und Leben zu groß ist. Wie sieht es aus – machen wir weiter, oder geben wir die Sache ab?«

»Ich sage, wir machen weiter, mit Unterstützung«, antwortete Tina.

Die anderen stimmten ihr zu. Caspari zuckte mit den Schultern.

»Gut, dann telefoniere ich jetzt mit Herrn Fuhr. Hat jemand von euch noch ein bisschen Kleingeld für den Münzfernsprecher in der Eingangshalle?«

Alte Wohltäter

»Milena, es tut uns so unsagbar leid.« Professor Brüning saß ihr zusammen mit seinem Kollegen Keil gegenüber. In den zerfurchten alten Gesichtern der beiden Ärzte sah sie die Trauer, die sich wie ein dunkler Schatten um ihre Augen gelegt hatte.

»Wer sind diese Leute, die Waisenkindern so etwas antun?«, fragte sie mit unterdrücktem Zorn.

»Herzlose Menschen ohne Ethik und Moral«, wetterte Keil. »Diese Männer haben sich den Zerfall eines politischen Systems zunutze gemacht, um rücksichtslos und auf Kosten anderer ihren persönlichen Vorteil herauszuschlagen.«

»Aber warum meine Schwester, warum nicht ich?«, wollte Milena wissen, obwohl sie die Antwort bereits kannte.

»Ihr wart beide auf der Liste dieser Männer. Als wir denen dann erklärten, dass du Leukämie hast, ließ ihr Interesse an dir schlagartig nach. Du hattest Glück im Unglück«, sagte Brüning mit gesenktem Haupt.

Milena trank ihre Tasse Tee aus. Sie hatte die beiden Männer, die ihr als Kind das Leben gerettet hatten, ohne Voranmeldung aufgesucht und war froh, beide ohne langes Warten in Professor Brünings Büro sprechen zu können.

»Vielen Dank für alles«, sagte sie zum Abschied. »Ich habe Ihre Zeit schon über Gebühr in Anspruch genommen.«

»Ach was«, widersprach Brüning. »Es ist uns eine Freude, zu sehen, dass aus einem ›unserer‹ Kinder von damals etwas geworden ist. Grüß bitte deine Eltern von uns.«

Auf dem Parkplatz suchte Milena eine ganze Weile nach ihrem Oktavia, bis ihr einfiel, dass sie im Wagen mit ihren Personenschützern hergekommen war. Einer der Polizisten war ausgestiegen und winkte ihr. Rasch ging Milena auf ihn zu. Sie fühlte sich beobachtet.

Sie unterdrückte das Gefühl und konzentrierte sich auf das Auto.

Bevor sie einstieg, blickte sie sich rasch nach allen Seiten um. Doch der einzige Mensch, den sie weit und breit sah, war ein

Soldat, der sich abmühte, mit seiner Beinprothese auf dem Fußweg zu laufen.

Anker für den Geist

Caspari sah müde aus, als er nach Hause kam, und hatte einen grüblerischen Gesichtsausdruck. Clara war besorgt.

»Du siehst sehr mitgenommen aus«, sagte sie zur Begrüßung.

»So fühle ich mich auch«, gestand er. »Ich bin heute in Situationen aus der Haut gefahren, in denen das nicht die geschickteste Reaktion war.«

»Willst du darüber reden?«, fragte sie ihn.

»Ja, aber erst, wenn Lukas schläft. Ich möchte nicht, dass er Dinge hört, die ihn ängstigen könnten.«

»Kann ich dir sonst etwas Gutes tun?«

»Das tust du doch immer«, erwiderte er lächelnd. »Ich packe meine Trainingssachen und fahre zu Seydel. Mein alter Sensei weiß immer einen Rat, wie ich wieder meine Mitte finden kann.«

Clara ließ ihn fahren, obwohl sie ihn gern mit Lukas und Camillo zu einem Spaziergang losgeschickt hätte. Aber sie sah ein, dass Caspari seinen seelischen Ballast loswerden musste.

Eine halbe Stunde später stand Caspari seinem alten Aikido-Lehrer gegenüber.

»Warum hast du es so weit kommen lassen?«

Er spürte Seydels tadelnden Blick auf sich.

»Wie lange unterrichte ich dich schon?«

»Seit über dreißig Jahren«, erwiderte Caspari.

»Eben. Wo ist deine Achtsamkeit? Wann hast du zuletzt meditiert oder dir deinen Atem als Anker genommen?«

»Irgendwann vor Weihnachten.«

»Aha. Warum lässt du das so schleifen? Das muss dir mittlerweile in Fleisch und Blut übergegangen sein wie Essen und Trinken.«

»Es war so viel anderes …«

»Papperlapapp. Wenigstens zehn Minuten am Tag müssen möglich sein. Wir sind ja schließlich nicht im Krieg. Du kommst in die Bewertungskette, wenn du nicht meditierst. Alles, was dir begegnet, bewertest du. Und wenn deine Bewertung eines Sachverhaltes negativ ausfällt, so folgt daraus die nächste Bewertung und die nächste und so weiter. Und die Kette an negativen Gefühlen wird immer länger. Junge, du bist dabei, zu verlernen, wie du deine innere Ruhe behältst. Geschehenes kannst du nicht ändern. Was in der Zukunft auf dich zukommt, weißt du jetzt noch nicht. Du kannst die Gegenwart gestalten, ja. Aber nur, wenn du die Dinge unvoreingenommen betrachtest.«

»Darf ich mich denn nicht mehr über Unrecht aufregen?«, protestierte Caspari.

»Natürlich, das sollst du sogar. Aber dann musst du eine Möglichkeit finden, wieder achtsam auf deine Atmung zu werden. In der Meditation trennst du die Sache von deinem Ärger über sie. Wenn du das tust, kannst du sie frei von deinen Urteilen so betrachten, wie sie ist. Auf diese Weise findest du einen Weg, damit umzugehen oder das Problem zu lösen. Hast du das wirklich vergessen?«, fragte Casparis alter Meister besorgt.

»Nein, nicht vergessen«, beruhigte er ihn, »nur eine Zeit lang verdrängt.«

»Dann erlaube ich dir heute erst dann zu trainieren, wenn du vorher mindestens zwanzig Minuten meditiert hast«, bestimmte Seydel und deutete auf einen kleinen Raum hinter einer offenen Tür, in dem Meditationsmatten und -kissen im Kreis gruppiert waren. Caspari, der schon für das Aikido-Training angekleidet war, verbeugte sich tief, ging in den Raum und schloss die Tür.

Es dauerte einen Moment, bis er ohne Schmerzen im Bein auf einem der Kissen sitzen konnte. Dann legte er die Hände im Schoß ineinander, sodass sich die Daumen berührten. Er richtete sich im Sitzen auf, zog die Schultern nach hinten und ließ sie fallen. Einatmen, ausatmen, er brauchte Zeit, diesen ewigen Rhythmus als Anker für seinen Geist zu finden, den seine Gedanken ständig wegziehen wollten.

Einatmen, ausatmen, wahrnehmen, dass so viele Gedanken durch das Bewusstsein jagten wie eine Herde wilder mongolischer Pferde. Er durfte sich nicht über die Wildheit der Eindrücke in seinem Kopf ärgern, musste nur wahrnehmen, dass sie da waren. Und wieder zum Atem als Anker für den Geist zurückkehren. Einatmen, ausatmen …

Caspari kam zurück, als Clara und Lukas zu Abend aßen.

»Papa!«, rief der Kleine, sprang von seinem Platz und warf sich in seine Arme. Sein Vater lachte, hob ihn hoch und drückte ihn an sich. Clara kam es so vor, als sei ein anderer Mensch zur Tür hereingekommen. Er wirkte gelöst und in sich ruhend, genau so, wie sie ihn vor eineinhalb Jahren kennengelernt hatte.

»So gefällst du mir schon viel besser.«

»So fühle ich mich auch viel besser«, erwiderte er, hob seinen Sohn über den Tisch, als wäre der eine Feder, und setzte sich neben ihn.

An diesem Abend wurde Lukas huckepack von seinem Vater ins Bett gebracht. Clara stand an den Türrahmen der Küche gelehnt da und sah den beiden schmunzelnd zu. Doch kaum war Caspari wieder aus dem Kinderzimmer zurückgekehrt, brach sich ihre Neugier Bahn. Sie lotste ihn ins Wohnzimmer, wo sie schon zwei Gläser Rotwein auf den Tisch gestellt hatte, und schloss die Tür.

»So, und jetzt raus mit der Sprache«, legte sie los. »Was war heute los?«

Caspari erzählte ihr von seinen Erlebnissen an diesem turbulenten Tag.

»Jin Jang und Schneider haben jedem von uns ein abhörsicheres Handy aus Wiesbaden mitgebracht, wo sie die Blutproben und Unterlagen aus dem Krankenhaus abgegeben hatten.«

»Wem seid ihr da bloß auf den Fersen?«, fragte Clara sorgenvoll.

»Das frage ich mich auch«, antwortete Caspari. »Fuhr prüft momentan sogar, ob er den Verfassungsschutz einschalten soll.«

»Den Verfassungsschutz?«

»Natürlich. Der ist schließlich unser Inlandsgeheimdienst. Wenn irgendwer die oberste Polizeibehörde der Bundesrepublik mit Spionagemethoden abhört, dann kann das eine kriminelle Vereinigung oder auch der Geheimdienst eines anderen Landes sein. Im zweiten Fall wäre das eine Verletzung unserer Souveränität.«

»Und man kann einfach so über das eigene Handy belauscht werden?« Clara war schockiert.

»Selbstverständlich geht das, wenn man die Mittel und die Ausbildung dazu hat.«

»Wie geht es jetzt weiter?«

»Wir werden die Ermittlungen nicht stoppen. Bei allem, was wir tun, müssen wir vorsichtiger operieren. Nun wissen wir ja, was die Leute draufhaben, die wir jagen. Außeneinsätze wird es nur noch mit kugelsicheren Westen und Dienstwaffen geben.«

»Das hört sich bedrohlich an.« Clara fröstelte.

»Darin haben wir beide schon ein bisschen Übung, nicht wahr?«, versuchte er sie zu beruhigen.

»Und ihr habt immer noch keinen Hinweis, wer diese Verbrecher sein könnten?«

»Nein. Auf jedes der Bankkonten der sieben Frauen wurden monatlich zweitausendfünfhundert Euro gezahlt. Dieses Geld kam vom Konto einer Firma auf den Kaimaninseln. Genaueres erfährst du von den dortigen Behörden allerdings nicht. An deren Bankgeheimnis beißen sich alle deutschen Steuerfahnder bisher die Zähne aus. Also konnten wir über diese Firma auch nichts in Erfahrung bringen.«

»Frustrierend«, schlussfolgerte Clara.

»Es ist, wie es ist«, kommentierte Caspari. »Wenn ich mich darüber aufrege, geht es mir an die Substanz, und außerdem löse ich den Fall dann auch nicht schneller.«

Die Falle

Was für ein gottverlassener Fleck Erde als Treffpunkt für einen Abend in der besseren Gesellschaft. Sollte es von hier aus vielleicht zu einem erstklassigen Landgasthof gehen? Marina wurde die Sache langsam unheimlich. Die Disponentin, mit der sie noch einmal telefoniert hatte, als der Weg immer tiefer in den Spessart führte, war sich bezüglich der Adresse hundertprozentig sicher gewesen.

Marina hielt ihren Wagen auf dem Parkplatz eines verlassenen Gasthofs an. Unter normalen Umständen hätten alle Alarmglocken in ihrem Kopf geschrillt. Aber bei der Klientel, mit der sie zu tun hatte, handelte es sich um kultivierte Männer, nicht um solche, vor denen man sich fürchten musste.

Aus der Dunkelheit blinkten vor ihr zwei Scheinwerfer kurz hintereinander auf. Das war das verabredete Zeichen. Sie stieg aus, schloss den Wagen, legte die Arme eng um den Körper, als könnte das die Eiseskälte vertreiben, die sie plötzlich empfand. Dann lief sie ihrem Tod geradewegs in die Arme.

Tiefes Bedauern

Caspari hatte Lukas an diesem Morgen versprochen, ihn mit seinem Volvo zur Schule in Schlierbach zu bringen. Fröhlich stand der Kleine neben seinem Vater im Bad und putzte sich die Zähne, als Clara mit Casparis Mobiltelefon die Treppe heraufgelaufen kam.

»Ich habe mir erlaubt, dranzugehen«, entschuldigte sie sich. »Es ist Herr Bertram. Er will dich unbedingt sprechen.«

Caspari wischte sich den Mund mit seinem Handtuch ab und nahm ihr das Gerät aus der Hand.

»Morgen. Leiche Nummer sieben«, kam Bertram gleich zur Sache.

»Mist«, brummte Caspari. »Wo?«

Er wollte im Beisein seines Sohnes nur das Nötigste besprechen.

»Katholisch Willenroth, kurz hinter dem Ortsausgang nach Untersotzbach liegt sie auf einem Feldweg.«

»Wir machen uns gleich auf den Weg. Ich bringe Lukas vorher in die Schule. Sind meine Oldies und das deutsch-chinesische Pärchen schon im Revier?«

»Warte mal«, bat Bertram.

Nach einer Weile war seine Stimme wieder zu hören.

»Der Kollege, der vorn sitzt, sagt, er hätte die vier reinkommen sehen.«

»Sei so gut und bring sie mit. Tina und Mario kommen mit mir.«

Caspari spürte, wie sich sein Magen verkrampfte. Er begann, sich wieder auf seinen Atem zu konzentrieren. Einatmen, ausatmen, wahrnehmen, dass es wieder ein Opfer gegeben hatte, sich aber kein Urteil darüber bilden, sich nicht in negativen Gedanken verstricken.

»Papa, was ist denn?«, fragte Lukas verunsichert.

»Das war nur eine kleine Konzentrationsübung«, erklärte Caspari ihm.

»Ist das was Gutes?«, fragte Lukas.

»Ja, das ist was Gutes, du Schlingel«, unterbrach Clara das Gespräch der beiden. »Und nun los, ab nach unten mit dir. Du musst dein Pausenbrot noch in den Ranzen packen.«

»Ist es das, was ich denke?«, flüsterte sie Caspari zu, als Lukas die Treppe hinuntereilte.

Er nickte. »Nummer sieben.«

Nachdem er Lukas zur Grundschule gebracht hatte, schälte Caspari sich in der Nähe des neuen Fundorts aus seinem Wagen. Neben ihm parkten Tina und Mario.

»Katholisch Willenroth – darauf muss man erst einmal kommen.« Mario öffnete den Kofferraum seines Kombis und reichte Tina einen weißen Overall.

»Na komm, so einen extravaganten Namen hat nicht jeder Ort«, entgegnete Caspari scherzhaft.

»Wie einfallslos hört sich dagegen ›Wiesbaden‹ an.«

Es tat gut, vor dem Anblick eines ermordeten Menschen das eigene Unbehagen zu vertreiben.

Die BKA-Ermittler fügten sich in den Kreis der Polizisten vom Gelnhäuser Polizeirevier ein, die bereits mit der Spurensicherung begonnen hatten. Caspari ging mit Jin Jang direkt zur Leiche, die im Feld in der Nähe einer Straßenkreuzung lag. Beide gingen in die Hocke und betrachteten stumm die Tote aus unterschiedlichen Blickwinkeln. Casparis Overall riss dabei an den Oberschenkelnähten. Die kalte Winterluft drang durch die Risse und verschaffte ihm ein bisschen Kühlung. Den Stoff der Overalls empfand er wie eine Plastiktüte, in der er sich jedes Mal wie schwitzender Schnittkäse fühlte.

Jin Jang kicherte kurz. Caspari sah mit dem Anflug eines Grinsens zu ihr hinüber. Dann wurden beide wieder ernst.

Caspari empfand tiefes Bedauern für die schöne Tote, die in der Blüte ihrer Jugend brutal aus dem Leben gerissen worden war.

»Was hat man dir nur angetan?«, fragte er, ohne eine Antwort zu erwarten.

Jin Jang suchte zwischen den rotblonden Haarsträhnen, die sich wie ein Fächer auf dem dunkelbraunen frostharten Ackerboden ausgebreitet hatten, nach Spuren. Eine Strähne hielt sie vorsichtig in der Hand.

»Sandkörner«, sagte sie und holte eine Lupe aus ihrem Koffer. Konzentriert tastete sie mit ihrem Blick durch das Vergrößerungsglas jeden Zentimeter der Haare und des Kopfes ab.

»Sie muss mit dem Kopf auf einen Sandhaufen gefallen sein«, fasste sie die Schlussfolgerungen ihrer Untersuchungen zusammen. »Auf der rechten Kopfseite finden sich Sandkörner auf der Kopfhaut und in den Haaren. Der Mörder scheint sich Mühe gegeben zu haben, sie zu entfernen. Um das hundertprozentig hinzubekommen, hätte er sie allerdings ordentlich duschen müssen.«

»Sie ist als Folge des Genickbruchs nach rechts weggekippt«, vermutete Caspari.

Jin Jang nickte zustimmend.

»Ansonsten ist alles an dieser Frau so wie bei den sechs anderen, auch der Bluterguss im Bauchraum«, sagte sie.

»An das Schaltuch hat er auch wieder gedacht«, sagte Caspari und deutete auf das völlig deplatziert wirkende Stück Stoff am Hals der nackten Leiche. »Schwarz bei den ungeraden, weiß bei den geraden Morden. Das ist Leiche Nummer sieben, und sie trägt wieder einen schwarzen Schal. Er bleibt bei seinem Muster.«

»Was will er uns nur damit sagen?«, rätselte Jin Jang.

»Wenn ich das nur wüsste«, grübelte Caspari. Der Klingelton seines Mobiltelefons riss ihn aus seinen Gedanken. Fuhr, der BKA-Direktor, meldete sich am anderen Ende der Leitung.

»Wo sind Sie gerade?«

»Am Fundort der siebten Leiche.«

»Sieben?«, fragte Fuhr ungläubig.

»Ja, sie ist heute Morgen entdeckt worden.«

»Dr. Caspari, können Sie sich dort freimachen? Es wäre wichtig, dass Sie … sagen wir in zwei Stunden bei mir in der BKA-Zentrale sind«, forderte ihn der Direktor freundlich auf.

»Selbstverständlich, Herr Fuhr.«

»Was wollte denn der ›big boss‹?«, fragte Jin Jang überrascht.

»Ich habe keine Ahnung«, gab Caspari zu. »Er bat mich, so schnell wie möglich zu kommen. Mehr sagte er nicht.«

»Nach der Abhöraktion über unsere Handys ist das kein Wunder. Der Mann ist vorsichtig«, sagte die chinesische Kollegin.

Caspari verabschiedete sich bei seinen Leuten und stieg in sein Auto, um sich auf den Weg zum BKA nach Wiesbaden zu machen. Er hatte genug gesehen.

Unerwarteter Beistand

Der stockende Verkehr auf der Strecke trieb Caspari fast zur Verzweiflung. Nachdem er über zehn Minuten vor einer Baustelle im Stau gestanden hatte, reichte es ihm. Er setzte das Blaulicht auf das Dach, stellte die Sirene an und erzwang sich auf diese Weise eine störungsfreie Weiterfahrt. Er wusste, dass das weder gern gesehen noch erlaubt war. Doch den Präsidenten des Bundeskriminalamts wollte er nicht allzu lange warten lassen.

Nach eineinviertel Stunden war er dann endlich im BKA.

»Dr. Caspari, ich möchte Sie mit einem Freund bekannt machen«, begrüßte ihn der Direktor in seinem Büro.

Von einem der Stühle der Sitzgruppe stand ein hochgewachsener, schlanker Mann auf. Caspari schätzte ihn auf Ende fünfzig. Sein silbernes Haar war kurz geschnitten, seine blauen Augen wirkten hellwach. Er trug einen dunklen Anzug, den Caspari in eine der oberen Preiskategorien einstufte.

»Das ist Samuel Rosenbaum, seit vielen Jahren Angehöriger der israelischen Botschaft.«

Caspari gab Rosenbaum die Hand und setzte sich auf den ihm angebotenen Stuhl. Mit Mühe unterdrückte er seine Überraschung. Was hatte ein israelischer Diplomat mit seiner Arbeit zu tun?

»Sie werden sich aus gutem Grund fragen, warum ich Sie von Ihren wichtigen Ermittlungsarbeiten weggeholt habe«, griff Fuhr seine Gedanken auf. »Nun ja, dieses Treffen hat eine Vorgeschichte. Seit Sie die Ermittlungen der Mordserie übernommen haben, bekomme ich in regelmäßigen Abständen Anrufe aus dem Innenministerium. Ein Staatssekretär erkundigt sich für meinen Geschmack ein bisschen zu intensiv nach dem aktuellen Stand. Deshalb habe ich mich bewusst dagegen entschieden, den Verfassungsschutz einzuschalten, als ich von den Geheimdienstmethoden hörte, mit denen Ihre Abteilung ausgespäht wurde. Sobald der sich nämlich einmischt, wird es für Sie schwer, in Ruhe weiter zu ermitteln, und diese Nervensäge aus dem Innenministerium hängt sich dann noch mehr in unsere Arbeit rein. Wie dem auch sei, auf der einen Seite glaube ich nicht an einen Spionageangriff ausländischer Agenten, auf der anderen Seite gehören solche Überwachungsmethoden nicht zu den Möglichkeiten des organisierten Verbrechens. Deshalb bat ich meinen alten Freund um Hilfe. Er war viele Jahre für den Mossad tätig und verfügt heute noch über sehr gute Kontakte.«

»Lassen Sie mich Ihnen vorab etwas über meine Aufgabenbereiche erzählen, damit Sie besser einordnen können, womit wir es hier zu tun haben«, begann Rosenbaum. »Wir waren bis zum Mauerfall für die Überwachung der Aktivitäten der Stasi verantwortlich. Vielleicht wissen Sie, dass der Geheimdienst der DDR die palästinensischen Terroristen ausgebildet und mit den entsprechenden Waffen und Bomben versorgt hat. Unsere Aufgabe war es, das zu verhindern. Ich kenne die Methoden der Stasi und ihre Fähigkeiten nur allzu gut.« Er hielt kurz inne, bevor er weitersprach. »Der Lauschangriff, die Verwendung eines unbekannten Gifts, das wie zufällig injiziert wird – all das spricht für die Vorgehensweise der Stasi.«

»Aber die gibt es doch nicht mehr«, widersprach Caspari.

»Wenn Sie sich da mal nicht täuschen«, erwiderte Rosenbaum.

Tod und Gerechtigkeit

»Was ist Ihre Meinung? Woran glauben Sie?«

Janosch wollte es ganz genau wissen. Im Allgemeinen freute sich Clara darüber, wenn Schüler sich für ihre Meinung zu einer Frage interessierten. Doch beim Thema Tod und Auferstehung, das sie in der vergangenen Woche begonnen hatte, war es eine besondere Herausforderung. Nicht dass sie keinen Standpunkt gehabt hätte. Vielmehr empfand sie es als besonders schwierig, ihn so zu erklären, dass die Jugendlichen ihn auch verstanden.

»Ihr habt euch mit mir die verschiedenen Bibelstellen angesehen, die sich mit dem Thema auseinandersetzen«, begann sie. »Was auffällt, ist zum einen, dass in der Bibel sehr zurückhaltend damit umgegangen wird. Außer bei der Auferstehung Jesu sind die Evangelisten ausgesprochen vorsichtig in der Beschreibung. Zum anderen existieren im Neuen Testament zwei Vorstellungen: Die eine ist die der Auferstehung der Toten am Jüngsten Tag, dem Gericht Gottes. Die andere ist die vom ewigen Leben. Beide Vorstellungen stehen nebeneinander, obwohl man ja meinen müsste, dass sie sich gegenseitig ausschließen. Kurz gefasst: Ich glaube an beides. Ich bin fest davon überzeugt, dass der Mensch nicht nur Körper, sondern auch Seele ist. Die Seele ist die Lebensenergie, ist das, was uns zu fühlenden und denkenden Wesen macht, die ein Bewusstsein haben. Ohne sie gäbe es die Liebe nicht, nicht die Ergriffenheit bei einer bestimmten Melodie, keine Hinwendung zu unseren Mitmenschen. Ich glaube, dass sie unsterblich ist. Denn Energie ist unvergänglich. Die Seele ist Teil der ganz großen Energie, die das Bewusstsein des Universums ist, nämlich Gott. Martin Luther sagte einmal, Gott sei wirkender Wille. Diese Beschreibung trifft es sehr gut. Gott ist die Lebensenergie des Universums, deren innerstes Wesen die Liebe ist. Ich glaube, dass der Tod des Körpers nicht das Ende ist, sondern ein Durchgang in die ewige Liebe Gottes.«

»Und was ist dann mit dem Jüngsten Gericht?«, fragte Jana beharrlich nach.

»Ich bezweifle, dass wir das Jüngste Gericht als den Endpunkt der Geschichte der Menschheit verstehen sollen. Ich sehe sie von Gottes Ewigkeit her.«

»Das wird ja immer komplizierter«, maulte Sven.

»Niemand hat gesagt, dass es einfach ist«, wehrte sich Clara. »Gott ist ewig. Die Ewigkeit hat keinen Anfang und kein Ende. So wie eine vollkommene Kugel. Wenn die Seele zu Gott geht, verlässt sie die Zeit mit Anfang und Ende und gelangt in diese Ewigkeit. Ich stelle mir vor, dass jede Seele in dem Moment, in dem sie durch das Tor Tod geht, vor Gott Zeugnis ablegen muss. Der Jüngste Tag ist also für jede Seele immer der, an dem sie die Zeit verlässt und in die Ewigkeit eingeht.«

»Alter … krasse Nummer«, kommentierte Theo. »Können Sie uns das mal aufschreiben? Das muss ich erst ein paarmal gelesen haben, bis ich das halbwegs schnalle.«

Clara verkniff sich ein Lachen. Theo war immer so herzerfrischend direkt.

»Natürlich, wenn die anderen auch Interesse daran haben.«

Dem allgemeinen Kopfnicken entnahm Clara eine Zustimmung.

»Wie ich schon zu Anfang der Stunde gesagt habe: Alles, was Menschen über den Tod und ein Leben danach sagen, sind Versuche, etwas gedanklich zu fassen, was über unser Denkvermögen weit hinausgeht.«

»Frau Frank«, meldete sich Sven zu Wort, »können wir in der nächsten Stunde darüber reden, was im Jüngsten Gericht geschieht?«

»Wie meinst du das?«, wollte Clara genauer wissen.

»Na ja, der Typ, der die jungen Frauen umbringt, was wird aus dem, wenn er vor Jesus für das geradestehen muss, was er getan hat?«

Gut gelaunt beendete Clara die Stunde. Es freute sie immer, wenn sie ihre Schüler mit einem Thema begeistern konnte, sodass sie rege bei der Sache waren.

»Und? Wie war der Unterricht?«, sprach jemand Clara von der Seite an, als sie den Klassenraum zuschloss. Sie drehte sich um und sah Milena neben sich stehen.

»Sehr interessant, aber auch anstrengend.«

»Waren deine Herzchen so unaufmerksam?«

»Ganz im Gegenteil«, erläuterte Clara, »aber erkläre mal Zehntklässlern die Ewigkeit im religiösen und im physikalischen Sinn.«

»Na, das ist doch mal was anderes als: ›Gib mir sofort dein Handy, André!‹«

Clara schmunzelte. Dann sah sie sich erstaunt um.

»Wo ist denn dein Personenschutz?«

»Ich wollte keinen in der Schule. So kann ich nicht arbeiten. Es langt schon, dass ich wieder in mein Kinderzimmer bei meinen Eltern gezogen bin«, meinte Milena mit einem sauertöpfischen Blick. »Vor der Schule und vor meinem Elternhaus sind die Polizisten postiert. Wenn ich jetzt zu meinem Leihwagen gehe, wird der Beamte dort schon auf mich warten. So ist das abgesprochen. Ich denke, das ist ausreichend.«

Gemeinsam mit Milena ging Clara über den Lehrerparkplatz. Begierig sog sie die kalte Luft ein und ließ sich den eisigen Wind durch das Haar fahren. Ein Rufen riss sie aus ihren Träumereien.

»Milena!«, rief eine junge Frauenstimme laut. Erschrocken blickte Clara sich um, duckte sich und zog ihre Kollegin mit sich.

»Milena!« Die Stimme klang verzweifelt. Vorsichtig hob Clara den Kopf. Wo, zum Henker, war bloß der Personenschutz, wenn man ihn mal brauchte?

Zwischen den Autos sah sie eine junge Frau in einem gefütterten, modischen Mantel. Der Ausdruck in ihren Augen war verzweifelt.

Clara gab Milena ein Zeichen, geduckt hinter dem Wagen zu bleiben, umkreiste die Frau vorsichtig in einem großen Bogen und schlich sich dann von hinten an sie heran. Währenddessen hörte Clara sie noch einmal Milenas Namen rufen. Als sie sicher war, dass die Frau allein war, sprach Clara sie an.

»Was wollen Sie von Milena?«

Die Frau zuckte zusammen und erschrak so heftig, dass sie hinfiel. Clara schämte sich für ihr forsches Vorgehen.

»Es tut mir leid«, entschuldigte sie sich. »Ich musste sichergehen, dass …«

»… dass ich keine Angreiferin bin?«

»Ja, genau.«

Clara winkte Milena zu sich. Als sie vor der jungen Frau stand, fiel die ihr um den Hals und begann zu weinen. Dann strömten die Worte nur so aus ihr heraus. Clara konnte nichts davon verstehen. Es hörte sich russisch an.

Nach einer Weile erwiderte Milena die Umarmung und ließ auch ihren Tränen freien Lauf. Clara fühlte sich wie eine Voyeurin. Ihr war bei dem Gedanken daran unwohl, dass der Personenschutz nicht hier war, wo er sein sollte. Einen Augenblick lang überlegte sie, ob sie Caspari anrufen sollte.

Doch Milena löste sich aus der Umarmung und sah sie an.

»Es ist alles in Ordnung. Sie ist eine alte Freundin. Ich fahre mit ihr in meine Wohnung.«

»Milena, das ist gefährlich. Warte wenigstens, bis der Beamte da ist.«

»Clara, wir können nicht länger auf dem Parkplatz warten. Sie ist völlig durchgefroren und total durch den Wind. Wenn ich zu Hause bin, schließe ich sofort ab und rufe die Polizei an. Es wird sich ja wohl klären lassen, wo mein Schutz abgeblieben ist. Bitte mach dir keine Sorgen. Es ist alles gut.«

Mit einer bösen Vorahnung ließ Clara die beiden Frauen ziehen. Wäre sie dem Gefühl gefolgt, hätte sie womöglich einen bewusstlosen Polizisten im Gebüsch gefunden.

Überdruss und Ablenkung

»Ich komme einfach nicht hinter das System, nach dem der Täter die Orte auswählt, an denen er die Leichen ablegt«, murrte Mario in der Besprechung vor dem Mittagessen. »Was soll diese Nummer mit den Schals? Kann mir das mal einer erklären? Ich komme mir völlig bescheuert vor.«

»Willkommen im Club«, kommentierte Caspari. »Und es wird noch verworrener. Ich hatte heute im Büro vom Direktor das Vergnügen mit einem Mossad-Agenten. Der ließ keinen Zweifel daran, dass wir es mit einem Agentenring zu tun haben. Die Geschichte mit Svenjas chemischem Knock-out in Verbindung mit dem Lauschangriff und dem chirurgisch genau aufgeschnittenen Reifen macht ihn absolut sicher in seiner Einschätzung, dass hier eine ehemalige Stasi-Gruppe am Werk ist. Das ist, so meint er, haargenau ihre Handschrift.«

»Stasi?«, wiederholte Tina ungläubig. »Was hat denn der ehemalige DDR-Geheimdienst mit Menschenhändlern zu tun?«

»Nehmen wir mal an«, beschrieb Caspari, »es wäre einigen Agenten gelungen, rechtzeitig vor dem Mauerfall ihre Spuren zu verwischen und unerkannt abzutauchen. Und nehmen wir weiter an, sie nutzen ihr Können und Wissen, natürlich auch ihre Kontakte, um reich zu werden – ohne Moral und Gewissen. Was läge näher, als das Leid einiger Tschernobyl-Kinder dazu auszunutzen?«

»Ich habe die Schnauze so voll von diesen Berufsverbrechern«, protestierte Mario. »Wo sind bloß die Psychos, hinter denen wir eigentlich her sein sollten?«

»Was folgt nun aus dieser neuen Erkenntnis?«, wollte Schneider wissen.

»Dass wir so weitermachen wie bisher. Mit dem kleinen Unterschied, dass wir nun wissen, woran wir sind«, erläuterte Caspari.

»Wissen wir das?«, warf Mario ein.

Schneider konnte Mario nur allzu gut verstehen. Das waren nicht die Bedingungen, unter denen sein Kollege seine Stelle angetreten hatte.

Caspari schien ihre wachsende Frustration zu spüren. Wahrscheinlich ging es ihm nicht viel besser. »Wir brauchen etwas Abwechslung und einen freien Kopf«, bestimmte der dann auch spontan. »Wer will zum Schießtraining mitkommen?«

Sofort standen Mario und Tina auf. Jin Jang und Schneider schlossen sich an. Schneider holte den Schüssel für den Waffenschrank, in dem sie alle ihre Pistolen aufbewahrten, und schloss auf.

Außer Svenja Bauer, die im Krankenhaus lag, und Andreas Bauer, der bei ihr war, fuhren alle Mitglieder des Teams mit nach Hanau. Natürlich war der Chef mit von der Partie. Casparis Idee mit dem Schießstand war einfach genial gewesen. Nichts konnte einen so sehr fokussieren und sich auf das Wesentliche konzentrieren lassen wie das Training mit den Waffen und das Nahkampftraining.

Nachdem sie dort angekommen waren und jeder seinen Platz

am Schießstand zugewiesen bekommen hatte, schob Schneider das Magazin in seine Pistole und entsicherte sie. Er blickte zu Caspari hinüber, der noch kurz mit dem Schießwart gesprochen hatte und nun in den Stand neben Schneider ging. Schneider konzentrierte sich ganz auf das Zielen und Abfeuern. Das Ziel anvisieren, einatmen, ausatmen, abfeuern; immer wieder.

Ein Magazin hatte er schon ausgewechselt, da hörte Schneider durch die Ohrenschützer einen Aufschrei. Er sah sich nach allen Seiten um. Sofort entdeckte er Caspari, der die linke Hand auf das rechte Handgelenk presste. Der Schießwart war augenblicklich bei ihm und sah sich Casparis Waffe an. Schneider schob seine Pistole in das Holster und ging zu seinem Vorgesetzten. Der schüttelte seinen Arm und fluchte.

»Die Kugel ist im Lauf stecken geblieben«, erläuterte der Schießwart, während er Casparis Pistole untersuchte. »So etwas erlebe ich heute zum ersten Mal. Wie ist so etwas möglich?«

Schneider sah ihm dabei zu, wie er die Waffe in ihre Einzelteile zerlegte und auf den kleinen Tisch im Stand legte.

»Das gibt es doch nicht«, rief der Mann erstaunt.

»Was denn?«, wollte Schneider wissen.

»Der Lauf wurde vorn verjüngt.«

»Was erzählen Sie da, Mann?«, brummte Caspari, gereizt vom Schmerz. Die anderen hatten mittlerweile mitbekommen, dass irgendetwas passiert sein musste, und unterbrachen ihre Schießübungen. Schneider besah sich in Ruhe die zerlegte Pistole.

»Er hat recht, Christoph«, bestätigte er. »Hier stecken winzige Metallsplitter kurz vor dem Ende im Lauf. Die Kugel kann nicht raus. Sie verteilt die Energie auf die ganze Waffe.«

»Zeig mal deine Hand«, meldete sich Tina zu Wort.

Caspari streckte den Arm. Schon nach kurzer Zeit hatte sich um das Daumengelenk herum ein dunkler Bluterguss gebildet.

»Das muss sich ein Arzt ansehen«, befand sie.

»Fährst du mich hin?«, bat Caspari. Tina nickte.

»Macht weiter«, rief er mit schmerzverzerrtem Gesicht. »Schicken Sie die Waffe bitte an das kriminaltechnische Labor des Bundeskriminalamts«, bat er den Schießwart, bevor er Tina folgte.

Schneider trainierte zwar weiter. Aber die Lust daran war ihm vergangen.

Dem Tod zu nahe

Clara wunderte sich, als sie in den Innenhof des Anwesens der Familie Caspari fuhr. Wieso stand Christophs Wagen schon dort? So früh hörte er sonst nie auf, schon gar nicht während einer Ermittlung. Als sie ihre Wohnung betrat, hörte sie, wie er sich mit Tina unterhielt. Die beiden saßen in der Küche und tranken Tee.

»Wieso seid ihr denn so früh …« Clara brach die Frage ab, als sie Casparis bandagierte rechte Hand sah. »Was ist passiert?«

»Eine Prellung«, beeilte sich Tina zu erklären. »Jemand gibt sich alle Mühe, uns einzuschüchtern. An Christophs Dienstpistole wurde der Lauf manipuliert. Die Kugel konnte nicht raus. Die Energie hat sich einen anderen Weg gesucht.«

»Ist nicht so schlimm, wie es aussieht«, beschwichtigte Caspari. »Ein paar Tage muss ich die Hand mit Salbe einreiben und die Bandage tragen. Hätte schlimmer kommen können.«

»Wo soll das noch enden?« Clara sah ihn besorgt an.

»Die derzeitige Frage ist vielmehr, wie jemand an Christophs Waffe kommen konnte, um sie zu manipulieren«, versuchte Tina abzulenken.

»Weißt du noch, wie begeistert wir darüber waren, dass wir unsere Pistolen nicht mehr mit uns herumschleppen müssen, sondern sie im Waffenschrank im Gemeinschaftsraum einschließen können?«, dämmerte es Caspari.

»Ein Waffenschrank?«, hakte Clara nach. Sie musste sich setzen, um zu verdauen, was sie gehört hatte.

»Ja, Heinz Bertram sagte noch, der käme auf Anweisung des BKA. Ich hatte keine Veranlassung, das in Frage zu stellen. Das ist mir nun, wo ich darüber nachdenke, doch etwas suspekt. Ich werde das gleich abklären.«

Nachdem Clara sich von dem ersten Schreck erholt hatte, fielen ihr die Ereignisse auf dem Lehrerparkplatz wieder ein.

»Christoph, suspekt war heute noch etwas anderes«, begann sie zu erzählen. »Als wir die Schule verließen, war Milenas Personenschutz nicht da.«

»Was?«, fuhr Caspari hoch. Clara hob beschwichtigend die Hände und erzählte die ganze Geschichte.

»Ist die noch zu retten?«, donnerte Caspari. »Was macht Milena in ihrer Wohnung?« Sofort griff er zu seinem Mobiltelefon. Tina bat Clara indessen, Milena anzurufen. Nach langem Klingeln meldete sich die junge Kollegin endlich.

»Clara, wir brauchen Hilfe!« Ihre Stimme klang hysterisch. »An unserem Haus ist ein paarmal ein und derselbe Wagen vorbeigefahren. Seit einigen Minuten steht er nahe meiner Wohnung. Ein Mann sitzt darin, den Anna irgendwann schon einmal gesehen hat.«

»Anna?«

»Ja, das Mädchen, das mich auf dem Parkplatz abgepasst hat.«

»Hast du alles verriegelt?«

»Ja, natürlich.«

»Sind deine Gardinen vorgezogen?«

»Ich habe keine. Jedenfalls nicht zur Straße hin. Ich wohne doch im zweiten Stock.«

Clara bat Milena, nicht aufzulegen. Schnell schilderte sie Tina und Caspari, der sein Gespräch beendet hatte, was sie soeben gehört hatte. Caspari nickte, wechselte mit Tina einen Blick und nahm sein Mobiltelefon erneut in die Hand. Tina bedeutete Clara, ihr das Telefon zu geben. Umgehend schaltete sie das Gerät auf den Lautsprechermodus.

»Milena, hier ist Tina Hergenrath aus Casparis Abteilung. Hören Sie bitte genau zu und beantworten Sie meine Fragen so präzise wie möglich. Sitzt der Mann noch im Wagen?«

»Einen Moment, ich sehe schnell nach«, sagte Milena. »Er steigt gerade eben aus.«

»Was macht der Mann?«

»Er geht zum Kofferraum und nimmt eine Tasche heraus.«

»Wie sieht sie aus?«

»Wie, ich weiß nicht …«

»Milena, konzentrieren Sie sich.«

»Wie ein Aktenkoffer.«

Caspari hatte sein Telefonat beendet und sah Clara mit den Augen eines Raubtieres an.

»Milena, hier ist Caspari«, sagte er mit seiner tiefen, festen Stimme. »Sie müssten jeden Moment die Polizeisirenen hören. Die Kollegen sind unterwegs.«

Milena schwieg, durch den Lautsprecher drang das Schluchzen der anderen Frau.

»Ja, ja, ich höre sie«, kam der Ausruf der Erleichterung.

»Was macht der Mann jetzt?«, fragte Tina.

»Er rennt weg.«

»Das ist sehr gut, Milena«, ermutigte Tina. »Aber Sie müssen unbedingt in Ihrer Wohnung bleiben, bis die Kollegen an Ihre Tür klopfen. Haben Sie das verstanden?«

»Ja.«

»Gut. Gleich ist es geschafft. Einen kleinen Augenblick noch.«

»Die ganze Straße ist voller Polizeiwagen!«, rief Milena erleichtert durch das Telefon.

Clara hörte Casparis Mobiltelefon klingeln. Er nahm den Anruf entgegen und brummte ein paar Worte.

»Milena«, sagte er dann laut, »die Kommissare Gernot Schneider und Jin Jang Fang werden gleich an Ihre Tür klopfen. Öffnen Sie nur, wenn Sie eine Männer- und eine Frauenstimme hören, die sich namentlich vorstellen. Und stellen Sie sich nicht vor die Tür.«

»Gut. Das bekomme ich hin.«

Kurz danach hörte Clara Stimmen durch den Telefonlautsprecher.

»Chef, wir sind jetzt bei den Frauen«, sagte eine Männerstimme.

»Gott sei Dank. Holt sie raus, verschließt die Tür und bringt beide aufs Revier.«

»Geht klar.«

»Wo ist der Verfolger?«, bohrte Caspari nach.

»Gute Frage. Ein paar Meter weiter fängt der Wald an. Den können wir im Augenblick nicht verfolgen.«

»Wer ist von den Gelnhäuser Kollegen der diensthöchste?«

»Jungmann, glaube ich.«

»Auch das noch«, brummte Caspari, als er den Namen hörte. Clara wusste, dass Caspari und der Mann seiner Exfrau sich aus dem Weg gingen, seitdem Elke ihrem Ärger über Casparis Tochter Luft gemacht hatte.

»Also gut, sage ihm, er muss unbedingt die Hundestaffel anfordern«, befahl er. »Gernot, noch etwas: Der Typ trägt einen Aktenkoffer mit sich.«

»Scheiße, wir haben keine Schusswesten für die beiden Frauen dabei«, fiel Schneider ein.

»Seht zu, dass ihr die beiden zügig verfrachtet und wegbringt«, kommandierte Caspari.

»Wir sind jetzt gleich auf der Straße«, erklärte Schneider.

»Hören Sie mir zu«, hörte Clara Jin Jang den Frauen erklären. »Wenn wir jetzt zum Wagen laufen, bleiben Sie beide unbedingt zwischen uns. Auf drei: eins, zwei, drei.«

Schneiders Atmen drang durch das Mikrofon seines Headsets in die Küche, in der Clara, Caspari und Tina angespannt lauschten. Ein Knall unterbrach den Rhythmus, gefolgt von einem Aufschrei.

»Gernot, was ist los?«, brülle Caspari in die Stille der Küche.

»Milenas Freundin«, keuchte Schneider, »sie ist getroffen.«

»Das kann doch nicht wahr sein. Mist, verdammter!« Caspari ließ seiner Wut freien Lauf. »Wohin ist die Kugel gegangen?«, fragte er sofort darauf mit gefasster Stimme.

»Linkes Schulterblatt. Puls ist schwach, aber noch da. Sie atmet noch, ist aber nicht mehr bei Bewusstsein.«

»Siehst du etwas in der Richtung, aus der der Schuss kam?«, wollte Caspari wissen.

Clara war, als hätte ihr jemand die Füße weggezogen. Sie musste sich setzen. Ein Gefühl der inneren Leere erfasste sie.

»Vergiss es«, keuchte Schneider. »Wir haben die Frauen eben erst in Deckung bringen können. Der Typ feuert mit einem Zielfernrohr. Ich halte meinen Kopf nicht als Zielscheibe hin.«

»Ruf den Krankenwagen«, bat Caspari Tina. Die nahm ihr Mobiltelefon und ging damit in den Flur.

Clara folgte ihr, um ihr die Adresse zuzuflüstern.

»Wie geht es jetzt weiter?«, fragte sie bang, während Tina die Nummer der Kreisleitstelle wählte.

»Keine Ahnung«, entgegnete Tina. »Der Schütze wird sich aber sehr bald davonmachen. Sonst riskiert er, dass er eingekreist wird.«

Die beiden Frauen gingen nach dem Anruf wieder in die Küche, wo sie Schneiders Stimme wieder durch den Lautsprecher des Telefons hörten.

»Eins, zwei, drei …«

Es fielen Schüsse. Dann war es gespenstig still.

»Wir haben aus drei Pistolen in die Richtung gefeuert, in der der Typ sich aufgehalten hat. Wenn er noch nicht über alle Berge ist, müsste er aussehen wie ein Sieb«, informierte Schneider die Kollegen.

»Gut. Der Notarzt ist gleich da. Sichert trotzdem alles ab, damit er keine Gelegenheit für einen zweiten Schuss hat«, erwiderte Caspari.

»Geht klar, Chef.«

»Sobald du etwas vom Notarzt erfahren hast, rufst du mich an, bitte.«

»Selbstredend. Viel Hoffnung will ich dir aber nicht machen. Die Frau hat viel Blut verloren.«

Clara fing den Blick auf, den Tina und Caspari tauschten. Was sie darin sah, machte ihr Angst.

»Wo war der Personenschutz?«, fragte Tina nach einem Moment bedrückender Stille. Caspari verzog das Gesicht.

»Der lag bewusstlos in der Nähe der Schule in einem Gebüsch. Mit einer Einstichstelle am Hals.«

Munition und Spuren

Es wurde ein langer Mittwoch für Caspari. Mit Tina, die ihn chauffierte, kam er im Thomasrain in Gelnhausen-Haitz an. Die Straße glich einem Ameisenhaufen. Überall befanden sich uniformierte und zivile Polizeibeamte, die die Absperrung sicherten, den Wagen des Täters untersuchten und den angrenzenden Wald durchkämmten. Sanitäter und ein Notarzt kämpften währenddessen im Rettungswagen um das Überleben von Milenas Freundin.

»Wie sieht es aus?«, fragte Caspari Mario, der auf Tina und ihn zukam.

»Der Typ ist längst über alle Berge«, maulte Mario. »Das ist ein Profi. Der hat sich keinen Fehler erlaubt.«

»Und die junge Frau?«, mischte Tina sich ein.

»Sehr kritischer Zustand, aber sie lebt noch – immerhin. Die versuchen sie jetzt so weit stabil zu bekommen, dass sie zum Rettungshubschrauber gebracht werden kann. Der müsste jeden Moment in der Nähe landen.«

Caspari sah Erich Fuchs und Wolfgang Jung bei Milena stehen, die von einer Rettungssanitäterin betreut wurde. Er ließ Tina bei Mario und ging auf sie zu. Seine bandagierte Hand machte sich allmählich bemerkbar. Die Wirkung des Schmerzmittels ließ nach. Oder war es die Anspannung, die ihn bisher so in Anspruch genommen hatte, dass er die Schmerzen verdrängt hatte? Ein heftiges Pochen strahlte vom Daumenmuskel über die gesamte Handinnenseite.

»Sie ist in Ordnung«, kam Fuchs seiner Frage zuvor.

»Allerdings hat sie einen starken Schock erlitten. Die haben ihr ein Beruhigungsmittel gespritzt.«

Caspari sah in Milenas Augen die Wirkung des Sedativums. Sie sah ihn zwar an, war aber weit weg von diesem Ort. Er beschloss, ihr zu einem anderen Zeitpunkt die Leviten zu lesen.

»Die beiden Frauen brauchen in der Klinik, in die sie kommen, Personenschutz. Aber dieses Mal mehr als nur einen Mann. Kümmert ihr beide euch bitte darum.« Caspari wusste, dass er sich auf die beiden verlassen konnte. Sie verfügten über genug Erfahrung, um die Bewachung der Frauen zu organisieren und zu koordinieren. Die beiden nickten kurz.

»Wie geht es dem Kollegen, der die junge Dame hier bewachen sollte?«, fragte Fuchs.

»Wenn alles gut läuft, dann geht es ihm so wie Svenja. Er wird morgen aufwachen und sich an nichts erinnern können. Hoffen wir, dass ihm kein schlimmeres Gift injiziert wurde.«

Schneider und Jin Jang kamen aus dem Saum des kahlen Waldes.

»Zum Auflesen der Patronenhülse ist er nicht mehr gekommen«, verkündete Schneider und hielt eine Klarsichttüte in die Höhe, in der eine messingfarbene Hülse lag.

»Scharfschützenmunition«, erklärte er. »Großes Kaliber. Kein Wunder, dass der mit einem Alukoffer durch die Gegend gelaufen ist. Das Gewehr muss aus drei Teilen bestehen, die man schnell zusammenstecken kann. Vielleicht Bajonettverschluss. Könnte aus dem militärischen Bereich stammen.«

»Was machen wir jetzt?«, unterbrach ihn Jin Jang, der bei ihrer Frage kleine Dampfwölkchen aus dem Mund traten. Es war noch immer bitterkalt.

»Wir machen erst einmal eine Dienstbesprechung im Revier. Dann sehen wir weiter«, bestimmte Caspari.

»Wir haben einen Verdacht, wer deine Dienstwaffe manipuliert haben könnte«, erzählte Bertram eine Stunde später in ihrem Besprechungsraum. Caspari hatte ihn hinzugebeten. Während er sich bemühte, die Kaffeetasse in der linken Hand zu halten, sah er sich die geschrumpfte Runde an. Außer ihm und dem Leiter des Gelnhäuser Polizeireviers saßen nur noch Tina, Mario, Jin Jang und Schneider am Tisch. Alle anderen hatte er mit dringlichen Aufgaben belegt.

»Unter den Putzkräften des Reinigungsdienstes war in den letzten Tagen eine Aushilfe beschäftigt. Das war uns genauso wenig bekannt wie die Tatsache, dass weder das BKA noch die Polizeidirektion in Offenbach den Waffenschrank in Auftrag gegeben hatte. Die Formulare, die der Lieferant beim Abladen vorgelegt hat, sind allesamt gefälscht.«

»An dem Gift, das Svenja lahmgelegt hat, beißen sich unsere Fachleute derzeit noch die Zähne aus. Die Bestimmung ist ausgesprochen schwer und wird noch etwas Zeit in Anspruch nehmen«, brachte Mario ein.

»Wie ermitteln wir jetzt weiter?«, fragte Jin Jang besorgt.

»Mit abhörsicheren Handys, kugelsicheren Westen, viel Munition und besonders viel Geduld. Diese Leute wollen uns mürbe machen. Das dürfen wir nicht zulassen. Wir sind ihnen offenbar bereits so nahe gekommen, dass sie auch noch Milena einen Berufskiller auf den Hals hetzen, der sich nicht scheut, mitten am Tag zu agieren.« Caspari trank einen großen Schluck seines Kaffees. »Ich rede morgen noch einmal mit Rosenbaum. Er muss mehr wissen, als er mir bisher gesagt hat. Vielleicht kann ich das aus ihm herauskitzeln.«

Mit dem Messer

Als Caspari endlich das Revier verließ, hatte er die Schnauze von dem Tag und seinen Ereignissen gestrichen voll. Er wollte nur ein bisschen Ruhe, mit seinem Kind spielen und den Hund kraulen.

Vorsichtig bewegte er die Finger seiner rechten Hand, ballte sie mehrmals zur Faust und öffnete sie wieder. Auf diese Weise, so hoffte er, würde sich der Bluterguss schneller auflösen. Tina fuhr ihn auf den Weiherhof. Morgen würde er wieder selbst am Steuer sitzen, nahm er sich vor.

Tina und Mario packten ihre Trainingssachen und nahmen Clara mit zum Krav-Maga-Training in Seydels Fitnesscenter. Sie wollte zuerst nicht mitfahren. Die Ereignisse des Tages hatten ihr die Lust verdorben. Außerdem, sagte sie, wolle sie Caspari nicht allein lassen. Irgendwie gelang es ihm trotzdem, sie davon zu überzeugen, dass es ihr gerade in einer Situation wie dieser guttun würde, die israelische Form der Selbstverteidigung zu üben.

»Das fokussiert deinen Geist auf einen Punkt und bringt dich davon weg, dich in deinen Gedanken zu verlieren. Du verstrickst dich sonst zu sehr in deinen Grübeleien und findest keine Ruhe. Ich kenne dich. Du kreist schon wieder um Fragen wie ›Hätte ich das verhindern können?‹ oder ›Was wäre gewesen, wenn …‹. Geh nur, ich komme hier allein zurecht.«

Während die drei zum Training fuhren, ließ sich Caspari viel Zeit, mit Lukas am Abendbrottisch zu sitzen und beim Essen zu blödeln. Als der Kleine gähnte, brachte er ihn ins Bett.

Danach ging er in den Trainingsraum, holte das Meditationskissen und die Klangschale und setzte sich im Wohnzimmer in die Nähe des Ofens, von dem eine angenehme Wärme ausging. Er schlug die Schale mit dem Klöppel leicht an, schloss halb die Augen und nahm Camillo, der zwei Meter vor ihm auf dem Teppich lag und schlief, als Fixpunkt.

Sein Blick war absichtslos und passiv. Er konzentrierte sich wieder auf seine Atmung. Einatmen, ausatmen … Keinen Gedanken auf eine Tasse Tee einladen … Den Geist beruhigen, egal, was von außen auf ihn eindrang …

Als Clara nach Hause kam, fühlte er sich ausgeglichen und mit sich selbst im Reinen.

»Was hat Claas euch heute üben lassen?«, fragte er interessiert.

»Nach den üblichen Konditions- und Kraftübungen haben wir eine Form der Messerabwehr trainiert«, antwortete sie.

»Messerabwehr?« Caspari war erstaunt. »Das ist ein weites Feld.«

»Ja, so ähnlich hat Claas sich auch ausgedrückt. Deshalb werden wir dieses eine Szenario so oft üben, bis es uns ganz in Fleisch und Blut übergegangen ist.«

»Welches Szenario habt ihr durchgenommen?«

»Du stehst mit dem Rücken an der Wand, und ein Angreifer drückt dir die Messerklinge waagerecht an den Hals«, beschrieb Clara.

»Das ist eine sehr realistische Variante«, meinte Caspari.

»Ich musste von außen mit meiner Hand gegen die Faust drücken, die das Messer hielt. Um mir die Kehle durchzuschneiden, hätte der Angreifer massiv dagegendrücken müssen. Indem ich seine Messerhand fixierte, habe ich verhindert, dass er mir die Kehle durchschneiden konnte. Mit der anderen Hand sollte ich gegen seinen Kehlkopf schlagen, im Training natürlich nur angedeutet. Schließlich mit meinem freien Unterarm auf seinen draufprügeln, während ich die Messerhand noch festhielt«, beschrieb Clara, wild gestikulierend. »Dabei erwischt man einen Nervenpunkt, der den anderen in die Knie gehen lässt. Dann sollte ich einen Kniestoß auf seinen Solarplexus machen und währenddessen die Messerhand mit meinen beiden Händen gegen mein Brustbein drücken …«

»… damit du mit einer Drehung nach innen sein Handgelenk brichst oder ihn zwingst, mit dem Kopf gegen die Wand zu schlagen, an der du vorher noch selbst gestanden hast«, führte Caspari die Technik gedanklich zu Ende.

»Woher weißt du das?« Clara schürzte ein wenig enttäuscht die Lippen. »Ich dachte, ich erzähle dir was Neues.«

»Im Großen und Ganzen war es das auch. Allerdings konnte ich mir denken, worauf es hinauslief, nachdem du mit deiner Beschreibung angefangen hast.«

»Wie kannst du das?«, fragte sie ungläubig.

»Krav Maga ist ein System, das Techniken aus verschiedenen Kampfkünsten kombiniert. Auch im Aikido und im Karate findest du solche oder so ähnliche Techniken.«

»Wirklich?« Clara klang desillusioniert.

»Natürlich. Das ist doch selbstverständlich. Wir haben alle ein und dieselbe Anatomie. Wen wundert es, dass unterschiedliche Menschen aus verschiedenen Kulturkreisen ähnliche Selbstverteidigungsvarianten bei denselben Angriffsmustern entwickeln. Oder dass andere darauf zurückgreifen? Man muss schließlich das Rad nicht immer neu erfinden.«

Clara schien mit seiner Erklärung versöhnt.

»Na gut, Tarzan. Und wie hast du den Abend herumgebracht?«

Als Caspari am nächsten Tag erwachte, wunderte er sich zuerst darüber, dass sein Verband zusammengeknüllt neben dem Bett lag. Dann erinnerte er sich an den Augenblick, in dem Clara ihn ihm hastig abgenommen hatte, bevor sie einander den Körper streichelten und mit Küssen bedeckten. Ein Grinsen huschte über sein Gesicht, als er mit der Erinnerung daran ins Bad ging.

Im Licht der Deckenlampe betrachtete er seine Hand. Der Bluterguss war inzwischen gelb-braun geworden. Das Ballen der Faust war allerdings noch unangenehm, wenn auch nicht mehr so schmerzhaft wie am Tag zuvor.

Prager Mythos

»Dr. Caspari, wie kann ich Ihnen mit meinen bescheidenen Mitteln helfen?«, fragte Rosenbaum.

Caspari, Rosenbaum und Fuhr saßen am späten Vormittag wieder im Arbeitszimmer des Präsidenten in der BKA-Zentrale in Wiesbaden.

»Ich möchte Ihnen zunächst einmal detailliert beschreiben, wo und wie wir die Toten gefunden haben, damit Sie sich ein genaues Bild von den Morden machen können, mit denen wir es zu tun haben«, erläuterte Caspari. »Herr Fuhr erzählte mir, dass er Ihnen nur in Auszügen darüber berichtet hat.«

Rosenbaum nickte interessiert und hörte Casparis Schilderungen aufmerksam zu.

»Der Täter hinterlässt keine Spuren am Fundort, außer ein bisschen Sand auf dem Körper oder in den Haaren der Toten«, beschrieb Caspari abschließend.

»Wären wir in Prag, würde ich sagen, Sie haben es mit einem Golem zu tun, Dr. Caspari«, kommentierte Rosenbaum. Er schlug seine langen Beine übereinander, während sich Caspari fragte, wo er diesen Begriff schon einmal gehört hatte.

»Der Golem ist ein Wesen aus jüdischen Legenden«, erklärte Rosenbaum, nachdem er einen Schluck Tee getrunken hatte. »Im 16. Jahrhundert soll der berühmte Prager Rabbi Löw mit seinem Schwiegersohn und einem Schüler ein menschenähnliches Wesen aus Lehm erschaffen haben. Immer, wenn er ihn brauchte, legte Rabbi Löw dem Golem einen Zettel mit dem Schem, dem Namen Gottes, unter die Zunge. Daraufhin tat das Wesen, wie ihm vom Rabbi geheißen wurde.«

»Ein ferngesteuerter Mörder?«, rief Fuhr überrascht.

»Nicht in der Legende. Die Aufgabe des Golems war es, in der Zeit vor dem Pessachfest allnächtlich durch die Stadt zu streifen und jeden aufzuhalten, der eine Last mit sich trug, um zu kontrollieren, ob er ein totes Kind mit sich führte, um es zum Verderben der Prager Judenschaft in die Judengasse zu werfen.«

Caspari fand das reichlich merkwürdig.

»Wer wirft denn tote Kinder ins Judenviertel?«

»Wir Juden haben seit mehr als anderthalbtausend Jahren viele Stilblüten des Antisemitismus kennengelernt. Auch im 6. Jahrhundert warf man meinen Leuten alles Mögliche vor«, erklärte Rosenbaum. »Zum Beispiel, dass die Juden Jagd auf Kinder von Christen machten und sie töteten. Wie dem auch sei – der Golem machte sich auch als Schammes, also als Synagogendiener, nützlich, indem er das Gotteshaus ausfegte. Der Zettel unter der Zunge musste an jedem Sabbat entfernt werden, denn an diesem Tag darf nach jüdischem Glauben nicht gearbeitet werden.«

»Das würde den Sand erklären«, resümierte Caspari amüsiert. »Ein paar Psychopathen formen sich einen Golem und machen sich ein Spiel daraus, ihn zum Töten auszuschicken, wobei er immer etwas von seiner Substanz zurücklässt – in unserem Fall keinen Lehm, sondern Sand. Bleibt nur noch die Frage der verschiedenen Schals zu klären.«

»Lassen wir mal den Mythos weg – was ist daran so abwegig?«, intervenierte Rosenbaum.

»So etwas hat es in der ganzen Kriminalgeschichte noch nie gegeben«, wandte Caspari ein.

Rosenbaum ließ sich nicht beirren.

»Was wäre, wenn dies das erste Mal ist?«

Caspari konnte dieser Logik nicht widersprechen.

»Ich werde Ihren Ansatz ernsthaft durchdenken und mit meinen Mitarbeitern gründlich diskutieren«, versprach er. »Weswegen ich allerdings um ein weiteres Gespräch mit Ihnen gebeten habe, ist unsere Unwissenheit darüber, mit welchem Gegner wir es nun wirklich zu tun haben. Ihr Hinweis war zwar wichtig, aber wir brauchen noch mehr Informationen.«

Rosenbaum starrte gedankenverloren eine Weile ins Leere, dann legte er seine Hände ineinander.

»Was ich Ihnen nun erzählen werde, ist meine größte Niederlage als Führungsoffizier unseres Geheimdienstes.«

Er schwieg wieder eine Weile, ehe er erneut ansetzte.

»Sagt Ihnen der Name Alexander Schalck-Golodkowski etwas?«

Caspari musste kurz überlegen, dann fiel es ihm ein.

»Das war der Leiter der geheimen Stelle für die ›Kommerzielle Koordinierung‹ in der DDR. Seine Aufgabe war unter anderem der verdeckte Devisenhandel, mit dem er die DDR wohl einige Male vor dem Staatsbankrott gerettet hat.«

»Sie sind gut informiert«, lobte Rosenbaum. »Aber der Devisenhandel war nicht das einzige Feld, auf dem Golodkowskis Leute tätig waren. Der illegale Handel mit Waffen gehörte auch dazu. Man konnte ihm nach der Wiedervereinigung Deutschlands nur wenig nachweisen. Aber eine einjährige Bewährungsstrafe wegen des Verstoßes gegen das Militärregierungsgesetz der Alliierten bekam er 1996 dann doch.«

Rosenbaum nahm einen weiteren Schluck aus seiner Teetasse. Caspari konnte nur ahnen, wie sehr ihm die Geschichte zu schaffen machte.

»Innerhalb der ›Kommerziellen Koordinierung‹ gab es eine Abteilung, die für den Waffenhandel, internationalen Drogenschmuggel und für anderes verantwortlich war. Alles für die Aufbesserung der Staatskasse, versteht sich. Diese Abteilung war so geheim, dass außer Golodkowski nur eine Handvoll Leute wussten, welche Agenten dort arbeiteten. Uns war es 1987 gelungen, einen unserer Männer in der KoKo einzuschleusen. Er hatte sich schon ganz dicht an diese Abteilung herangearbeitet, dann flog er auf. Ich habe nie wieder etwas von ihm gehört. Was er damals allerdings noch an uns weitergeben konnte, war der Hinweis, dass die Abteilung den Ankauf von Waffen für eine palästinensische Terroristengruppe eingefädelt hatte. Diese Gruppierung wurde von Saudi-Arabien aus finanziert, verfügte also über jede Menge Geld. Man hatte einen Mittelsmann bei der Waffenindustrie gewinnen können.«

»Für Geld tun einige Menschen alles«, entrüstete sich Caspari.

»Wir konnten unbemerkt sein Büro verwanzen. Deshalb wussten wir, dass die Abwicklung des Geschäfts am darauffolgenden Tag in Genf stattfinden sollte.«

»Konnten Sie das nicht verhindern?«, fragte Caspari.

»Wir haben es versucht. Allerdings wurden die beiden Agenten, die ich in die Schweiz geschickt hatte, wenig später im Genfer See gefunden. Ertrunken. Zumindest war das die offizielle Verlautbarung. Wissen Sie, der Mossad gilt, ohne zu prahlen, als einer der besten Geheimdienste der Welt. Aber es war uns nicht möglich, die Agenten dieser Abteilung der KoKo zu enttarnen, oder uns wenigstens ein Bild von ihnen zu machen. Sie sind nach wie vor Schatten. Niemand weiß, wer sie sind. Ich habe in meiner Laufbahn schon gegen den KGB und die Libyer und Syrer gearbeitet. Aber so gefährlich und schier unsichtbar wie diese Agenten war keiner.«

»Verstehe ich Sie richtig? Sie sind der Überzeugung, dass die Abteilung nach dem Zusammenbruch der DDR auf den Feldern weitermacht, die sie am besten beherrscht? Diesmal allerdings nicht für den Sozialismus, sondern für den eigenen Geldbeutel?«, fasste Caspari zusammen.

Rosenbaum schwieg wieder eine Weile und nickte dann.

»Einer unserer Agenten war mein Neffe. Ich würde alles dafür geben, endlich zu erfahren, wer seine Mörder sind. Helfen Sie mir dabei.«

Das böse Ende

»Wie ist das mit dem Jüngsten Gericht, Frau Frank?«

Clara hatte am Tag zuvor lange darüber nachgedacht, was sie auf diese Frage antworten sollte.

»Wie stellst du es dir denn vor, Maik?«

»Na, so, wie es in der Bibel steht. Die gut zu ihren Mitmenschen waren, kommen in den Himmel. Die, denen die anderen egal waren, wandern in die Hölle.«

»Was ist mit denen, die nicht an Jesus glauben? Haben die überhaupt eine Chance?«, meldete sich Hanna zu Wort.

»Der Reihe nach«, bestimmte Clara. »Wer von euch glaubt, mit seinem Denken, Fühlen und Handeln vor dem göttlichen Richter bestehen zu können? Macht ihr immer alles richtig, sodass es keinen Katalog eurer Sünden im Himmel geben könnte?«

»Das schafft doch keiner«, empörte sich Timo.

»Eben«, bestätigte Clara. »Deshalb hatten die Menschen im Mittelalter so eine wahnsinnige Angst vor dem strafenden Richtergott. Erinnert ihr euch, was wir über Martin Luther und die Reformation durchgenommen haben? Luther ist fast verrückt geworden in seiner Angst vor Gott und in seinem verzweifelten Bestreben, ihm keinen Grund zum Ärgernis zu geben. In seiner Verzweiflung entdeckte er eine Stelle im Neuen Testament, wo Paulus der christlichen Gemeinde in Rom erklärt, dass es nicht um das Anhäufen von guten Taten bei Gott geht, sondern um den Glauben.«

»Okay, also ich glaube an Gott und benehme mich wie die allergrößte menschliche Sau. Aber weil ich glaube, bekomme ich dafür keinen Platz in der Hölle, sondern im Paradies«, widersprach Thomas.

»Und genau das ist ein Denkfehler«, erwiderte Clara. »Glauben heißt zum einen, für wahr halten, dass es Gott gibt, und zum anderen, darauf zu vertrauen, dass er mich als unvollkommenen Menschen liebt, was er uns in Jesus Christus offenbart hat. Jesus hat sich sogar wie zum Beweis der unendlichen Gottesliebe kreuzigen lassen. Im Kreuzestod erniedrigt sich Gott selbst bis in den tiefsten Abgrund, um uns Menschen die Hand zu reichen. Er sagt damit: ›Ihr könnt mich verhaften und verurteilen; ihr könnt mich bespucken, schlagen und foltern; ihr könnt mich sogar auf eine der grausamsten Arten umbringen – ich gebe meine Liebe zu euch niemals auf.‹ So, und jetzt zu der Seite der Menschen: Wer das glauben kann, wer in Jesus Gottes Liebe an uns erkennt und für sich selbst annimmt, der lebt aus diesem Glauben heraus. Der fühlt, handelt, denkt im Sinne der Gottes- und der Nächstenliebe, grundsätzlich jedenfalls. Denn weil wir alle unvollkommen sind, gelingt uns dieses Leben oftmals nicht. Wir fallen in alte Gewohnheiten wie Hass, Gewalt, Friedlosigkeit und Egozentrik immer wieder zurück, auch wenn wir das eigentlich nicht wollen. Wenn das passiert, können wir uns an Gott wenden und ihn um Vergebung bitten. Er wird sie uns immer schenken. So sieht das Leben aus, das im Jüngsten Gericht ›belohnt‹ wird.«

»Das verstehe ich jetzt. Aber noch einmal zu meiner Frage: Was ist mit denen, die nicht an Jesus glauben?«, insistierte Hanna.

»Ich bezweifle, dass die Gnade Gottes an ihnen einfach vorübergeht. Ich vertraue darauf, dass sie in die neue Welt Gottes genauso aufgenommen werden, wenn sie ihrer Haltung, ihrem Wesen nach liebevolle und barmherzige Menschen waren«, versuchte Clara ihre Meinung in Worte zu fassen.

»Frau Frank, was passiert denn jetzt mit dem Mörder der jungen Frauen?«, drängte Maik.

»Letzten Endes gibt es keine eindeutige Aussage darüber, ob er in das ewige Verderben fällt oder ob die Macht von Gottes Gnade die Wirklichkeit und die Macht des Bösen überwindet.«

»Sie meinen, dass Gott auch die Bösesten noch zu Guten verwandelt?«, hakte Timo nach.

»Ja, richtig. Wir wissen es nicht. Es gibt Menschen, die in so finsteren, grausamen Bereichen leben, fühlen, denken und auch handeln, dass nur Gott mit seiner ganzen übermächtigen Liebe zu ihnen kommen kann. Ob er es tut, bleibt ihm überlassen.«

Clara musste an Anna denken. Das Leben des Mädchens wäre um ein Haar wegen eines dieser bösen Menschen zu Ende gewesen. Clara bezweifelte, dass sie dem Schützen wirklich die Liebe Gottes wünschte.

Legenden und Zweifel

Die Dienstbesprechung von Casparis Abteilung im Gelnhäuser Polizeirevier war an diesem frühen Nachmittag in eine hitzige Diskussion übergegangen. Mario meldete erhebliche Zweifel an Rosenbaums Theorie an, die Mitglieder des Callgirl-Rings und die Mörder der jungen Frauen seien Ex-Stasi-Agenten.

»Wieso sollte eine Stasi-Seilschaft den Callgirl-Ring, den sie sich über Jahre aufgebaut hat, umbringen? Das hieße ja, die Kuh zu schlachten, statt sie zu melken«, widersprach Mario Rosenbaums Erklärung, die Caspari soeben vorgetragen hatte. »Wenn dem so wäre, müssten die Jungs doch vielmehr eingreifen und ihre Einnahmequelle beschützen.«

»Außerdem würden Topspione keinen so aufwendigen Modus Operandi wählen«, stimmte Tina ihm zu.

Svenja Bauer nickte bestätigend. Sie war wieder im Dienst. Mit ihr hatte Caspari vor der Sitzung ein längeres Gespräch geführt und sich selbst davon überzeugt, dass sie völlig wiederhergestellt war.

»Dennoch ist es der einzige Ansatz, den wir haben«, rechtfertigte Caspari die Geschichte des Mossad-Agenten. Er legte eine Akte auf den Tisch.

»Das sind Kopien aus dem Stasi-Archiv. Rosenbaum war so freundlich, sie mir zu überlassen. Die Namen dieser Agentengruppe erfahren wir darin nicht. Nur die Decknamen der beiden operativen Leiter der Abteilung sind erwähnt: Hermes und Janus.«

»Der Götterbote und der Gott mit den zwei Gesichtern«, brachte Andreas Sommer ein.

»In den Akten finden sich Hinweise, wann sie wo welche Transaktionen in die Wege geleitet haben. Andreas, ich möchte, dass du ein Profil von ihren Reisen erstellst. Überprüfe, welche Ereignisse es in den genannten Städten zu den Zeiten gegeben hat, zu denen die beiden dort waren. Vielleicht bekommen wir auf diese Weise ein Bild von ihnen.«

Caspari blickte Svenja an.

»Fühlst du dich auch wirklich fit genug, ihm zu helfen?«, fragte er fürsorglich.

Sie nickte. »Innendienst ist in Ordnung.«

»Anna, das angeschossene Mädchen, hat riesiges Glück gehabt«, wechselte Erich Fuchs das Thema. »Die Kugel ging haarscharf am Herzen vorbei und erwischte die Lunge, aber nur am Rand. Gernots breiter Rücken muss dem Schützen wohl allzu sehr im Weg gewesen sein.«

»Ist sie vernehmungsfähig?«, wollte Caspari wissen.

»Ja, bedingt.«

»Dann holen wir gleich Milena aus ihrem Versteck und nehmen sie mit ins Krankenhaus.«

»Sie soll dabei sein?«, wunderte Jin Jang sich.

»Wir brauchen sie als psychologische Stütze für Anna. In ihrer Gegenwart wird sie sich nicht so eingeschüchtert fühlen und freier erzählen.«

»Da könntest du recht haben.«

»Wir haben versucht, den Mann aufzuspüren, der als Aushilfe des Reinigungsdienstes mit großer Wahrscheinlichkeit an eurem Waffenschrank war und deine Sig Sauer manipuliert hat«, berichtete Heinz Bertram. »Außer einer gefälschten Identität hat er nichts hinterlassen. Der ist in demselben Nichts abgetaucht, aus dem er herausgekrochen war.«

»Die Manipulation war auf jeden Fall die Arbeit eines Profis«, erklärte Schneider. »Das geht aus dem Gutachten unserer Kriminaltechnik hervor.«

»Nachdem du dich mit der Sig Sauer als Dienstwaffe des BKA anfänglich schwergetan hast, kamst du zuletzt ja wirklich gut mit ihr zurecht. Und nun ist sie hin«, kommentierte Mario mit freundschaftlichem Ton.

»Ich habe vorhin in Wiesbaden eine neue bekommen. Die ist sogar verchromt. Edles Teil«, sagte Caspari grinsend.

»Muss man sich die Hand prellen lassen oder Kriminaldirektor sein oder beides, um eine Nobelknarre zu kriegen?«, scherzte Schneider.

Caspari schickte Jung und Fuchs nach Lettgenbrunn, einem kleinen Spessartdorf, wo Milena unter starker Polizeibewachung versteckt gehalten wurde. Er selbst fuhr einige Zeit später mit Tina und Mario in das Krankenhaus, in dem Anna lag. Dort trafen sie auf die beiden Kollegen und Milena, die von einem Tross Zivilbeamten begleitet wurden.

Menschenschinder

»Wie gefällt es Ihnen in Lettgenbrunn, Milena?«, fragte Caspari, während sie im Frankfurter Universitätsklinikum über den Flur zu Annas schwer bewachtem Krankenzimmer gingen.

»Eine sehr schöne Gegend – zum Wandern. Ansonsten ein bisschen viel Umgebung und etwas zu einsam.«

Caspari spürte ihren Unwillen, störte sich aber nicht daran. In der Kette der Ereignisse des vergangenen Tages hatten ihre Fehlentscheidungen dazu beigetragen, dass die junge Weißrussin

Anna angeschossen im Krankenhaus lag. Durch die Erfahrung der Einsiedelei in einem kleinen Spessartdorf musste sie nun durch. Das konnte er ihr nicht ersparen.

»Üben Sie sich in Geduld und arrangieren Sie sich mit dem Leben als Einsiedlerin, wenn Sie am Leben bleiben wollen«, brummte er missbilligend.

Als er sah, wie die Farbe aus ihrem Gesicht wich, bedauerte er den harten Ton, den er angeschlagen hatte. »Entschuldigung. So war das nicht gemeint«, korrigierte er sich.

»Oh nein, Sie haben ja recht.«

Anna lag blass auf ihrem Krankenbett. Ihr Blick wirkte ein wenig abwesend. Caspari vermutete den Einfluss der Schmerzmittel, die man ihr wahrscheinlich nach der schweren Operation gegeben hatte.

»Wie geht es Ihnen?«, fragte er so einfühlsam, wie es ihm nur möglich war.

»Ich lebe noch. Schmerzen habe ich keine. Dafür haben die Ärzte gesorgt. Ansonsten bin ich sehr müde«, erzählte Anna mit angestrengter, leiser Stimme. Sie sah so zerbrechlich aus, umgeben von medizinischen Überwachungsgeräten und Infusionsflaschen, dass es Caspari fast wehtat.

»Wir müssen uns mit Ihnen unterhalten. Um diese Mordserie zu beenden, brauchen wir Ihre Hilfe. Fühlen Sie sich in der Lage zu reden?«

Sie nickte. Tina stellte ein Aufzeichnungsgerät auf den kleinen Tisch neben dem Bett und schaltete es ein.

»Der Callgirl-Ring, Anna, wie ist er aufgebaut?«, begann Caspari.

»Das weiß ich nicht. Solche tiefen Einblicke bekamen wir nie in das Innerste dieser Organisation. Ich kenne nur den Namen: ›secret date‹.«

»Wie wurden Sie Ihren Kunden vermittelt?«, fragte Tina ruhig weiter.

»Nicola Kiesling, sie ist die Disponentin der Firma. Sie rief mich auf dem Handy an und sagte mir, wann ich mich an welchem Ort mit welchem Mann treffen sollte.«

»Wo ist das Büro dieser Agentur?«, übernahm Mario.

»Ich habe keine Ahnung. Meine Aufträge bekam ich früher durch E-Mails, später über mein Smartphone zugeschickt. Nicola schaute ab und zu mal nach mir. Bei ihr bin ich nie gewesen.«

»Die Morde an Ihren Leidensgenossinnen – wie kommt der Täter an die Daten der Frauen?«

»Ich weiß es nicht.«

»Können Sie sich erklären, warum er es ausgerechnet auf Sie abgesehen hatte?«

»Ich kann mir das alles nicht erklären.«

Caspari legte Mario zum Zeichen, dass er eine Frage hatte, die Hand auf die Schulter. Der zog sich unauffällig wieder zurück.

»Ist Ihr Handy noch in Ihrem Besitz?«

»Ja, es muss in meiner Handtasche liegen.« Sie deutete auf den Schrank in ihrem Zimmer.

Tina holte die Tasche heraus und legte sie neben Anna auf das Bett. Die kramte darin und fischte ein Mobiltelefon hervor. Caspari nahm es entgegen.

»Darf ich?«, fragte er der Höflichkeit halber.

»Bitte, nur zu.«

Er suchte in den Kontakten, bis er fündig wurde.

»Hier steht sie mit einer Mobilnummer. Haben Sie auch noch eine vom Festnetz?«

»Nein, ich kenne nur diese.«

Caspari gab Mario das Gerät.

»Du bist der Spezialist in so etwas. Wir brauchen eine Handyortung, die Feststellung, wem dieser Anschluss gehört, et cetera. Das volle Programm eben.«

»Geht klar.«

Mario nahm das Mobiltelefon an sich, nickte Anna zu und verließ das Zimmer.

»Anna, wir müssen Ihre Personalien feststellen. Bisher haben wir das vermieden, weil Sie schwer verletzt wurden. Auf Ihrem Pass und der Krankenkassenkarte steht der Name Danguole Annuscheit. Ist das Ihr litauischer Deckname?«, nahm Caspari den Gesprächsfaden wieder auf.

»Ja«, bestätigte Anna heiser.

»Wie ist Ihr richtiger Name?«

»Anna Kulikow.«

»Gut. Sie machen das prima«, lobte Caspari. »Ich habe hier ein Bild der zuletzt getöteten Frau. Können Sie es sich ansehen?«

»Ich weiß, wer es ist«, erklärte Anna, die mit Tränen in den Augen das Porträt der Toten betrachtete, das Caspari ihr hinhielt.

»Das ist Martha, Martha Fjodorow alias Iewa Awischus. Wir, das heißt, Filipa, Milenas Schwester also, Martha und ich, wir drei haben uns an der Uni oft getroffen und viel miteinander unternommen.«

»Hat Martha Ihnen gegenüber einmal erwähnt, dass sie sich bedroht fühlte?«, hakte Tina nach.

»Bedroht fühlen wir uns alle durch die Leute, die uns als Sexsklavinnen verkaufen.«

»Machte sie sonst eine ungewöhnliche Bemerkung?«

»Sie und Filipa erzählten, dass sie einen Weg gefunden hätten, aus dieser Hölle herauszukommen. Sie wollten mich mitnehmen.«

»War das alles?«

»Mehr wollten sie nicht erzählen. Sie sagten, es sei zu gefährlich, wenn ich mehr wüsste. Und jetzt bin ich das einzige der Frankfurter Mädels, das noch am Leben ist«, sagte Anna weinend.

Caspari wartete, bis sie sich wieder gefangen hatte.

»Gibt es in anderen Großstädten noch mehr Mädchen mit demselben Schicksal?«

»Natürlich. Wir waren ein kompletter Jahrgang in der Schule, den sie zur Prostitution gezwungen haben. Aber zu den anderen habe ich keinen Kontakt.«

»Eine Frage noch, dann sind wir fertig, und Sie können sich ausruhen. Wie haben Sie Milena gefunden?«

»Filipa gab mir kurz vor ihrem Tod einen Zettel, auf dem die Adresse von Milenas Eltern in Altenstadt stand. Sie sagte, wenn etwas passieren sollte, müsste ich mich unbedingt an ihre Zwillingsschwester wenden. Als ich gestern früh dort mit dem

Auto ankam, sah ich den Polizisten, der sie bewachte. Deshalb bin ich vorbeigefahren. Dann habe ich sie verfolgt und auf dem Schulparkplatz auf sie gewartet.«

»Sie wussten, dass etwas passiert war?«

»Nein, doch plötzlich war ich ganz allein in Frankfurt. Meine Freundinnen sah ich nur noch als porträtierte Leichen in den Zeitungen.«

Als sie die Tür des Krankenzimmers hinter sich geschlossen hatten, konnte Milena sich nicht mehr zurückhalten. Schluchzend lehnte sie sich an die Wand. Caspari bedauerte es, dass er sie zuvor etwas distanziert behandelt hatte.

Während er ihr die Hand auf die Schulter legte, sah er sie wortlos an. Durch den Schleier der Tränen, die ihr Gesicht und das lockige blonde Haar wie ein Landregen nässten, suchte er den Blickkontakt. Milena brauchte eine Weile, bis sie dazu in der Lage war.

»Das hat bald ein Ende, Milena. Ich verspreche es Ihnen. Es wird nichts mehr so sein wie früher. Aber Sie werden in Frieden leben können. Ich gebe Ihnen mein Wort darauf.«

Sie nickte zustimmend und wendete sich mit einer Bitte an ihn.

»Wäre es möglich, dass Clara mich besucht? Ich fühle mich so einsam und verlassen.«

Caspari wollte erst ablehnen. Er fürchtete die Gefahr für Clara. Doch dann wurde ihm klar, dass Clara eine Absage niemals gutgeheißen hätte.

»Ich werde sehen, was ich machen kann«, versicherte er Milena.

Mario unterbrach ihn.

»Christoph, ich muss dich sofort sprechen.«

Caspari verabschiedete sich von Milena und überließ sie der Obhut von Erich Fuchs und den Beamten um ihn.

»Das Handy ist eine Schatzkiste«, schwärmte Mario. »Die Mobilnummer der Disponentin ist angemeldet auf eine Firma mit dem Namen ›Event consulting‹. Sitz der Firma liegt in Hanau, also direkt vor unserer Nase. In der Burgallee, in einer Wohnanlage, die ausschließlich aus Eigentumswohnungen besteht. ›Event consulting‹ hat sein Büro dort, wo der Mittelstand seinen Feierabend verbringt. Und keiner merkt es. Nicola Kiesling wohnt ganz in der Nähe, in der Kattenstraße. Dort besitzt die Firma in einem Zweifamilienhaus die Wohnung im Erdgeschoss. Die Jungs von unserer Zentrale haben beim Mobilfunkanbieter viel Druck gemacht. Die Anrufe, die Anna von Frau Kiesling bekommen hat, kamen zumeist aus der Burgallee, aber oft auch aus der Kattenstraße. Die gute Frau hält sich im Moment in ihrer Wohnung auf – das hat die Handyortung ergeben. Ich habe mir erlaubt, alle nur erdenklichen Hebel in Bewegung zu setzen, während du mit Anna im Gespräch warst. Wir haben grünes Licht, dort einen Zugriff mit Hausdurchsuchung durchzuführen. Wegen Gefahr im Verzug. Die Hanauer Kollegen sind bereits informiert. Jin Jang und Gernot haben sich auch schon auf den Weg dorthin gemacht.«

»Dann nichts wie hin«, reagierte Caspari entschlossen.

***

Stimmen. Sie waren überall. Er konnte sie nicht genau orten, doch sie drangen auf ihn ein. Flüstern, so scharf wie kleine Klingen, mit dem sie ihm die Erinnerung aus seinem Verstand schälten und ihn dumpf zurückließen wie eine Puppe aus Fleisch und Blut. Doch er wollte ihnen nicht mehr gehorchen. Er hatte einen eigenen Willen. Sie hatten diesen Willen in Ketten gelegt, doch er riss und zerrte daran. Die Banden würden bald zerspringen, und dann war er wieder Herr seiner selbst.

Ein Geräusch drängte das Flüstern zurück. Ein Auto fuhr vor, oder waren es mehrere? Schritte hallten vor der Tür. Er richtete sich zu seiner vollen Größe auf. Er war ein Berg, groß, gewaltig und stark. Sollten sie nur kommen! An ihm würden sie zerschellen; sie würden an ihm brechen wie eine Brandung, die von der Küste wieder ins Meer zurückgeworfen wird. Krachend flog die Tür auf, und Licht flutete sein Zimmer. Dann kam der stechende Schmerz wieder, nur kurz.

Und mit einem Mal war die Welt wieder hinter einem dichten Nebel verschwunden.

Schöne Fassade

»Seid ihr so weit?«, fragte Caspari leise, der durch Sprechfunk mit Gernot Schneider und Jin Jang verbunden war, die vom Nachbargrundstück aus in den Garten des Hauses in der Kattenstraße gelangt waren, in dem Nicola Kiesling ihre Wohnung hatte.

»Wir sind auf der Terrasse«, krächzte Schneiders Stimme durch den Lautsprecher von Casparis Gerät. »Soweit wir das sehen können, läuft eine Frau durch die Zimmer. Es sieht aus, als ob sie packt.«

»Seht ihr noch andere Personen?«

»Negativ.«

»Ich gehe jetzt an die Haustür und läute«, erklärte Mario und setzte sich in Bewegung. Caspari, Tina und vier uniformierte Beamte hockten geduckt vor der Mauer des Nachbarhauses, sodass sie von der Wohnung der Disponentin aus nicht zu sehen waren. Mario war an der Haustür angelangt und betätigte die Klingel. Nach einem kurzen Augenblick sprach er in Richtung der Gegensprechanlage.

»Weidmann von den Stadtwerken Hanau. Ich muss Ihre Stromzähler überprüfen.«

Caspari konnte nicht verstehen, was die Mieterin durch die Gegensprechanlage sagte.

»Sie müssten einen Brief bekommen haben, der diese Maßnahme für heute Mittag ankündigt.«

»Die Frau zieht sich Stiefel und Mantel an«, hörte Caspari Schneider durch den Sprechfunk sagen. »Die will abhauen – über die Terrasse und den Garten.«

»Zugriff!«, befahl er. Dann richtete er sich aus der für ihn sehr unbequemen Position auf und schüttelte sein Bein, in das ihm vor vielen Jahren ein Drogendealer zwei Kugeln geschossen hatte. Die Schreie einer Frau drangen zu ihm herüber. Dann war es still.

Nach einer Weile, die Caspari vorkam wie im Stundenglas gefangene Ewigkeit, wurde die Haustür geöffnet. Jin Jang streckte ihren Kopf hervor und redete mit Mario. Tina und die uniformierten Kollegen im Gefolge, ging Caspari auf die beiden zu. Durch einen kleinen Hausflur gelangte er in die geschmackvoll eingerichtete Wohnung. Das Mobiliar war alt und teuer, das sah er auf den ersten Blick. Die Mieterin gehörte nicht zu den Armen. Im Wohnzimmer fand er Schneider, der schräg neben einer Frau stand, die auf dem Ottoman saß und ein Gesicht machte, als hätte sie soeben Lebertran getrunken.

»Das dürfen Sie nicht«, fauchte sie. »Dazu brauchen Sie einen Durchsuchungsbeschluss.«

»Wir dürfen«, schnitt Caspari ihr das Wort ab. »Hier ist Gefahr im Verzug. Sie sind dabei, unterzutauchen und wichtige Indizien verschwinden zu lassen.«

Mit wütendem Gesichtsausdruck schwieg sie auf eine Art, die Caspari wie ein lauter Aufschrei anmutete.

Mario kam mit einem Notebook aus einem anderen Zimmer.

»Ich habe etwas Interessantes im Arbeitszimmer gefunden.«

Er stellte den Rechner auf den Wohnzimmertisch und drehte den Bildschirm in Casparis Richtung.

»Sie hat vor einer Viertelstunde über das Internet einen Flug auf die Kaimaninseln gebucht.«

»Sieh mal einer an«, kommentierte Caspari. Er fixierte die Frau mit einem scharfen Blick. Die Mittvierzigerin ließ sich von seinem autoritären Auftreten allerdings keineswegs beeindrucken. Das stilvolle Kostüm, die teuren Ringe, die straff zum Pferdeschwanz zusammengebundenen Haare, die aufeinander abgestimmte Farbe des Lippenstiftes und der Fingernägel passten nicht zu dem Verhalten einer Furie, das sie mit einem Mal an den Tag legte.

»Ich kann verreisen, wohin ich will«, rief sie. »Was glauben Sie, wer Sie sind. Mein Anwalt wird sich um Sie kümmern. Danach können Sie Knöllchen verteilen.«

»Wir sind das BKA, gute Frau«, erwiderte Caspari ungerührt. »Und Sie stehen im Verdacht, etwas mit mittlerweile sieben Morden und einem Mordversuch zu tun zu haben.«

Die Farbe wich aus ihrem Gesicht, sodass der Lippenstift einen unnatürlich grellroten Kontrast zu der bleichen Haut bildete.

»Der Computer ist eine wahre Fundgrube«, vermeldete Mario, der auf einem Stuhl am Wohnzimmertisch über dem Rechner gebeugt saß. »Den nehmen wir mit.«

Wie von einer Tarantel gestochen, sprang die Disponentin auf und schubste die überraschte Jin Jang zur Seite. Als sie fast an dem Tisch angelangt war, an dem Mario saß, streckte sie ihre Hände nach dem Rechner aus. Doch bevor sie ihn zu fassen bekam, klappte sie zusammen. Caspari hatte ihr in einer scheinbar nebensächlichen Bewegung mit der flachen Hand auf den Bauch geschlagen. Nicola Kiesling taumelte nach hinten und rang nach Luft.

»Setzen.« Zu mehr Anrede hatte Caspari keine Lust. Er hatte kein Interesse daran, zu den Mitgliedern einer Bande höflich zu sein, die junge Frauen als Sexsklavinnen hielten.

»Das kommt Sie teuer zu stehen«, keuchte die Frau.

»Wenn sie wieder bei Atem ist, legst du ihr Handschellen an«, brummte Caspari in Schneiders Richtung. Der nickte stumm.

»Meinen Sie, Sie könnten etwas erreichen oder ändern, wenn Sie mich auseinandernehmen? Ich sage Ihnen was: Das nutzt Ihnen gar nichts. Hören Sie, gar nichts«, keifte die Frau, die offensichtlich wieder zu Kräften gekommen war.

»Ach ja?«, fragte Caspari sarkastisch. »Na, das wollen wir doch mal sehen.«

Ein hämisches Grinsen glitt über ihr Gesicht. Mit einem Mal schrillten alle Alarmglocken in Casparis Kopf. Welches Ass glaubte sie, im Ärmel zu halten? Während er sie streng ansah, überlegte er fieberhaft, welchen Trumpf sie für den ihren hielt. Dann sah er es glasklar vor sich.

»Das Büro – wir müssen sofort dorthin. Die räumen es aus«,

kommandierte er, wobei er mit großer Genugtuung den Ausdruck des Entsetzens im Gesicht der Frau wahrnahm.

Warnung im Schnee

»Einen schönen Hund haben Sie da.«

Dem Dialekt nach war der Mann, der Clara ansprach, ohne Zweifel ein Berliner. Sie machte gerade einen Spaziergang mit Camillo im Wald, als der Jogger aus einem Seitenweg kam und anhielt. Camillo sah den Mann schwanzwedelnd an.

»Was ist das für eine Rasse?«, erkundigte dieser sich. Clara fühlte sich nicht ganz wohl in der Nähe dieses Fremden.

»Das ist ein Berner Sennenhund«, antwortete sie mit gezwungener Höflichkeit.

»Der ist aber noch nicht ausgewachsen?«, fuhr der Mann fort.

»Nein, das wird noch über ein Jahr dauern.«

»Na ja, dann ist er ja noch nicht so richtig zu gebrauchen«, stellte der Fremde kalt grinsend fest.

»Wie meinen Sie das?« Clara stellten sich die Nackenhaare auf.

»Zum Schutz für Sie und das Kind. Wie heißt er doch gleich? Ach ja, Lukas.«

Clara fühlte, wie sich ihre Kehle zuschnürte. Wie gelähmt stand sie vor dem Fremden, unfähig, sich auf etwas aus ihrem Selbstverteidigungstraining zu besinnen.

»Was wollen Sie?«, fragte sie mit belegter Stimme.

»Ihr Freund spielt mit dem Feuer. Nach den ersten Brandblasen sollte man eigentlich wissen, dass das gefährlich ist.«

Flucht und Alptraum

»Burgallee eins. Das ist die Adresse«, stellte Caspari fest und parkte seinen Wagen vor der Wohnanlage. Schneider und Jin Jang hatten während der kurzen Autofahrt schweigend ihre Pistolen kontrolliert. Mit Tina und Mario, die mit dem Passat gefahren waren, trafen sie sich im Hof vor der Außentreppe.

Mario warf einen Blick auf seine Unterlagen.

»Dem Plan nach befindet sich das Büro in einer Wohnung im Erdgeschoss. Ein kleines Gartenstück gehört dazu. Wenn wir um das Haus herumlaufen, kommen wir direkt zur Terrasse.«

»Gut. Jin Jang und Gernot kommen wieder durch den Garten, wir gehen von vorn rein«, legte Caspari fest.

Sie trennten sich. Der Ex-GSG-9-Mann und die Chinesin rannten zu den seitlich gelegenen Gärten, Caspari, Mario, Tina und die beiden Streifenpolizisten, die sie vom Haus von Nicola Kiesling aus zu dieser Adresse gelotst hatten, nahmen die Außentreppe zur Eingangstür. Sie wurde von einem alten Mann geöffnet, der ins Freie trat. Sofort war Tina bei ihm und hielt die Tür fest. Verwundert sah er sie an.

»Polizei«, sagte sie knapp. »Bitte bleiben Sie draußen und gehen Sie vorerst nicht in den Flur.«

Mit großen Augen starrte er die Beamten an, nur zu einem Nicken fähig. Aus dem Hausflur kam ein schepperndes Geräusch, begleitet von einem Fluch. Sie zogen und entsicherten ihre Waffen, dann drängten sie an dem alten Hausbewohner vorbei ins Innere.

Vor einer Wohnungstür im tiefer gelegenen Erdgeschoss lag ein Umzugskarton, aus dessen Rissen allerlei Büroutensilien quollen. Zwei Männer beeilten sich, die Gegenstände in eine andere Kiste umzupacken. Überrascht blickten sie zu Caspari und seinen Leuten. Dann drehten sie ihre Köpfe zur Tür, aus der Geräusche in der Wohnung drangen. Abrupt sprangen sie auf und rannten die Kellertreppe hinunter. Jin Jang und Schneider stürzten aus der Wohnung und nahmen die Verfolgung auf.

»Die rennen zur Tiefgarage«, stieß Mario hervor.

»Wo ist die Zufahrt?«, beeilte sich Caspari zu fragen.

»In einer Sackgasse hinter der Anlage«, sagte einer der Streifenbeamten. »Wenn die flüchten, können die nur über die Röntgenstraße kommen.«

»Das heißt?«, drängte Caspari.

»Die Kreuzung, über die wir kurz vor dieser Adresse gefahren sind.«

»Blockieren«, bellte er.

Mario, Tina und die beiden Kollegen eilten los. Caspari lief ihnen hinterher, so schnell sein Bein es ihm erlaubte. Mit eingeschaltetem Blaulicht und Sirene drehten die Streifenpolizisten ihren Wagen und blockierten auf der knapp hundert Meter entfernten Kreuzung die Ausfahrt der Seitenstraße. Hastig eilte Caspari dorthin. Auf halbem Weg hörte er einen Motor aufheulen. Ein weißer Lieferwagen rammte aus der Seitenstraße kommend den quer stehenden Streifenwagen und schob ihn in die Mitte der Kreuzung.

Der Lärm des Aufpralls war ohrenbetäubend. Tina und Mario sprangen aus ihrem Kombi und schossen auf den Kleinlaster. Der schob den Polizeiwagen weiter, drehte dann in Casparis Richtung und fuhr mit aufheulendem Motor auf die große Kreuzung vor dem Schloss Philippsruhe zu.

Caspari schätzte seine Möglichkeiten ab, die Reifen des Wagens zu treffen. Er stand auf dem breiten Trottoir, vor ihm eine Reihe parkender Autos. Sie versperrten ihm die Schusslinie zu den Wagenrädern. Im Bruchteil einer Sekunde fasste er den Entschluss, auf den Fahrer zu schießen.

Er hob die Sig Sauer, zielte kurz und feuerte drei Schüsse, während er ausatmete. Die Kugeln durchschlugen die Windschutzscheibe, der Fahrer sackte über dem Steuer zusammen, und der Lieferwagen geriet ins Schlingern.

Krachend kollidierte der Sprinter mit einem geparkten BMW, der nur wenige Meter von Caspari entfernt stand. Mit der Waffe im Anschlag ging er zur Beifahrertür und öffnete sie energisch. Beide Insassen hingen leblos im Wagen. Die Windschutzscheibe war auf der Fahrerseite mit Blut bespritzt.

Caspari suchte an der Halsschlagader den Puls des Beifahrers.

Als er ihn fühlte, war er erleichtert. Er hasste es, auf Menschen schießen zu müssen. Sachte durchsuchte er den Mann und fand in dessen Jacke eine eingenähte Innentasche, in der eine Pistole steckte. Vorsichtig zog er sie heraus. In den Außentaschen fand er ein Springmesser und einen Teleskopschlagstock.

Nachdem er sich überzeugt hatte, dass der Mann noch eine Weile ohne Bewusstsein bleiben würde, ging er um den Wagen herum zur Fahrertür. Bei dem Mann, der über dem Lenkrad hing, war kein Puls mehr zu fühlen. In seinen Jackentaschen fand Caspari die gleichen Waffen wie bei seinem Beifahrer.

»Wir haben den Rettungsdienst verständigt.« Mario kam zu ihm herübergelaufen.

»Der Fahrer braucht wohl keinen mehr«, erwiderte Caspari mit einem bitteren Geschmack auf der Zunge.

»Scheiße«, kommentierte Mario. »Unseren Kollegen auf dem Beifahrersitz hat es ziemlich übel erwischt. Ich vermute, der hat ein gebrochenes Becken. Sein Partner auf der Fahrerseite ist bewusstlos. Dem läuft Blut aus den Ohren.«

Caspari sah zur Kreuzung hinüber, auf der der zusammengestauchte Polizeiwagen stand. Er erkannte Tina, die sich gemeinsam mit Jin Jang und Schneider um die verletzten Kollegen kümmerte. Der Klang mehrerer Martinshörner durchschnitt die Luft, von der Caspari gar nicht mehr wahrnahm, wie kalt sie war. Er war gefangen in einem Traum, der schlimmer nicht sein konnte. Um ihn zu beenden, musste er die Jagd nach der Bande zu Ende bringen, die im Hintergrund die Fäden zog. Vorher würde es keine Ruhe und keine Erlösung geben.

Die Eiskönigin

Sobald er in Hanau nicht mehr gebraucht wurde, fuhr Caspari wieder nach Gelnhausen und stürzte sich auf die Berichte, die er schreiben musste. Das war für ihn im Augenblick das beste Mittel, mit den Ereignissen am Nachmittag fertigzuwerden.

Am frühen Abend saß er vor dem Bildschirm, auf dem er das erste Verhör mitverfolgte.

»Die sagt kein Wort«, konstatierte Schneider, nachdem er aus dem Verhörraum herausgekommen war. Caspari hatte es ihm überlassen, Nicola Kiesling Informationen abzutrotzen.

»Gibt es was Neues von den Kollegen?«, fragte Schneider.

»Die beiden werden in diesem Augenblick operiert. Es steht nicht gut um sie«, erwiderte Caspari. »Dem Fahrer des Sprinters war nicht mehr zu helfen gewesen, aber das weißt du ja. Sein Kumpan hat schwere Hirnquetschungen erlitten. Es ist fraglich, ob er sie überlebt.«

»Habe kein Mitleid mit den Arschgeigen. Mich interessieren nur die Polizisten«, brummte Schneider.

»Ich habe alles mitbekommen«, wechselte Caspari das Thema und deutete auf den Computer, auf den das Verhör mit Hilfe eines Camcorders übertragen worden war. Auf dem Bildschirm sah er die Leiterin des Begleitservices an einem Tisch sitzen und Kaffee trinken. Aus ihrem Gesicht war die Contenance gewichen, wie eine Theatermaske, die man sich nach dem Auftritt abschminkt. An ihre Stelle war der Ausdruck getreten, der Nicola Kieslings Charakter wahrscheinlich am besten widerspiegelte. Kalt stierten ihre Augen in die Kamera, nachdem sie den Kaffeebecher abgesetzt hatte.

»Wenn es stimmt, dass die Augen der Spiegel der Seele sind …«, setzte Schneider an.

»… dann haben wir es hier mit der herzlosen Eiskönigin aus den nordischen Märchen zu tun«, führte Caspari den Gedankengang des Kollegen zu Ende. »Schau dir mal diese Härte in ihrem Gesicht an. Wer so Böses tut wie sie, der braucht schon einen Panzer aus Dolomit. Sonst würde sie das Leid, für das sie mitverantwortlich ist, nicht ertragen können.«

»Aus der bekommen wir nichts raus«, meinte Jin Jang, die mit einem flüchtigen Anklopfen durch die offen stehende Tür in Casparis Büro kam, »zumindest heute nicht. Diese Frau Kiesling macht mir den Eindruck, als sei sie für solche Situationen gut ausgebildet. Außerdem wartet ein Dr. Bierwirth im Flur. Er sagt, er sei der Anwalt dieser Hexe.«

»Also gut, dann lassen wir ihn mal zu ihr. Sei so gut und stell das Aufnahmegerät aus«, bat Caspari.

Jin Jang nickte und verließ das Büro wieder.

»Verdammter Scheißtag, was?«, fasste Schneider Casparis Stimmung zusammen.

»Ich kann mir jedenfalls angenehmere Beschäftigungen vorstellen, als einen Mann zu erschießen, der seinen Wagen als Waffe benutzt«, brummte Caspari.

»Du hattest keine andere Wahl. Wer weiß, wen der auf seiner Flucht sonst noch über den Haufen gefahren hätte.«

»Das ging mir, ehrlich gesagt, in diesem Augenblick gar nicht durch den Kopf«, gab Caspari zu.

»Ach ja?«

»Ich dachte nur: Der darf so nicht davonkommen – schon gar nicht mit unseren Beweisen. Das war es dann auch. Danach habe ich an nichts anderes mehr gedacht als an das Schießen.«

»Hast du Gewissensbisse?«

»Ja und nein. Gut fühle ich mich jedenfalls nicht, auch wenn es notwendig war.«

Bevor Schneider etwas erwidern konnte, wurde ihr Gespräch durch das Klingeln von Casparis Mobiltelefon unterbrochen. Unwillig nahm er das Telefonat an. Doch als er Claras aufgeregte Stimme hörte, vergaß er seine Unlust.

»Ein Mann hat mich beim Spaziergang angesprochen«, erzählte sie. »Er fragte erst nach Camillo. Dann gab er mir eine unmissverständliche Warnung, bevor er sich aus dem Staub machte.«

Caspari bat sie, ihm alles haarklein zu erzählen. Je mehr er hörte, desto beunruhigter wurde er. Mit Mühe unterdrückte er das Gefühl der Panik, das seinen Magen ausfüllte wie ein schwerer Stein.

»Ich habe mit allem gerechnet, aber nicht, dass diese Leute versuchen würden, mich auf diese Weise unter Druck zu setzen«, entschuldigte er sich bei ihr. »Ihr müsst sofort dort weg. Sage meinen Eltern Bescheid. Sie können auch nicht im Haus bleiben. Ich rufe gleich Herrn Fuhr an. Ihr müsst in ein Versteck.«

»Vergiss es«, protestierte Clara. »Ich lasse mich von diesen Leuten nicht von hier vertreiben.«

»Verdammt, Clara, das sind keine kleinen Fische. Das sind Menschenhändler und eiskalte Mörder«, fuhr Caspari aus der Haut.

Schneider sah ihn fragend an.

Caspari unterbrach sein Telefonat und berichtete ihm mit knappen Worten, was er von Clara erfahren hatte.

»Euer Anwesen lässt sich auf jeden Fall hervorragend bewachen«, dachte Schneider laut nach. »So leicht kommt keiner dort rein.«

»Na, danke auch für deine Unterstützung«, brummte Caspari.

»Jin Jang und ich kümmern uns sofort um den Schutz deiner Familie. Wir nehmen noch verfügbare Kollegen aus dem Revier mit. Rede du mit Fuhr und lass dir von ihm den besten Trupp an Personenschützern besorgen, den es gibt. Soweit ich weiß, hat er einen guten Draht zur Bundespolizei. Da gibt es neben der GSG 9 noch eine weitere Abteilung, die SiK – Schutz in Krisengebieten. Bis die Jungs eintreffen, bleiben wir bei deiner Frau und deinem Sohn.«

»Hast du das hören können?«, fragte Caspari Clara am anderen Ende der Leitung.

»Laut und deutlich«, bestätigte sie.

»Jetzt sag bloß nicht schon wieder, dass das nicht in Frage kommt«, polterte er.

»Nein, das ist in Ordnung«, gab sie nach.

Eine halbe Stunde später war Caspari etwas entspannter. Fuhr hatte ihm in einem längeren Telefonat zugesagt, dass er sich sofort mit den entsprechenden Stellen in Verbindung setzen und die besten Beamten anfordern würde, die er bekommen konnte. Anschließend hatte sich Jin Jang bei Caspari gemeldet und ihm mitgeteilt, dass sie und Schneider seine Familie wohlbehalten auf dem Weiherhof angetroffen hätten und nun Wache schieben würden.

Erleichtert ging er in den Gemeinschaftsraum, in dem Andreas Sommer, Svenja Bauer, Mario und Tina gerade diskutierten.

»Dieser Callgirl-Ring namens ›secret date‹ gehört der Firma ›Event consulting‹ mit Sitz in der Südsee«, erklärte Mario. »Die Polizei der Kaimaninseln war dank Tinas unglaublichem Charme am Telefon dann doch so freundlich, uns die Namen der Gesellschafter zu nennen: Director Grand und Director Stone.«

»Ich bin mir sicher, dass es sich bei den beiden um Janus und Hermes handelt«, murmelte Tina und fuhr sich durch ihre rote Löwenmähne.

»Gut möglich«, bestätigte Andreas Sommer, »nur können wir es nicht beweisen. Und wir wissen nicht, wer hinter diesen Decknamen steckt.«

»Du glaubst, Stone und Grand sind nicht die richtigen Namen?«, fragte Svenja.

Andreas Sommer nickte.

Caspari räusperte sich. Sie sahen alle überrascht zu ihm herüber.

»Lasst euch nicht stören«, redete er ihnen gut zu. »Ihr macht das prima. Außerdem habt ihr mich soeben auf eine Idee gebracht.«

»Und welche?«, fragte Tina.

»Ist nur so ein Gedanke. Allerdings führt der schon sehr deutlich in eine Richtung. Ich werde ihn erst einmal für mich behalten, weil ich verhindern möchte, dass wir uns verrennen und andere Richtungen nicht mehr richtig beleuchten. Bei eurem Gespräch müsst ihr jetzt aber ohne Mario auskommen. Den brauche ich für meine Recherche.«

Caspari gab seinem Freund einen Wink und zog sich mit ihm in sein Büro zurück. Während jedes Mitglied der Abteilung unter Hochdruck seiner Arbeit nachging, machte Caspari Mario mit seiner Idee vertraut. Der hegte zunächst Zweifel, ließ sich aber dann überzeugen. Er hatte nicht weniger zu tun, als die berühmte Nadel im Heuhaufen zu finden.

Gefährliche Welt

»Clara, kannst du mir erklären, warum wir Christophs Leute und die anderen Polizisten auf unserem Gelände sehen?«, fragte Werner, Casparis Vater, der durch die Verbindungstür von dem Flügel des alten Hofgutes, den er mit seiner Frau bewohnte, in Claras und Casparis Wohnbereich gekommen war.

Einen Moment sah sie ihn an. Was sollte sie ihm sagen? Er war ein gebildeter, kultivierter alter Herr, darüber konnten auch seine schwieligen, rauen Hände nicht hinwegtäuschen. In seiner Welt existierten Terror und Gewalt nicht. Es war schlimm genug für ihn, dass sein Sohn jeden Tag in diese Abgründe hinabtauchen musste.

Clara wusste, dass ihr Schweigen Bände sprach. Also fasste sie sich ein Herz.

»Ich bin gewarnt worden, vorhin, als ich mit Camillo im Wald unterwegs war.«

»Ich verstehe nicht, was du meinst.«

»Offenbar haben die Leute, die für die Ermordung der jungen Frauen verantwortlich sind, einen Boten zu mir geschickt, der mir ausrichtete, dass sie uns etwas antun würden, falls Christoph nicht die Finger von dem Fall lässt.«

»Das hat er gesagt?«, fragte Werner Caspari schockiert.

»Mehr oder weniger – durch die Blume.«

»Nun passen diese Beamten also auf uns auf?«

»Ja, bis eine Spezialeinheit kommt, die diese Aufgabe übernimmt.«

Werner Caspari wirkte sehr bedrückt. »In was für einer Welt leben wir bloß?«

»In einer gefährlichen. Darum brauchen wir auch Menschen wie Christoph, die uns vor dem Bösen schützen«, antwortete Clara so wenig pathetisch, wie es ihr nur möglich war.

Zwei Stunden später berief Caspari eine Sitzung ein. Seine Mitarbeiter saßen mit müden, aber entschlossenen Gesichtern im Gemeinschaftsraum, außer Jin Jang und Schneider, die seine Familie bewachten.

»Die Auswertung der Daten des Computers, den wir in Frau Kieslings Wohnung gefunden haben, ist schwieriger als angenommen. Zwar konnten wir über diesen Rechner die Passwörter für die Firmencomputer herausfinden, aber nicht das für den Server, über den der gesamte E-Mail-Verkehr und die Speicherung der Kundendaten liefen. Ich habe in der Favoritenleiste des Internetprogramms zwar die Homepage von ›secret date‹ finden können, aber einloggen konnte ich mich auf der Seite nicht. Dasselbe gilt für die Mutterfirma ›Event consulting‹. *Nada.*«

»Beim Bewegungsprofil der getöteten Frauen hatten wir mehr Erfolg«, fügte Erich Fuchs selbstbewusst hinzu. »Dank der Kreditkartenabrechnungen, die wir in den Akten aus dem Sprinter gefunden haben, wissen wir, dass sie am zweiten Advent in einem Berliner Hotel gewohnt haben. Zwei Tage später kauften drei von ihnen, nämlich Gruscha Golubew, Alja Below und Jewa Kusmin, Parfüm und anderen Plunder im Duty-free-Shop auf dem Flughafen von Kabul ein.«

Diese Information überraschte Caspari.

»Kabul? Was hatten die denn in Afghanistan zu suchen?«

»Keine Ahnung«, gab Jung unumwunden zu.

»Vielleicht waren sie zur Belustigung der Truppe da«, antwortete Tina spitzzüngig. »Svenja und ich haben etwas auf dem Bürorechner gefunden, was mit dieser Nachricht wahrscheinlich korrespondiert.«

»Na, da bin ich aber gespannt«, gab Caspari zu.

»Genau eine Woche später stellte Frau Kiesling einem Herrn Heiko Baum eine Rechnung in Höhe von zweihunderttausend Euro«, erklärte Tina.

»Muss ich den kennen?«, zuckte Caspari mit den Schultern.

»Nicht unbedingt«, entgegnete Svenja Bauer. »Allerdings ist dieser Herr sehr rührig. Er ist der bedeutendste Lobbyist der deutschen Waffenindustrie in Berlin …«

»… und gilt als Ohrenbläser von bestimmten Ministern, habe ich recht?«, unterbrach Caspari sie.

»So ungefähr«, stimmte Tina zu. »Aber er spricht wohl vor allem mit Staatssekretären. Das ist unauffälliger und diskreter.

Bei unseren Ermittlungen sind wir natürlich an dieser Stelle nicht stehen geblieben. Wir haben uns die Passagierlisten aller Flugzeuge vorgenommen, die in der Zeit vom 16. bis 18. Dezember aus Europa nach Kabul geflogen sind. Das war eine überschaubare Anzahl. Jedenfalls taucht keine dieser Damen auf den Passagierlisten auf, weder mit ihrem echten Namen noch mit ihrem litauischen Alias.«

»Ja, aber irgendwie müssen sie doch dorthin gekommen sein. Geradelt sind sie sicher nicht«, fuhr Erich Fuchs dazwischen.

»Eine Möglichkeit, wenn auch eine äußerst brisante, wäre der Flug in einer Maschine der Bundeswehr«, schlug Tina vor.

»Als hätten wir nicht schon genug Ärger«, beschwerte sich Caspari, der schweigend nach und nach die neuen Teile in das Mosaik seines ganz eigenen Ermittlungsansatzes eingefügt hatte. »Aber ihr habt recht. Dieser Gedanke ist nicht nur plausibel, sondern auch naheliegend.«

»Aha«, konterte Erich Fuchs. »Weißt du etwas, was ich nicht weiß?«

»Erinnert ihr euch daran, was ich euch über die Beweggründe unseres Präsidenten erzählt habe, weshalb er seinen alten Weggefährten Samuel Rosenbaum ins Boot geholt hat und nicht den Verfassungsschutz?«

»Nicht mehr so genau«, sprach Mario für sie alle.

»Er sagte, ein Staatssekretär des Innenministeriums würde sich für seinen Geschmack ein bisschen zu häufig über den Stand unserer Ermittlungen erkundigen«, erzählte Caspari. Gespannt sah er seine Mitarbeiter an und wartete auf Hinweise in ihrem Gesichtsausdruck, die ihm verrieten, dass sie verstanden, worauf er hinauswollte. Mario war der Erste, der reagierte.

»Moment. Du willst doch nicht allen Ernstes behaupten, dass ein von der Rüstungs- und Waffenlobby gesponserter Trupp von Callgirls mit einer Militärmaschine nach Afghanistan fliegt, um dort wem auch immer die Palme zu wedeln?«

»Das ist die bisher einzig logische Schlussfolgerung.«

»Merda«, stöhnte Mario.

»Ich bin gespannt, ob unser Präsident einen ähnlichen Ausdruck für diese ganze Chose findet«, schmunzelte Caspari.

»So oft hast du ihn bisher noch bei keinem Fall angerufen«, fand Tina.

»Bisher war auch keiner politisch so brisant und das Agieren der Gegenseite so bedrohlich wie bei diesem«, rechtfertigte er sich.

»Herr Fuhr hält wohl große Stücke auf uns, sonst hätte er die Ermittlungen einer anderen Abteilung übertragen …«, fand Wolfgang Jung.

»… oder an den Verfassungsschutz oder den BND weitergereicht«, unterbrach ihn Svenja Bauer.

Caspari fragte sich, ob das nicht genau das war, was er sich in diesem Moment am innigsten wünschte. Der Klumpen in seinem Magen hatte sich zwar in ein kleines, harmloses Steinchen verwandelt, nachdem er seine Familie in der Obhut von Gernot Schneider und Jin Jang wusste. Gleichwohl musste er es sich ständig selbst verbieten, sich auszumalen, was ihnen alles zustoßen könnte. Er beendete die Sitzung und wählte Fuhrs Nummer.

»Ah, Dr. Caspari. Sie kommen meinem Anruf zuvor«, begrüßte Fuhr ihn. »Die SiK-Einheit zum Schutz Ihrer Familie ist unterwegs und wird in zwei Stunden Ihre beiden Leute ablösen.«

Caspari versuchte sich zu freuen.

»Vielen Dank, Herr Fuhr. Das ist angesichts der Ereignisse der vergangenen Tage mal eine gute Nachricht. Ich muss Sie allerdings noch aus einem anderen Grund sprechen«, fing er an.

Fuhr hörte ihm aufmerksam zu. Als Caspari am Ende seines Berichts angelangt war, atmete der BKA-Präsident hörbar aus.

»Himmel noch mal, in welches Wespennest haben wir da gestochen«, empörte er sich. »Und Sie haben Ihren Leuten tatsächlich bis jetzt noch nichts von Ihrem Verdacht erzählt?«

»Nein«, bestätigte Caspari. »Erst wenn ich mir absolut sicher bin und Herrn Bartoldi dann auch davon überzeugen konnte. Wenn der Verdacht sich allerdings erhärten sollte, brauche ich zeitnah Abhörgenehmigungen.«

»Im Fall des Waffenlobbyisten dürfte das für einen Richter am Landgericht wahrscheinlich eine Nummer zu groß sein«, mutmaßte Fuhr. »Ich setze mich mit dem Generalstaatsanwalt in Verbindung, um den Genehmigungsprozess zu beschleunigen.«

»Da wäre noch unser Verdacht, dass die Callgirls mit einer Militärmaschine geflogen sein könnten«, erinnerte Caspari. »Haben wir irgendeine Chance, an die Passagierlisten der Bundeswehrmaschinen zu kommen?«

»Nicht auf dem offiziellen Weg«, stellte Fuhr klar. »Ein alter Freund von mir ist Generalmajor beim Generalstab des Verteidigungsministeriums. Ich rufe ihn an. Mal sehen, was er für uns tun kann. Allerdings wird er uns auch keine Unterlagen aushändigen können.«

»Eine mündliche Information würde ja schon langen«, warf Caspari ein.

»Wie kommen Sie mit dieser Bedrohung und dem Druck zurecht?«, überraschte ihn Fuhr.

»Ich? Ach, das kann ich gar nicht so recht beantworten«, stotterte er.

»Wirklich?«

»Nein. Ehrlich gesagt, bin ich ziemlich angegriffen. Aber das Gefühl der Wut überwiegt noch. Ich will die Kerle kriegen. Die sollen für das bezahlen, was sie völlig skrupellos anderen antun.«

»Schaffen Sie es, die Reißleine zu ziehen, wenn es Ihnen und Ihrer Abteilung über den Kopf wächst?«

»Was soll ich sagen?«, erwiderte er. »Ich hoffe, wir bekommen das hin.«

Nach dem Telefonat beschloss Caspari, dass dieser Arbeitstag ereignisreich und anstrengend genug gewesen war. Müde griff er nach seiner Jacke und verließ sein Büro.

Schlimmer Tag

Clara war froh, Caspari nach diesem endlos langen Tag wiederzusehen. Seine Gesichtshaut hatte eine blassgraue Farbe, die Lachfältchen an seinen Mundwinkeln und um seine Augen warfen finstere kleine Schatten. Er wirkte verhärmt, müde und gleichzeitig innerlich aufgedreht. Als er sie ansah, zwang er sich zu einem flüchtigen Lächeln. Sie ließ sich von ihm in die Arme nehmen.

»Schlimmer Tag heute«, sagte sie leise, nachdem sie sich voneinander gelöst hatten.

Wortlos verzog er das Gesicht.

»Tina hat mir vorhin erzählt, was in Hanau passiert ist«, versuchte sie ihn zum Reden zu animieren. »Das muss furchtbar gewesen sein.«

»Entsetzlich«, bestätigte er stöhnend.

»Wie geht es den beiden Polizisten? Werden sie durchkommen?«

»Bisher weiß ich nichts Neues. Entscheidend wird wohl die Nacht sein – zumindest für den einen.«

»Was ist mit dir?«, flüsterte sie fast. Er blickte auf die Holzmaserung des Esstisches. Sie konnte spüren, wie viel Überwindung es ihn kostete, darüber zu reden. Doch es musste ausgesprochen werden, musste benannt und betrauert werden, damit es nicht wie ein Untier irgendwo im Schatten der Verdrängung lauerte und irgendwann zuschlug.

»Das war nicht der erste Mensch, den ich getötet habe, weißt du«, versuchte er sich zu rechtfertigen.

Sie blieb ruhig. »Ja, ich weiß.«

»Doch man gewöhnt sich nicht daran. Ich jedenfalls nicht. Ja, es gab keine andere Möglichkeit, den Wagen zu stoppen; ja, der Mann hätte vielleicht noch mehr Menschen an- oder umgefahren, wenn ich nicht geschossen hätte. Alles das ist mir klar. Aber das Gewissen fragt nicht nach rationalen Erklärungen, und seien sie noch so gut. Das Gewissen ist ein stiller Ankläger, wenn auch ein milder, angesichts der Ereignisse, die zu meinen Schüssen geführt haben.«

»Brecht ihr ab?«, fragte Clara direkt heraus.

»Man setzt uns unter Druck, hört uns ab, verübt Angriffe auf uns, meine Familie braucht Polizeischutz – es gibt genug gute Gründe, aufzugeben«, listete er auf. »Aber dazu ist mein Zorn zu groß. Ich habe noch viel zu viel Energie, um klein beizugeben. Außerdem verbietet das mein Sinn für Gerechtigkeit.«

Sanft legte sie ihre Hand auf seine.

»Ich habe Angst. Es hat keinen Zweck, das zu leugnen. Aber nach allem, was passiert ist, kann ich nur hoffen, dass du dranbleibst. Niemand hat das Recht, uns so einzuschüchtern, verstehst du? Niemand. Wer auch immer das ist, er soll dafür zur Rechenschaft gezogen werden«, sagte sie bestimmt.

»Was ist es denn für ein Gefühl, auf einem hermetisch abgeschirmten Stück Welt zu leben?«, fragte er sie.

»Es ist merkwürdig. Es gibt Sicherheit und macht gleichzeitig Angst.«

Sie stand auf, ging zum Küchenfenster und starrte in die Dunkelheit. Draußen war niemand zu sehen, aber sie wusste, dass die Einheit zu ihrem Schutz gut getarnt, lautlos und unauffällig über das Grundstück wachte.

»Wie nimmt Lukas es auf?«, fragte Caspari.

»Es ist ein großes Abenteuer für ihn«, beruhigte Clara ihn. »Er versteht die Dimension noch nicht, kann die Bedrohung gar nicht fassen. Dazu ist er noch zu klein.«

»Schläft er?«

Clara nickte. Lukas wäre zwar noch zu gern aufgeblieben, um noch weiter am Fenster zu schauen, ob er einen ihrer Beschützer wiedersehen würde. Doch Clara hatte ihn auf den kommenden Tag vertrösten können. Lukas konnte unter diesen Umständen die Schule nicht besuchen. Zu groß war die Gefahr, dass er auf dem Weg dorthin oder auf dem Pausenhof gekidnappt wurde. Somit hatte er genug Gelegenheit, die Sicherheitsbeamten am kommenden Tag zu beobachten.

»Was machen wir nun?«, fragte Caspari mit leerem Gesichtsausdruck.

»Schlafen, mein Großer«, sagte sie sanft. »Du siehst aus, als könntest du eine ganze Menge davon gebrauchen. Ich fühle mich auch völlig ausgelutscht.«

Sie sah ihm zu, wie er sein Wasser austrank, dann nahm sie ihn an der Hand und führte ihn in den ersten Stock. Als sie im Bett lagen, schmiegte sie sich eng an ihn. Sie brauchte in diesem Augenblick seinen Duft, das Geräusch seines Atems und das leicht kitzelnde Gefühl, das sein Bart auf ihrer Haut verursachte. Erschöpft folgte sie ihm in einen tiefen, traumlosen Schlaf.

Harte Nüsse

Der Kaffee dampfte in der Tasse, die Caspari sich auf seinen Schreibtisch gestellt hatte, als sein Telefon klingelte. Der BKA-Präsident Fuhr meldete sich am anderen Ende.

»Ich habe eine gute und eine schlechte Nachricht. Die schlechte zuerst: Der Generalbundesanwalt braucht etwas Handfestes, um einen Lauschangriff vom Bundesgerichtshof genehmigt zu bekommen. Dieser Waffenlobbyist Baum hat offensichtlich mehr Einfluss in diversen Ministerien, als ich dachte.«

Hoffentlich ist die gute Nachricht kein Flop, dachte Caspari. Die Absage des Generalbundesanwalts war eine herbe Niederlage.

»Mein Freund aus dem Verteidigungsministerium wirkte zwar etwas verschlafen, als ich ihn gestern am späten Abend erreichte. Nachdem ich ihm allerdings erzählt hatte, worum es geht, war er plötzlich hellwach. Was er mir flüsterte, ist leider inoffiziell, es könnte uns aber trotzdem weiterbringen. Im Verteidigungsministerium tuschelt man hinter vorgehaltener Hand, dass der dienstliche Aufenthalt zweier Staatsminister in Afghanistan eher den Charakter einer Vergnügungsfahrt gehabt haben soll. Ein paar wenige ausgewählte Journalisten seien auch mit dabei gewesen.«

»Hat er Namen genannt?«, drängte Caspari.

»Nein. Aber er versicherte mir, es sei mehr als nur ein Gerücht. Der Minister wisse noch nichts darüber. Sobald das zu ihm durchsickert, gibt es einen riesigen Knall, meint mein alter Freund. Allerdings gibt es hochrangige Kräfte im Verteidigungsministerium, die genau das mit aller Macht zu verhindern versuchen.«

»Da sieh mal einer an«, ärgerte sich Caspari. »Kein Wunder, dass die Steine, die man uns in den Weg legt, die reinsten Felsbrocken sind. Haben denn die nachweislichen Geschäftskontakte Baums zu unserem Callgirl-Ring den Generalbundesanwalt vollkommen unbeeindruckt gelassen?«

»Nein, das nicht. Aber ein Bundesrichter wird das nicht als Grund ansehen, das Telefon des Lobbyisten anzuzapfen. Wir brauchen einen Hinweis, und sei er noch so klein, dass dieser Baum in der Mordserie mit drinhängt, dann haben wir sofort die Genehmigung für einen Lauschangriff.«

In Caspari stieg ein Gefühl der Resignation auf.

»Gerade das wollten wir ja durch die Abhöraktion beweisen«, protestierte er.

»Hilfreich wäre auch, wenn wir nachweisen könnten, dass auf einem dienstlichen Besuch bei der Truppe Prostituierte mit im Flugzeug und in Kabul waren.«

»Haben Sie vielleicht auch Nüsse im Gepäck, die nicht so schwer zu knacken sind?«, beschwerte sich Caspari.

»Tut mir leid. Sie können mir glauben, dass ich alles versucht habe«, entschuldigte sich Fuhr. »Mehr war nicht rauszuholen.«

Caspari versuchte, seine Frustration zu unterdrücken, als er seinen Mitarbeitern von dem Telefonat berichtete. An ihren Gesichtern konnte er ablesen, dass ihm das nur sehr mäßig gelang. Es war Gernot Schneider, der die Stille durchbrach, die sich so schnell ausgebreitet hatte wie Blitzeis auf einer Landstraße.

»Wie du weißt, habe ich noch einen guten Draht zu meinem ehemaligen Chef bei der GSG 9.«

Caspari nickte. Bei der Erstürmung einer Sektenzentrale vor zwei Monaten hatte er es mitbekommen.

»Ich könnte ihn bitte, sich mal bei den Feldjägern umzuhören.«

»Die Feldjäger sind doch die Militärpolizei«, wandte Tina ein. »Dein alter Chef ist Bundespolizist. Wie will der von denen etwas erfahren?«

»Die arbeiten im Bereich des Personenschutzes eng zusammen«, erklärte Schneider. »Für den Schutz von Ministern, Staatssekretären und hochrangigen Mitgliedern des diplomatischen Korps ist nicht nur die GSG 9 zuständig. Die Feldjäger haben eine besondere Einheit, die Close Protection Teams. Wenn Politiker zu Militärstützpunkten ins Ausland reisen, wie zum Beispiel nach Kundus, dann sitzen die Jungs dieser Einheiten schon ab Köln im Flugzeug. Ich weiß, dass mein alter Boss sehr viel Kontakte zu denen unterhält und einen guten Ruf bei ihnen genießt. Wenn ich ihn bitte, wird er sich bestimmt umhören, ob es einen Mann oder mehrere Leute aus einem dieser ›Close Protection Teams‹ gibt, die vor Weihnachten in Afghanistan waren.«

Caspari wurde hellhörig. Das konnte ihr Ausgang aus der Sackgasse sein, in der sie sich befanden.

»Du weißt doch selbst, dass die nicht über ihre Einsätze reden dürfen«, erwiderte Mario an Schneider gewandt.

»Das sollen sie ja auch nicht. Sie brauchen sich bloß ein paar Bilderchen anzusehen und zu nicken«, meinte Schneider kryptisch.

Caspari lächelte. Er hatte verstanden, was Schneider meinte. Die Soldaten brauchten nur die ermordeten Frauen wiederzuerkennen, und schon hatten die Ermittler gute Argumente für einen Lauschangriff.

»Mach dich sofort daran«, ordnete er an. »Sobald dein alter Offizier fündig geworden ist, fährst du mit Jin Jang zur betreffenden Kaserne.«

Es klopfte laut an die Tür ihres Gemeinschaftsraumes. Ecki, einer der uniformierten Beamten des Reviers, trat mit angespanntem Gesicht ein.

»Entschuldige bitte, dass ich hier einfach so reinplatze«, erklärte er grußlos Caspari zugewandt, »aber wir haben wieder eine Frauenleiche. Dieselbe Machart, wenn du weißt, was ich meine.«

Das durfte alles doch nicht wahr sein. Das Morden ging unvermindert weiter. Caspari schlug zornig mit der Faust auf den Tisch, dass das Geschirr darauf schepperte.

»Scheiße«, brauste Tina laut auf.

»Nein, schlimmer«, widersprach Caspari. »Viel schlimmer als Kloake. Das ist die tiefste Hölle menschlicher Bösartigkeit.«

»Diesmal ist der Fundort mitten im Wald«, erklärte Ecki. »Zwischen Wächtersbach Innenstadt und dem Ortsteil Hesseldorf. Ihr müsst Richtung Wittgenborn aus Wächtersbach herausfahren. Kurz hinter dem Ortsausgang geht es am Teufelsgraben auf der rechten Seite auf den Lahn-Kinzig-Weg ab. Dem folgt ihr in den Wald hinein, bis ihr die Fahrzeuge der anderen Kollegen seht.«

»Jin Jang, Tina und Mario kommen mit mir«, bestimmte Caspari. »Der Rest bleibt an den besprochenen Aufgaben dran.«

Schweigend fuhren sie den von Ecki beschriebenen Weg durch die froststarre Waldlandschaft. Die Steine und Aststückchen knackten unter ihren Reifen auf dem Wanderweg. Als sie ausstiegen, blies ihnen der klirrend kalte Ostwind eine frostige Böe in die Gesichter.

»Sind die Winter in Deutschland immer so schlimm?«, beschwerte sich Jin Jang.

»Nein, so eine Saukälte bis in den Februar hinein ist eher ungewöhnlich«, gab Caspari als Antwort. »Für die Leute, die wir suchen, kann es allerdings besser nicht sein. Ein tiefgefrorener Boden wie dieser nimmt kaum Spuren auf.«

Er blickte vom Wanderweg hinunter auf eine ungefähr fünfzig Meter entfernte Stelle, wo die Kollegen bereits eifrig Absperrbänder zogen und in weiße Overalls gekleidet der kriminaltechnischen Arbeit nachgingen. Zwischen ihren Füßen sah Caspari ein Stück weißen Stoff auf dem Boden.

»Warum ausgerechnet hier?«, grübelte Mario, während er ihnen dabei zusah.

»Das habe ich mich bei jedem Fundort gefragt«, gab Caspari zu. »Ich kann einfach keine Struktur, kein System in der Auswahl der Plätze finden, an denen sie die Frauen ablegen.«

»Warum ausgerechnet auf diese Weise?«, mischte Tina sich ein. »Warum nicht die Frauen still und heimlich umbringen und sie dann verschwinden lassen? Leute, die in der Lage sind, uns so zu bedrängen, müssten doch genug Mittel und Wege haben, Leichen auf immer und ewig verschwinden zu lassen.«

»Wie meinst du das?«, fragte Jin Jang.

»Mit einem Gewicht im Rhein versenken ist eine Möglichkeit, wenn auch keine wirklich gute. Ich bin mir sicher, dass solche Verbrecher genug Mittel und Wege haben, Tote in einem Säurebad vollständig aufzulösen.«

Caspari verzog das Gesicht. Die Vorstellung daran ekelte ihn.

»Dann wollen wir uns mal Leiche Nummer acht widmen«, sagte er, zog seine Mütze tiefer in die Stirn und stieg das abschüssige Gelände hinunter.

Zwei Stunden später schlurfte Caspari noch in seinem dicken Parka über den Flur, als Schneider aus seinem Büro gelaufen kam.

»Feldjägerbataillon Hilden!«, rief er, während Caspari in den Gemeinschaftsraum ging, um sich nach den Fundortuntersuchungen einen Pfefferminztee zu kochen. Durch das lange Herumstehen in der lausigen Kälte fühlte er sich selbst wie ein Eisklotz. Nach dem deprimierenden Anblick einer weiteren schönen jungen Frau, der mit Gewalt die Zukunft geraubt worden war, hellten diese zwei Worte seine Stimmung auf.

»Ihr ehemaliger Vorgesetzter hat Erfolg gehabt?«

»Ja, das ging erstaunlich schnell. Der Offizier, den er bei der Truppe gut kennt, war zufällig auch derjenige, dem die Personenschützer unterstehen, die im Bumsbomber mitgeflogen sind.«

Caspari verdrehte die Augen ob Schneiders flapsiger Bemerkung.

»Die Jungs haben sich wohl mächtig aufgeregt über die Unverfrorenheit, mit der die Herrschaften aus den Ministerien ihren Begleitschutz missbrauchten.«

»Wann kannst du mit ihnen sprechen?«

»Am besten heute noch. Morgen bricht die Einheit zu einem neuen Einsatz auf.«

Caspari spürte, wie das Blut wieder warm durch seine Adern floss. Schneiders Nachrichten waren besser als jeder Tee.

»Ich erwarte dich und Jin Jang heute Abend mit Zeugenaussagen im Gepäck wieder zurück«, rief er über das Rauschen des Wasserkochers hinweg.

Nervenkrieg

Nachdem er seinen Tee getrunken hatte, nahm Caspari sich persönlich Nicola Kiesling vor. Er versuchte, die finstere Wand hinter ihren Augen zu durchdringen. Die Disponentin hielt seinem Blick mit ausdrucksloser Miene stand. Ihr Gesicht war eine undurchdringliche Maske, die keine Gefühlsregungen verriet.

Caspari wusste, dass das hier ein Kräftemessen war. Wer zuerst das Schweigen beendete oder auch nur den Blick senkte, hatte gegenüber dem anderen verloren. So kam er bei ihr nicht weiter. Sie war ganz offensichtlich für solche Situationen trainiert worden. Wahrscheinlich gehörte sie auch zur Einheit von Janus und Hermes.

Er saß ihr gegenüber und blickte in ihre Richtung, wobei er darauf achtete, durch sie hindurchzusehen.

Aufrecht sitzend legte er beiläufig seine Hände auf die Oberschenkel, konzentrierte sich auf seine Atmung und sah ihr in die Augen, ohne sie tatsächlich zu fixieren. Sie schien nicht zu bemerken, was er tat. Vielmehr blickte sie ihn weiter kampflustig an. Dieses Kräftemessen konnte lange dauern, sehr lange. Caspari hatte die feste Absicht, es für sich zu entscheiden. Warum nicht das Angenehme mit dem Nützlichen verbinden und während dieses mentalen Kampfes in Achtsamkeit meditieren?

Wie lange er so dieser Frau gegenübergesessen hatte, wusste er nicht mehr. Er hatte jedes Zeitgefühl verloren. Ihre in Stein gemeißelte Fassade bekam allmählich Risse, das nahm er wahr, ohne darüber nachzudenken. Mehr und mehr zeigte sie Zeichen der Unruhe: Sie wechselte ihre Sitzposition, richtete sich im Sitzen auf, nahm einen Schluck Wasser aus dem Glas, das vor ihr stand, rieb ihre Daumen aneinander und kratzte sich hier und da an der Nase. Plötzlich hielt sie es nicht mehr aus.

»Was glotzen Sie mich so dämlich an?«, platzte es aus ihr heraus. Sie bemühte sich um einen überheblichen Tonfall. »Sie glauben doch nicht ernsthaft, Sie könnten mich mit dieser Zirkusnummer irgendwie beeindrucken.«

Caspari gab seinem Grinsen die Gestalt eines überheblichen Hochziehens eines Mundwinkels. Er hatte ihre Deckung durchbrochen. Ohne den Blick von ihr zu nehmen, zog er das Fundortfoto aus der Aktenmappe auf dem Tisch und schob es ihr hin.

»Das ist Opfer Nummer acht, eines Ihrer Mädchen. Losja Michailow ist ihr Name, wie wir recht schnell herausfinden konnten.«

»Und weiter?«

Sie hat keine Kondition mehr, dachte Caspari. Mit dieser Antwort hat sie unabsichtlich bestätigt, dass diese Frau eines der Callgirls war.

»Unter welchem Alias lebte sie in Deutschland, und wo?«

»Keine Ahnung.«

Nicola Kiesling bemühte sich, ihn wieder ganz ausdruckslos anzusehen, doch es gelang ihr nicht mehr.

»Wissen Sie, in Ihren Geschäftsunterlagen finden wir die Antwort auf diese Frage ohnehin«, konterte Caspari ungerührt. »Sie könnten uns diese Zeit allerdings ersparen, indem Sie reden.«

»Was bringt mir das?«, fragte sie mit kühlem Unterton.

»Der Staatsanwalt lässt sicher mit sich über ein geringeres Strafmaß verhandeln, wenn Sie sich kooperativ zeigen. Vielleicht könnten wir auch das Zeugenschutzprogramm in Betracht ziehen«, erwiderte er emotionslos.

»Pah«, fuhr sie hoch, »wenn ich rede, bin ich tot. Die finden mich, egal, welche Identität ich angenommen habe. Sie wissen ja gar nicht, mit wem Sie es hier zu tun haben.«

»Mit Hermes und Janus, doch, das wissen wir«, sagte Caspari beiläufig. Dabei beobachtete er den Ausdruck ungläubigen Erstaunens auf dem Gesicht der Frau.

»Haben Sie etwa geglaubt, es könnte immer so weitergehen, ohne dass die ganze Geschichte irgendwann auffliegt?«, legte er nach. »Die Ermordung und Zurschaustellung der toten Frauen war ein Fehler, der nur durch eine unglaubliche Arroganz zu erklären ist. Wir stehen kurz vor der Enttarnung Ihrer Führungsoffiziere und des Syndikats, oder wie man Ihren Haufen auch immer nennen will.«

Nicola Kieslings Gesicht sah dem einer Porzellanpuppe sehr ähnlich, so war die Farbe daraus gewichen. Als sie das Wasserglas zum Mund führte, zitterte ihre Hand so heftig, dass sie es wieder abstellte.

»Wir sind keine Vollidioten, nur weil wir keine Agenten wie Sie sind, Frau Kiesling«, fuhr er sie scharf an. »Also: Welchen Decknamen hat Ihr Gesindel dieser jungen Frau verpasst?«

Das Ringen nach Antworten in diesem Verhör würde noch lange dauern, dessen war Caspari sich bewusst. Gerade in dem Moment, in dem er spürte, dass die Disponentin endlich doch reden würde, kam ihr Anwalt wütend in den Verhörraum.

Milenas Gewissen

»Clara, du weißt gar nicht, wie sehr mir das alles leidtut.«

Milenas Stimme klang durch das Telefon sehr gedrückt.

»Dass jetzt deine ganze Familie bedroht wird, ist erschütternd. In was habe ich dich hineingezogen?«

»Du hast mich nirgendwo hineingezogen«, widersprach Clara. »Es liegt wahrscheinlich daran, dass Christoph und seine Leute diesen Typen zu dicht auf den Pelz gerückt sind und die jetzt anfangen, nervös zu werden. Dass du dann aus dem Nichts auftauchst und mitmischst, hat den Druck auf die Verbrecher natürlich noch erhöht.«

»Du bist mir nicht böse?«

Clara atmete tief durch. Sie hatte die Gabe, mit Menschen in Kontakt zu kommen, die oft einen ganzen Rattenschwanz an Schwierigkeiten mitbrachten. Wem sollte sie dafür die Schuld geben? »Nein, ich bin dir nicht böse«, beruhigte sie Milena. »Ich hoffe nur, dass es bald ein Ende hat.«

»Ja, das hoffe ich auch«, antwortete Milena mit einem tiefen Seufzer. »Ich habe hier viel Zeit zum Nachdenken, weißt du. Manchmal ist es mir richtig peinlich dem Rektor und dem ganzen Kollegium gegenüber, dass ich kurz nach meinem Dienstbeginn wegen eines Verbrechens auch gleich wieder ausfalle. Wie soll ich denn jemals wieder ans Gymnasium zurückkommen, ohne vor Scham im Erdboden zu versinken?«

»Mach dir darüber mal keine Sorgen«, erwiderte Clara. »Du bist ein Opfer, das völlig ahnungslos da hineingeschlittert ist. Peinlich müsste das, wenn überhaupt, den Mördern deiner Schwester sein. Außerdem hat das Kollegium durch mich schon etwas Übung in solchen Dingen.«

»Das ist nicht das erste Mal, dass du wegen so etwas ausfällst?«, fragte Milena ungläubig.

»Das ist das erste Mal, dass ich Personenschutz brauche und deshalb hier festsitze. Aber ich habe schon auf andere Weise viel zu tief in Christophs Fällen dringesteckt.«

Bildschöne Zauberin

»Hat diese Natter in der Zelle geredet?«, wollte Tina wissen, als sie mit Svenja Bauer vom Krankenhaus zurückkam.

Caspari schüttelte den Kopf. »Die Frau hat eine enorme Angst. Nachdem sie begriffen hatte, dass sie mit ihrer Pokerface-Nummer bei mir nicht landen kann, begann die Überheblichkeit in ihrem Gesicht der blanken Angst Platz zu machen. Ich habe ihr das Angebot gemacht, von der Kronzeugenregelung Gebrauch zu machen.«

»Hat nicht funktioniert?«, riet Svenja.

»Ich war kurz davor. Doch dann platzte dieser Dr. Bierkutscher rein.«

»Wenn du den Anwalt meinst, der heißt Bierwirth«, stellte Tina klar.

»Wie dem auch sei – jedenfalls machte er ein Fass auf, weil ich seine Klientin ohne juristischen Beistand befragt habe.«

»Das hast du dir doch hoffentlich nicht bieten lassen«, ereiferte sich Tina.

»Nein, ich habe ihn gepackt, seinen Kopf ins Klo gesteckt und sein aufgeblasenes Ego abgekühlt.«

»Du verscheißerst mich doch hoffentlich?«

»Klar. Aber träumen darf man ja mal. Nein, ich habe ihm an den Kopf geknallt, dass es hier nicht um Falschparken geht, sondern um mittlerweile acht Morde, in die seine Klientin verwickelt ist. Darauf meinte er, das müsste ich erst einmal beweisen. Da konnte ich mir ein Lachen nicht verkneifen. Ich habe ihm klargemacht, dass die Beweislage so gut ist, dass der Ermittlungsrichter die U-Haft angeordnet hat. Damit hatte er nicht gerechnet. Sein Gesicht sprach Bände. Die gute Frau Kiesling ist im Augenblick auf dem Weg zum Frauengefängnis in Frankfurt.«

»Habt ihr denn ein bisschen mehr über die Frau in Erfahrung bringen können als das, was wir ohnehin schon wissen?«, bohrte Svenja nach.

»Oh ja.« Caspari war zufrieden mit sich und der Arbeit, die sie alle bisher geleistet hatten. »Wenn Jin Jang und Gernot vom Feldjägerbataillon zurück sind, dann erzähle ich alles in der Dienstbesprechung.«

Eine Stunde später klopfte Jin Jang an seine Tür. Ihr Lächeln war mehr als der allgemein höfliche Gesichtsausdruck einer Asiatin. Caspari begann, Hoffnung zu schöpfen. Mario, der ihm gegenübersaß, empfand ihr Auftreten ähnlich.

»Volare … oh, oh, cantare … oh, oh, oh, oh!«, stimmte er den italienischen Evergreen an. Caspari war zwar weder zum Fliegen noch zum Singen zumute, doch auch seine Laune hatte sich um einen Quantensprung verbessert. Eilig berief er eine Besprechung ein.

»Anna konnte uns den litauischen Namen der achten Toten nennen«, fing Tina an. »Sie lebte hier als Kamile Brinsatis.«

»Hat sie auch in Frankfurt gearbeitet?«, fragte Andreas Sommer.

»Nein, in Köln. Dort war sie auch an der Universität für den Fachbereich BWL eingeschrieben«, erklärte Svenja. »In Frau Kieslings Buchhaltung haben wir die Abrechnungen für Losjas, oder soll ich sagen Kamiles, Handy und Kreditkarte gefunden, samt den Verträgen. Die Kiesling hat ausgesprochen korrekt Ablage gemacht. Und siehe da – in der Kreditkartenabrechnung für Dezember findet sich ein Posten vom Duty-free-Shop in Kabul.«

»War es das?«, fragte Caspari.

»Ja, fürs Erste«, gab Tina zur Antwort. »Vielleicht noch ein Satz: Anna hat sich bisher ganz gut erholt. Die Ärzte sind mit ihrer Genesung mehr als zufrieden. Sie liegt nicht mehr auf der Intensivstation.«

Caspari atmete erleichtert auf und erteilte Jin Jang und Gernot Schneider das Wort.

»Die Kollegen der ›Close-Protection-Team‹-Einheit waren sehr entgegenkommend, wofür der unglaubliche Charme unserer chinesischen Circe verantwortlich ist«, eröffnete Schneider.

»Was meint er damit?«, suchte Jin Jang Rat bei ihren Kollegen. »Wer oder was ist Circe?«

»Eine bildschöne Zauberin aus der griechischen Mythologie. Sie verwandelte die Gefährten des Odysseus in Schweine. Die armen Kerle waren ihrem Charme so erlegen, dass sie nicht bemerkten, wie sie Zauberkräuter unter die Speisen mischte. Odysseus schaffte es mit Hilfe eines griechischen Gottes, sie zu überlisten und seine Freunde zu befreien. Allerdings vergaß er dann auch in ihren Armen für ein Jahr seine Heimreise«, referierte Caspari.

»Schweine? So, so«, sagte Jin Jang und blickte zu Schneider hinüber. »Ich war nur nett.«

»Die Männer wollten zuerst nichts sagen. Über Einsätze dürfen die ja kein Wort verlieren. Jin Jang konnte sie davon überzeugen, dass wir danach auch gar nicht fragen wollten. Sie zeigte ihnen die Fotos unserer acht Toten und fragte, ob die Kollegen die Frauen erkennen«, erzählte Schneider weiter.

»Das taten sie. Ob mit meiner Zauberei oder ohne, sei mal dahingestellt«, fauchte Jin Jang mit einem Augenzwinkern. »Dieser Herr Odysseus mir gegenüber hatte dann noch den genialen Einfall, ihnen ein Porträt von dem Waffenlobbyisten Baum zu zeigen. Der sei auch dabei gewesen, bestätigten die Herren ganz ohne Zauberkräuter.«

»Wir haben die Zeugenaussagen schon auf Papier und unterschrieben mitgebracht. Die Damen im Sekretariat dort waren sehr entgegenkommend«, sagte Schneider und hielt triumphierend eine Aktenmappe hoch.

»Na, wenn das nicht für einen Lauschangriff reicht, fresse ich einen Besen«, sagte Caspari begeistert und klatschte in die Hände. Allmählich bekamen sie das Heft des Handelns wieder in die Hand. »Derweil hat Mario auf Teufel komm raus für mich recherchiert.«

»Christoph hatte wieder mal den richtigen Riecher«, übernahm Mario. »Dass die Herren Stone und Grand sich als Inhaber der Firma ›Event consulting‹ mit dem vermeintlichen Titel ›Director‹ im Handelsregister der Kaimaninseln eintragen ließen, brachte ihn auf die Idee. Wir beide erlebten die Professoren Brüning und Keil als sehr blasierte, eitle Gecken, die ihren akademischen Grad zu Beginn ganz schön haben raushängen lassen. Christoph erkannte ein Verhaltensmuster, das sich die Firmeninhaber und die Ärzte teilten – die Eitelkeit und die Zurschaustellung von Titeln. Er vermutete, dass Hermes und Janus auch niemand anderes sein konnten als eben Brüning und Keil. An nähere Auskünfte vom Steuerparadies kommen wir in der Kürze der Zeit nicht ran. Also sind wir einen anderen Weg gegangen. Wir wollten nachweisen, dass der Arztberuf nur die Fassade für zwei Spitzenagenten der Stasi war. Deshalb habe ich mir von der Bundesärztekammer und den entsprechenden Institutionen in anderen Ländern zunächst Informationen über Ärztekongresse in den siebziger und achtziger Jahren besorgt. Wann fand wo einer statt, wer waren die Teilnehmer et cetera.«

»Die heben so etwas auf?«, wunderte sich Fuchs.

»Ja, zu unserem Glück«, bestätigte Mario. »Ich habe die Ausrichtungsorte und die Termine mit den Daten aus dem Stasi-Archiv verglichen. Und, siehe da: Janus und Hermes waren immer für Herrn Schalck-Golodkowski zur selben Zeit in der europäischen Stadt unterwegs, in der gerade ein internationaler Ärztekongress tagte.«

»Ihre Tarnung war der Arztberuf. Weil sie international einen guten Ruf genossen, hegte niemand einen Verdacht. Neben den Kongressen konnten sie Waffenschmuggel, Devisengeschäfte, Verkauf von Beutekunst und Ähnliches erledigen«, ergänzte Caspari.

»Und nun ratet mal, welche Namen unter den Teilnehmern an all diesen Kongressen immer wieder auftauchten«, setzte Mario noch eines obendrauf. »Brüning und Keil, diese beiden.«

»Wie passt die Kiesling dort hinein?«, fragte Svenja Bauer.

»Nicola Kiesling floh als junge Frau aus der damaligen DDR. Sie war das einzige überlebende Mitglied einer Gruppe, die im Jahr 1976 einen spektakulären Fluchtversuch unternahm. Die Zeitungen waren damals voll davon. Sie gehörte zu Studenten, die aus gestohlenen Stahlbehältern ein U-Boot zusammengeschweißt hatten und über die Elbe in den Westen zu fliehen versuchten. Die Gruppe wurde im Fluss entdeckt. Es gab eine wilde Verfolgungsjagd, bei der auch auf das Boot geschossen wurde. Für einen Angriff war es nicht ausgelegt. Die Kugeln der Maschinengewehre rissen Löcher in die Stahlwand. Es brach Panik an Bord aus, und das U-Boot begann zu sinken. Nicola Kiesling öffnete laut Polizeiprotokoll die Luke und schaffte es aus dem sinkenden Kahn. Das war schon auf der Westseite. Die anderen drei Insassen waren von den Kugeln schwer verletzt worden und hatten nicht mehr die Kraft, sich aus ihrem Fluchtgefährt zu befreien. Sie ertranken allesamt. Die Polizei hielt es damals für einen Zufall, dass Frau Kiesling nicht getroffen wurde und dass sie der Luke am nächsten war. Der ermittelnde Beamte des Verfassungsschutzes blieb skeptisch, wie seinen Protokollen zu entnehmen ist. Ihm war das alles ein bisschen zu viel Glück und Zufall. Er wurde den Verdacht nicht los, dass die gute Frau Kiesling eine nach Westdeutschland eingeschleuste Stasi-Agentin war. Deshalb behielt der Verfassungsschutz die Dame auch noch einige Jahre im Auge. Allerdings wurde die Observierung nach zwei Jahren eingestellt, weil Nicola Kiesling nichts tat, was den Verfassungsschützern irgendwie verdächtig vorkam. Doch der Verdacht, dass sie die Stasi auf den Fluchtversuch aufmerksam gemacht hatte, blieb – zumindest bei dem Beamten, der den Fall untersucht hatte. Frau Kiesling studierte dann in Hamburg Pharmazie und BLW. Nach ihrem Studium wurde sie vom Arzneimittelhersteller Bayer eingestellt. Und nun dürft ihr raten, wofür sie jahrelang zuständig war, bis sie zu ›Event consulting‹ wechselte.«

»Für die Organisation diverser Ärztekongresse vielleicht?«, riet Jin Jang.

»Exakt«, bestätigte Caspari. »Die meisten dieser Kongresse werden von Pharmaunternehmen gesponsert. Deshalb können die Firmen ihre Leute im Planungsstab unterbringen.«

»Dann hätten wir nun die Schnittstelle zwischen Keil, Brüning und Kiesling«, resümierte Schneider.

»Moment mal«, intervenierte Andreas Sommer. »Ihr seid wirklich davon überzeugt, dass diese Frau die Ausbildung zur Stasi-Agentin durchlaufen hat, auf ein paar arme Studenten angesetzt wurde, die vom Westen träumten, und mit deren Hilfe in den Westen eingeschleust wurde, um in der BRD für diese geheime Stasi-Abteilung als Maulwurf oder Schläferin oder was auch immer zu arbeiten? Ist das nicht ein bisschen zu viel Verschwörungstheorie?«

»Hättest du mich das vor dieser Mordserie gefragt, hätte ich dir zugestimmt«, erwiderte Caspari, der die Zweifel seines Mitarbeiters gut verstehen konnte. »Aber nach dem, was in den letzten Wochen geschehen ist, müssen wir davon ausgehen, dass unsere Schlussfolgerungen nicht abstrus sind, sondern wahr.«

»Christoph hat recht«, unterstützte ihn Mario, »der Lauschangriff gegen uns, die Manipulation seiner Pistole, aktuell die Bedrohung seiner Familie – alles das spricht für unsere Theorie einer alten Stasi-Seilschaft.«

»Aber warum sollten sich die beiden alten Herren eine so große Mühe mit dem Töten ihres Harems geben? Warum die Mädels nicht still und heimlich verschwinden lassen? Wieso diese Golem-Nummer? Das passt doch gar nicht zu solchen Super-Agenten«, widersprach Andreas Sommer.

»Es besteht immer das Risiko, dass jemand sich an eine der jungen Frauen erinnert. Das haben wir bei Milena gesehen. Sie hätte über kürzer oder länger mit ihren Adoptiveltern nach ihrer Schwester suchen lassen«, erklärte Caspari. »Keil und Brüning waren wohl überzeugt, mit dieser Nummer die Behörden auf die Fährte eines Psychokillers zu lenken, bei der nichts herausgekommen wäre, weil das eine Sackgasse in den Ermittlungen war.«

»Die haben nicht mit uns gerechnet«, triumphierte Svenja Bauer.

»Doch.«

Caspari tat es fast schon ein bisschen leid, ihr ihre Illusionen zu zerstören.

»Sie haben sich mit großer Sicherheit ausgemalt, dass Heinz Bertram uns um Hilfe bittet. Deshalb haben sie uns ja auch abgehört, und den ganzen anderen Mist noch dazu.«

Mechanisch rieb er sein Handgelenk, an dem die Schwellung wieder abgeklungen war.

»Aber sie haben das BKA unterschätzt«, ergänzte er.

»Und ganz besonders uns.« Svenja Bauer konnte es wohl nicht lassen.

Caspari gönnte ihr die Genugtuung. Schließlich war sie es gewesen, die ein Exagent auf offener Straße ausgeschaltet hatte. Er lächelte verständnisvoll.

»Aber allein mit falscher Fährte und Schabernack lässt sich die Inszenierung des Fundortes nicht erklären. Da steckt noch etwas anderes dahinter«, sagte er.

»Aber was?«, rief Andreas Sommer aufgebracht. »Ich komme mir vollkommen verschaukelt vor. Zwei akademische Opis spielen mit uns Katz und Maus. Gut, wir trotzen ihnen peu à peu ihre Geheimnisse ab. Aber das geht an unsere Grenzen.«

»Sobald wir die Abhörgenehmigung haben, machen wir dem sehr schnell ein Ende«, beruhigte Caspari ihn. Er hoffte, dass er damit recht hatte.

»Mit dem Katz-und-Maus-Spiel liegst du richtig«, wandte Schneider sich an Andreas Sommer. »Wie der Chef schon sagte: Die zwei Oldies mussten wissen, dass die Polizei bei dieser verworrenen Psychopathennummer in den Ermittlungen stecken bleiben würde und unsere Abteilung ins Spiel käme. Ich bin mir sicher, Brüning und Keil wollten sich mit uns ein Duell liefern.«

»Das ist doch krank«, mischte Svenja sich ein.

»Mag sein«, stimmte Caspari zu, »aber krank sind doch alle Täter, mit denen wir es zu tun haben. Diese beiden Herren sind es vielleicht auf eine sehr untypische Weise.«

Endstation

Die schwere Stahltür fiel mit einem dumpfen Knall ins Schloss. Nicola Kiesling sah zum gegenüberliegenden kleinen Fenster. Das Gitter davor nahm sie nur schemenhaft wahr. Das Geräusch des Schlüssels, der mehrmals im Schloss hinter ihr herumgedreht wurde, ging ihr durch Mark und Bein.

Diese Zelle war ihre Endstation, und sie wusste, was das hieß. Vor ihr stand das Bett aus schmucklosem Stahl, die Füße im Boden verschraubt. Auf der Matratze lag die zusammengefaltete Bettdecke, darauf das Kopfkissen und die dazugehörigen Bezüge. Wie oft würde sie in diesem Bett schlafen? Eine Nacht, zwei Nächte oder doch länger?

Nach einer Weile wurde die Tür wieder geöffnet. Eine Wärterin erschien mit einem Tablett, das sie ihr wortlos auf den kleinen Tisch stellte. Nicola Kiesling sah die Justizvollzugsbeamtin an, die mit wachsamem Blick jede Bewegung in der Zelle verfolgte. Dann war sie wieder allein.

Sie blickte zu ihrem Abendessen hinüber. Nach einer Mahlzeit stand ihr jetzt nicht der Sinn. Nur den verwässerten, warmen Tee trank sie in kleinen Schlucken im Stehen. Mechanisch machte sie ihr Bett, zog sich aus, wusch sich und legte sich hin. Sie starrte zur Zimmerdecke und versuchte, sich auf das vorzubereiten, was ihr unweigerlich bevorstand.

War es nicht die logische Konsequenz ihres Lebens? Bezahlte sie jetzt für alles, was sie im Laufe ihres Lebens an Schuld auf sich geladen hatte? Sie war kein religiöser Mensch, oh nein. Sie kam aus dem Nichts, war durch Zufall dort gelandet, wo sie aufgewachsen war, und hatte sich mit einer Diktatur arrangiert, von der sie im Grunde wusste, dass sie ein Fehltritt der Geschichte war.

Als die Stasi sie anwarb, war sie zuerst überrascht gewesen. Doch die Privilegien, die man ihr in Aussicht stellte, waren zu verlockend. Der Preis dafür war unerwartet hoch. Seit der Sache mit dem selbst gebauten U-Boot in der Elbe fühlte sie sich schuldig am Tod dreier Menschen. Ein Gefühl, das sie sich nicht leisten konnte.

Ihre Aufgaben als Spionin bis zum Fall der Mauer waren klar und unverrückbar. Als der alte Staatsapparat dann in sich zusammenfiel, fühlte sie sich zum ersten Mal frei. Doch das war nichts weiter als eine Illusion. Ihre Stasi-Führungsoffiziere hatten keine Schwierigkeiten, sie aufzuspüren und für ihre eigenen Zwecke zu verpflichten.

Sie hatte ihre Seele an ein grausames Netzwerk verkauft und war nun eine Gefangene in einem Kerker ohne Ausgang. Nicola Kiesling glaubte nicht an ein Jüngstes Gericht, aber sehr wohl an die Begleichung von Schuld. Ihr Zahltag war nicht im Jenseits, sondern im Hier und Jetzt.

Das Licht wurde von zentraler Stelle gelöscht. Sie lag immer noch wach und starrte ins Leere. An Schlafen war nicht zu denken. In dem Zellentrakt herrschte Totenstille. Kein Husten, kein

Schnarchen, kein Atmen war aus den angrenzenden Zellen zu hören.

Die Tür wurde leise aufgeschlossen. Nicola Kieslings Herz schlug ihr bis zum Hals. Sie kämpfte dagegen an, dass die Angst Oberhand in ihr gewann. Das Flurlicht warf einen Schatten in ihr Zimmer, riesengroß und schwarz. Sie setzte sich im Bett auf und schluckte, um das Zittern aus ihrer Stimme zu vertreiben.

»Du kommst früh.«

Der Jagdhund und die Fährte

Clara sah Caspari zu, als er hungrig die Pizza aß, die er auf dem Heimweg vom Revier mitgebracht hatte. In großen Zügen trank er ein alkoholfreies Weizenbier.

»Wie geht es dir?«, durchbrach Clara die Stille.

»Wie einem Jagdhund, der das Wild auf einen Talkessel zutreibt. Auf der einen Seite fühle ich mich erschöpft, auf der anderen Seite stehe ich total unter Adrenalin.«

Clara konnte seiner Beschreibung nur zustimmen. Neben den dunklen Augenringen war der aggressive Ausdruck in seinem Blick kaum zu übersehen. Sie streckte ihren Arm aus und legte ihre Hand in seinen Nacken.

»Ich bin mir bewusst, welchen Belastungen du durch meinen Beruf ausgesetzt bist«, begann er unvermittelt. »Das ist mehr, als man von einer Partnerin erwarten kann.«

»Was willst du mir damit sagen?«

»Dass ich vollstes Verständnis dafür hätte, wenn du spätestens jetzt von einem Leben mit mir die Nase voll hättest und die Koffer packst, sobald die Luft da draußen wieder rein ist«, antwortete er müde.

»Ist es das, was du willst?«, versuchte Clara ihn aus der Reserve zu locken, während sie ihm den Nacken kraulte.

»Nein, bestimmt nicht.«

»Dann darf ich deinen Vortrag als einen Versuch deuten, dich bei mir für die gegenwärtige Situation zu entschuldigen?«

Er schnaufte.

»Ja, so in etwa.«

»Hör mal, ich weiß, dass du zurzeit in einer Zwickmühle steckst. Du musst Verbrecher überführen, die ebendas zu verhindern versuchen, indem sie uns bedrohen. Das würde selbst den härtesten Hund unter Druck bringen.«

Caspari starrte sie mit einem Mal an, als wollte er etwas in ihrem Gesicht fixieren.

»Was ist? Geht es dir gut?«, fragte sie unsicher. Clara konnte sich seine Reaktion nicht erklären.

»Ja, ja«, antwortete er, als sei er soeben aus einer Trance erwacht. »Ich musste nur gerade an etwas ganz Wichtiges denken.«

»Weihst du mich ein?«

»Sobald ich selbst verstehe, was eben bei mir angekommen ist«, sagte er schulterzuckend. Dann ging er in den Hof, um Benny und Iris, seinem Schwager und seiner Schwester, die einen anderen Flügel des weitläufigen Hofgutes bewohnten, einen schönen Urlaub zu wünschen. Die beiden wollten für zwei Wochen den Winter in den Alpen genießen.

Wehmütig sah Caspari ihnen nach, als ihr Wagen vom Hof fuhr. Ihm blieb nur ein kurzes Wochenende, um sich ein wenig zu erholen. Wenn man in der Festung, die das Hofgut mittlerweile geworden war, überhaupt von Erholung reden konnte.

Reine Nervensache

Caspari verzog das Gesicht. Nicht der Wecker hatte ihn an diesem Montagmorgen aus dem Schlaf geholt, sondern Magensäure, die in seiner Speiseröhre aufgestiegen war. Pfui Teufel. Obwohl er sich Mühe gegeben hatte, am Sonntag einmal abzuschalten, hatte er nicht verhindern können, dass die dauernde Anspannung ihm auf den Magen schlug.

Verschlafen schleppte er sich an das Waschbecken im Bad und trank einen großen Schluck kalten Wassers, bis der Geschmack im Mund sich verflüchtigt hatte. Missmutig sah er auf die Anzeige der Badezimmeruhr. Sechs Uhr am Montagmorgen. Sich wieder ins Bett zu legen, lohnte jetzt nicht mehr. In einer Viertelstunde würde sein Wecker ohnehin klingeln.

Leise schlich er ins Schlafzimmer, um ihn auszuschalten. Das Flurlicht warf einen schwachen Schein auf Clara und Lukas, der um Mitternacht zu ihnen ins Bett gekommen war, nachdem er weinend aus einem Alptraum aufgewacht war. Caspari gönnte sich einen Blick auf die beiden, bevor er wieder ins Bad zurückkehrte. Dieser Fall musste schnell abgeschlossen werden. Der Alptraum war nicht ohne Grund gekommen. Lukas spürte die Bedrohung, auch wenn die Bewachung durch die Sondereinheit wie ein großes Abenteuer für ihn war.

Als Caspari wenig später aus der Haustür in die kalte Dunkelheit hinaustrat, sah er Mario und Tina auf der gegenüberliegenden Seite des Hofes, die sich in dicke Skijacken und Mützen gehüllt über den gefrorenen, knirschenden Schnee auf ihren Wagen zubewegten. Stumm hob Caspari die Hand, bevor er sich ans Steuer seines Volvos setzte. Er sehnte sich fast so sehr nach dem Frühling wie nach dem Abschluss der Ermittlungen.

Im Gemeinschaftsraum auf ihrem Stockwerk im Polizeirevier angekommen, kochte er sich einen Tee, als Erich Fuchs hereinkam.

»Herrje, das riecht aber gesund«, kommentierte der.

»Fencheltee«, brummte Caspari.

»Bist du unter die Gebüsch-Trinker gegangen?«

»Nee, mein Magen macht Probleme.«

»Verstehe.«

Tina steckte ihren Kopf durch die Tür.

»Christoph, komm schnell in dein Büro. Der Präsident ist am Telefon.«

Caspari ließ seinen Tee stehen und eilte hinter Tina her.

»Gute Nachrichten, Dr. Caspari«, begrüßte ihn Fuhr. »Nach dem, was Sie mir gestern Abend gemailt haben, konnte ich einen Richter dafür gewinnen, die Abhöraktion auf diesen Herrn Baum zu genehmigen. Das Telefon des Waffenlobbyisten ist bereits angezapft. Unsere Techniker basteln gerade an einer sicheren Leitung zu Ihrem Revier, wo Sie den Telefonverkehr und die Gespräche im Büro des Mannes mithören können. Zusätzlich habe ich ein Team in Berlin auf Baum angesetzt. Die Beamten dort werden alles, was er außerhalb seines Büros oder seines Hauses spricht, mit einem Richtmikrofon mithören und aufzeichnen. Die Kollegen von der Computerabteilung sind außerdem dabei, einen Trojaner auf seinen Rechnern zu platzieren. Sobald Baum seine Computer anschaltet und seine E-Mails abruft, sind wir in seinem System.«

»Wunderbar«, bedankte sich Caspari, »endlich sind wir in der Position zu agieren, statt immer nur zu reagieren. Zu guter Letzt brauche ich noch eine Observierungsgruppe für die beiden Professoren.«

»Brüning und Keil? Ich leite das sofort in die Wege.«

»Vielen Dank. Das müssen allerdings besonders erfahrene und fähige Kollegen sein. Jeder der beiden Ärzte ist schließlich so gerissen wie ein alter Fuchs.«

»Dann fangen Sie die Rothaut mal beim Hühnerklauen«, ermutigte Fuhr ihn.

Eilig trommelte Caspari seine Abteilung zusammen und berichtete von dem Telefonat. Zufrieden stellte er fest, dass die Nachricht seinen Mitarbeitern einen Motivationsschub gab. Grimmig und entschlossen sahen sie ihn an.

»Andreas und Svenja wechseln sich mit dem Abhören ab«, bestimmte Caspari. »Sobald wir von den Kollegen aus Wiesbaden die Dateien und den E-Mail-Verkehr von Baums Computern zugeschickt bekommen, arbeitet ihr beiden parallel auch daran.«

»Die Suche nach den anderen Frauen aus dem Callgirl-Ring gestaltet sich schwierig«, gestand Erich Fuchs. »Hier in Deutschland waren es dreizehn von ihnen. Acht sind tot, eine liegt angeschossen im Krankenhaus, bleiben noch vier.«

»Von diesen vieren leben zwei in Berlin und zwei in Hamburg«, ergänzte Wolfgang Jung. »Wir kennen ihre richtigen Namen und ihre falsche Identität. Die Kollegen vor Ort haben die Wohnungen durchsucht. Keine Spur von den Frauen. Ihre Handys sind allesamt ausgeschaltet, sodass wir sie nicht orten können, bis auf eine: Evgenia Stepanow alias Agne Brusinskaite. Sie konnten wir in Gießen orten. Ich habe versucht, sie anzurufen. Das ging allerdings jedes Mal schief. Beim ersten Versuch hat sie gleich aufgelegt, als ich mich vorgestellt habe, bei allen weiteren hat sie mich weggedrückt. Mittlerweile hat sie ihr Telefon ganz ausgeschaltet.«

»Wenn wir sie orten können, ist die Gegenseite auch dazu in der Lage. Uns bleibt nicht viel Zeit«, stellte Caspari nachdenklich fest. Dann kam ihm eine Idee. »Vielleicht kann Anna uns helfen.«

»Und wie?« Tina war skeptisch.

»Fahre ins Krankenhaus und rede mit ihr. Wenn sie diese Evgenia anruft, dann geht die vielleicht eher ans Telefon, als wenn eine unbekannte Nummer auf dem Handydisplay erscheint.«

»Und wenn die Frau ihr Handy immer noch ausgeschaltet hat?«

»Dann muss Anna ihr eine SMS schreiben«, beharrte Caspari. »Wir müssen doch in der Lage sein, die Frau vor ihren Mördern in die Hände zu bekommen.«

»Ich versuche, das Gebiet einzugrenzen, in dem sich Evgenia zuletzt mit ihrem Telefon befunden hat. Einer der Sendemasten wird ihr Signal empfangen haben«, bot Mario an. Caspari stimmte zu.

»Wolfgang und Erich bleiben an den Akten aus Hanau dran«, bestimmte er.

»Und wir?«, fragte Gernot Schneider.

»Jin Jang und du, ihr fahrt mit mir nach Ramholz. Ich will den beiden Herren Professoren ein bisschen intensiver auf den Zahn fühlen, während ihr euch dort unauffällig umschaut«, erklärte Caspari. Sein Mobiltelefon klingelte. Unwillig nahm er das Gespräch an.

»Hey, hier ist Ecki«, meldete sich einer der Gelnhäuser Polizisten, »habe schlechte Neuigkeiten. Der Frauenknast rief eben bei uns an. Bei euch ging keiner ans Telefon. Die haben Nicola Kiesling tot in ihrer Zelle gefunden. Vergiftet, so wie es aussieht.«

Glück gehabt

Clara tat sich schwer mit der Situation. Sie konnte keinen Unterricht halten, musste für jede Kleinigkeit, die einzukaufen war, Caspari bitten, durfte niemanden besuchen und musste Lukas unterrichten, der auch nicht zur Schule gehen konnte. Allein zu zwei Gelegenheiten kam sie vor die Tür: zum Training und zum Spaziergang mit Camillo.

Lukas saß mit Pia, seiner Großmutter, zusammen in deren Küche, während Clara die eisige Morgenluft begierig einsog. Auch wenn es ihr im Rachen fast wehtat, wiederholte sie es immer wieder. Camillo trottete neben ihr her. Als sie stehen blieb, wälzte er sich in dem harten Schnee. Sie liebte diese Momente, wenn sie allein mit dem jungen Hund im Wald unterwegs war und ihre Gedanken und Gefühle sortieren konnte.

Doch sie war nicht allein. Drei Männer waren zu ihrem Begleitschutz mitgekommen. Schweigend und unaufdringlich blieben sie in ihrer Nähe, suchten mit ihren Augen jeden Fleck des Waldes um sie herum ab und lauschten misstrauisch jedem Geräusch. Sie waren zu konzentriert für ein Gespräch, zu sehr mit der Wahrnehmung ihrer Umgebung beschäftigt. Clara wollte sie nicht ablenken. Ihr Leben konnte von der Aufmerksamkeit und Reaktion der Beamten abhängen. Außerdem hatte sie keine Idee, worüber sie sich mit den Männern hätte unterhalten sollen.

Camillo bellte mit einem Mal wild los mit seiner Junghund-Stimme und begann, mit Eifer in einem Schneehaufen zu graben. Clara sah, wie etwas durch die dünner werdende Schneeschicht rot blinkte. Sie wollte den Hund zu sich rufen, aber einer der Beamten hatte ihn bereits im Nacken gepackt und hochgezogen.

Er rannte mit dem kleinen Berner Sennenhund hastig von dem Schneehaufen weg. Clara konnte sich keinen Reim darauf machen, ließ sich aber bereitwillig von dem anderen Bewacher wegziehen und lief mit ihm vor Camillo und seinem Leibwächter her.

Ein ohrenbetäubender Knall zerriss die morgendliche Winterstille, gefolgt von einer Druckwelle, die sie auf den Boden warf. Mühsam richtete Clara sich auf und sah sich nach Camillo um. Der lag fiepend in den Armen des Polizisten, der sich keuchend auf die Knie wuchtete. Die beiden anderen hielten ihre Maschinenpistolen im Anschlag und nahmen Clara augenblicklich in ihre Mitte. Sie leinte Camillo hastig an und folgte den Bewegungen der Personenschützer, so gut sie konnte.

Schnell, aber ohne Hast zogen sie sich zurück. Als sie wieder im Hof standen und das schwere Tor in das Schloss fiel, begann Clara heftig zu keuchen. Diese Strecke hatte sie zwar schon schneller zurückgelegt, aber noch nie mit so viel Adrenalin im Blut. Die Hände auf die Oberschenkel gestützt, sah sie sich im Hof um. Das alte Gehöft besaß hohe Sandsteinmauern, der Innenhof und die Gebäude waren wie eine kleine Trutzburg. Hier war sie sicher oder wenigstens sicherer als im Wald.

»Was war das?«, fragte sie die Personenschützer.

»Eine Mine oder so etwas«, gab ihr Camillos Retter zur Antwort. »Ihr Hund sollte sie wahrscheinlich komplett ausbuddeln und die Sprengung damit auslösen.«

»Hätte beinahe auch geklappt«, bemerkte einer seiner Kollegen. »Als Sie auf den Haufen gestarrt haben, war uns klar, dass etwas nicht stimmte.«

»Camillo buddelt sonst nicht so wild in einem unbedeutenden Schneehaufen«, erklärte Clara. »Ich wollte wissen, was ihn angelockt hat. Dann sah ich das Blinklicht.«

»Das war unser Glück. Sonst wären wir jetzt alle tot.«

Stummer Riese

»Sagt Ihnen der Name Nicola Kiesling etwas?«

Caspari saß ein weiteres Mal im Büro von Professor Keil.

Keil und Brüning verneinten beide. »Wer soll das sein?«

Brüning hatte eine Unschuldsmiene aufgesetzt, von der Caspari sich nicht täuschen ließ. Er hatte sein Netz ausgeworfen und versuchte nun, die Verdächtigen hineinzutreiben.

»Die Disponentin des Callgirl-Rings, in dem Ihre ehemaligen Schützlinge ihre Sklavendienste ableisten mussten.«

»Sie haben jemand in Verdacht?« Auch Keil spielte seine Rolle sehr gut.

»Mehr noch: Wir haben sie verhaftet und ihre gesamten Unterlagen beschlagnahmt.«

War das ein leichtes Zucken im Mundwinkel des Orthopäden?

»Nein, tut uns leid. Wie gesagt, die Frau ist uns unbekannt«, sagte Brüning beharrlich.

»Denken Sie noch einmal nach«, insistierte Caspari. »Vielleicht sind Sie ihr früher begegnet, als Sie selbst in der Ukraine unterwegs waren.«

»Nein, beim besten Willen nicht«, brummte Keil, »da bin ich mir ganz sicher.«

Caspari versuchte, mit den erkennungsdienstlichen Fotos den beiden Medizinern eine Reaktion zu entlocken, doch die beherrschten das Spiel viel zu gut, um sich etwas anmerken zu lassen. Jedoch hatte Keils flüchtiges Mienenspiel Caspari bewiesen, dass die beiden letzten Endes auch nur Menschen waren.

Als er aufstand, wanderte sein Blick zum Intarsientisch, auf dem er ein unvollendetes Mühlespiel sah.

»Sie spielen immer noch dasselbe Spiel?«, fragte er beiläufig.

»Mehr oder weniger. Wir stecken fest«, gestand Brüning.

»Eine Zwickmühle«, fügte Keil hinzu.

Caspari nahm sich Zeit, das Spiel genauer zu betrachten.

»Räumliches Denken war zwar noch nie meine Stärke, aber es sieht tatsächlich so aus, als könnte keiner von Ihnen noch einen vernünftigen Zug machen«, stellte er fest.

Er ließ die beiden Chefärzte zurück und machte sich schnell ein paar Notizen in sein kleines Buch, das er immer in seinem Sakko mit sich trug. Dann ging er auf die Suche nach Schneider und Jin Jang. Mit seinem Mobiltelefon wählte er Schneiders Nummer. Die beiden waren im Rehabilitations- und Sportbereich der Klinik gelandet.

Caspari kam in einen mit Judomatten ausgelegten Raum, auf denen Jin Jang mit einem drahtigen Mann Mitte zwanzig im Sparring begriffen war. Caspari sah Schneider fragend an.

»Sie sagte zu mir, er würde recht gut kämpfen, seine Deckung hätte allerdings deutliche Schwachstellen«, erklärte der. »Die Jungs in unserer Nähe haben das gehört und sie eingeladen, mit Thore, so heißt der Knabe, eine Runde zu kämpfen. Sie halten ihn für deutlich besser, als Jin Jang ihn einschätzte.«

Caspari erlaubte sich ein Grinsen.

»Ihr habt ihnen natürlich verheimlicht, dass Jin Jang eine Meisterin des ›Weißer Kranich Kung-Fus‹ ist.«

»Daran habe ich in dem Moment doch tatsächlich nicht gedacht«, antwortete Schneider und setzte ein Lausbubengesicht auf.

Thore schlug sich nicht schlecht, doch er konnte keinen Angriff landen. Jin Jang malträtierte seine Rippen und erwischte immer wieder Vitalpunkte am Unter- und Oberarm, wobei Thore jedes Mal das Gesicht verzog.

»Feldjägerausbildung«, kommentierte Schneider. »Nicht schlecht. Fast so gut wie die Bundespolizei.«

»Klar«, bestätigte Caspari gespielt gönnerhaft. Jin Jang setzte einen Nackenhebel an und brachte Thore damit vorsichtig zu Boden. Der versuchte, sich daraus zu befreien, was ihm nicht gelang.

Bevor er aufgeben und abklopfen konnte, wurden Caspari und Schneider von hinten unsanft zur Seite gestoßen. Zwischen ihnen brach ein wahrer Riese durch und stürzte sich auf die beiden Sparringspartner. Dabei stieß er undefinierbare Laute von sich, die Caspari durch Mark und Bein gingen.

Jin Jang war so erschrocken, dass sie Thore sofort losließ. Der

Riese riss sie von ihm weg und begann, wild zu gestikulieren. Seine Schreie ohne Worte schallten dabei wie eine misstönende Glocke durch den Raum. Einer der umstehenden Soldaten ging von vorn auf ihn zu, sodass der Riese ihn sehen konnte.

»Mensch, Thorsten, das ist doch nur Sparring. Die beiden haben hier ihren Spaß, sonst nichts. Reg dich doch nicht so auf. Beim Kampftraining bist du doch auch kein Kind von Traurigkeit.«

Der Riese hielt inne, dann sah er alle an, als wäre er aus einem Traum aufgewacht. Er zuckte mit den Schultern, half Jin Jang auf die Beine und trottete wieder davon.

Caspari war erschüttert.

»Wer war das?«

»Thorsten Abt«, antwortete Thore, der sich auf die Matte hockte. »Gehört zu meinem Bataillon. Toller Kämpfer und ein noch viel tollerer Kamerad.«

»Was ist mit seiner Sprache?«, wunderte Jin Jang sich.

»Das weiß keiner so genau. Wir kamen in Kundus in einem Dorf in einen Hinterhalt. Die Taliban benutzten die Dorfbewohner als lebende Schutzschilde. Wir standen auf der Nordseite, die anderen auf der Südseite. Jeder schoss, was das Zeug hielt. Da stand plötzlich dieses kleine Kind genau in der Dorfmitte, weinte und schrie laut nach seinen Eltern. Die standen auf unserer Seite und heulten laut auf. Ihre Verwandten hielten sie fest, damit sie nicht in das Schussfeld liefen.

Da sprang Thorsten plötzlich aus seiner Deckung auf und lief auf den Platz. Er packte das Kind und rannte mit ihm im Arm zurück. Die Kugeln prasselten auf seine Schussweste, doch er ignorierte sie. Als er der Mutter das Kind in die Arme gedrückt hatte, zog er mit uns zu unserem Panzerfahrzeug zurück.

Kurz bevor er zu uns aufgeschlossen hatte, schlug hinter ihm eine Granate ein. Wie durch ein Wunder wurde er nicht wirklich schlimm verletzt. Doch das war ein gewaltiger Knall. Etwas in seinen Ohren ging davon kaputt. Seither kann er zwar mit künstlichen Trommelfellen gut hören, aber nicht mehr sprechen. Die Ärzte sagten, durch die Verletzung im Innenohr hätte er

Einblutungen im Sprachzentrum des Gehirns bekommen. Das wäre irreparabel.«

»Deshalb ist er hier?«, wunderte Caspari sich.

»Nein, wegen der Knochenbrüche, die er erlitten hatte. Aber auch deshalb, weil sich die Ärzte mittlerweile nicht mehr so sicher sind, was die Einblutungen betrifft. Professor Brüning soll herausfinden, ob es nicht doch ein psychosomatisches Phänomen ist.«

»Dafür würde seine Reaktion sprechen«, dachte Caspari laut nach.

»Warum ist er eben so ausgetickt?«, hakte Jin Jang nach.

»Keine Ahnung. Seit diesem Tag in Kundus hat er Phasen, in denen er komisch drauf ist. Und außerdem hasst er Nackenhebel.«

Sie verabschiedeten sich und gingen, als sich Casparis Mobiltelefon meldete. Tina war am anderen Ende.

»Christoph, reg dich jetzt bitte nicht auf, wenn ich dir was sage. Auf Clara wurde eine Art Bombenanschlag verübt. Es ist aber niemandem etwas passiert. Allen geht es gut.«

Clara hielt ihre Teetasse mit beiden Händen umklammert und erwartete Caspari. Sie fühlte sich wie eine Ertrinkende im Eismeer. Kälte war in ihren ganzen Körper gekrochen, als ihr nach dem ersten Schrecken bewusst geworden war, was passiert wäre, hätten sie und der Beamte nicht das rote Licht durch die dünne Schneeschicht blinken gesehen. Doch weder der heiße Pfefferminztee noch die Wärme, die die Tasse abstrahlte, konnten ihre eiskalte Angst vertreiben.

Camillo lag zu ihren Füßen und kaute auf einem Büffelhautknochen. Dass die Haustür geöffnet wurde, nahm sie nur am Rande wahr. Caspari stand wie aus dem Nichts vor ihr.

Sie erschrak so heftig, dass sie sich den Tee über die Hände goss. Langsam und ohne ein Wort nahm er ihr die Tasse ab, trocknete mit einem Handtuch ihre Hände und wischte über den Tisch. Sie nahm es so unbeteiligt wahr, als sähe sie einen Film.

Er nahm sie sachte in den Arm. Clara sog seinen Duft ein, roch die kalte Luft, die noch in seinem Sakko lag, spürte seine

Barthaare auf der Haut ihres Nackens und ließ sich fallen. Tränen flossen über ihre Wangen und tränkten sein Hemd. Leise weinte sie wie um Erlösung aus diesem Alptraum.

Sie ließ sich Zeit damit, bis sie sich beruhigt hatte. Das Leben war wieder in sie zurückgekehrt. Der Schrecken entließ sie langsam aus seinem eisernen Griff. Einige Male atmete sie tief durch.

»Was sind das nur für Menschen?«

Caspari zuckte mit den Schultern.

»Die sind so tief im Bösen gefangen, dass wir keinen Zugang zu ihrem Denken, Fühlen und Handeln bekommen. Für mich sind sie mittlerweile nichts weiter als Verbrecher, die ich brechen muss, bevor sie zerstören, was mir lieb und teuer ist.«

»Ja«, sagte sie mit belegter Stimme, »wie auch immer dieses Brechen aussieht. Tue es und mache es richtig. Mir geht allmählich die Puste aus.«

Er lächelte sie verstohlen an.

»Was ist?«, fragte sie.

»Dein irisches Temperament – es boxt sich gerade wieder an die Oberfläche.«

Jetzt musste sie selbst grinsen.

»Aber komme mir jetzt bitte nicht auf die Idee, die Sache selbst in die Hand zu nehmen. Das wäre in der Vergangenheit ein paarmal fast in die Hose gegangen«, mahnte er sie.

»Warum hat Camillo sich nur so sehr für diesen Schneehaufen interessiert?«, wechselte sie das Thema. Auf das unsichere Eis, auf das er gerade gedeutet hatte, wollte sie nicht hinausgehen.

»Die Kriminaltechnik fand Fetzen von blutigem Fleisch rund um den Explosionsort. Die haben Camillo ganz bewusst damit ködern wollen. Wahrscheinlich haben sie gedacht, dass du zu ihm gehst, um zu sehen, wonach er gräbt. Hätte er einen Zentimeter mehr ausgebuddelt, wäre die Mine sofort hochgegangen. Der Restschnee darauf hat die Auslösung verzögert. Wer auch immer das Ding dort platziert und scharfgemacht hat, hat wohl nicht damit gerechnet, dass ihr Blinklicht durch den Schnee schimmert.«

»Wieso hat eine Mine denn überhaupt dieses Licht? Das ist doch kontraproduktiv«, hakte Clara nach.

»Das war eine Testversion oder eine Mine, die potenziellen Käufern vorgeführt werden sollte. Wenn jemand die Dinger kaufen will, ist es hilfreich, wenn er vorher nicht aus Versehen darauftritt.«

Clara atmete tief durch.

»Also sind diese Verbrecher auch nicht perfekt. Die machen auch Fehler.«

»Tja, selbst Leute, die illegalen Waffenhandel betreiben, haben nicht immer den passenden Typ Mine im Bierkeller liegen«, stimmte Caspari ihr zu.

»Wie geht es jetzt weiter?«

»Wir machen mit unseren Ermittlungen weiter wie bisher. Früher oder später liegt die Schlinge um den Hals dieser Bestie …«

Clara sah ihm in die Augen. Wut, Erschöpfung, Sorge und Kampfeswillen sprachen aus seinem Blick. Was er durchmachte, seit er die Ermittlungen der Serienmorde übernommen hatte, musste jeden an die persönlichen Grenzen bringen. Sie nahm sein Gesicht in ihre Hände und gab ihm einen Kuss.

Lange verharrten sie Stirn an Stirn am Küchentisch sitzend. In diesem Moment fühlte sie sich ganz tief mit ihm verbunden. Für einen Augenblick vergaß sie den Anschlag auf ihr Leben. Hier saß sie nun Kopf an Kopf mit dem Mann, in den sie sich vor eineinhalb Jahren verliebt hatte.

Sie hatte sich mit dem Temperament, das sie von ihrer irischen Mutter geerbt hatte, den Mann geangelt, der bei ihrem Anblick kaum einen Ton herausbekommen hatte. Von seiner Schüchternheit hatte er seither viel verloren. Eine Frau, die ihn ansprach, brachte ihn nicht mehr zum Stottern und Schwitzen wie früher.

Das Klingeln des Telefons riss sie aus ihrem Tagtraum. Caspari ließ sie los, stand auf und nahm das Gespräch an.

»Das geht zurzeit leider nicht«, hörte sie ihn sagen.

»Nein, es geht ihm gut«, fuhr er fort. »Die Situation ist etwas komplizierter.« Pause.

»So ein Blödsinn. Selbstverständlich enthalte ich dir Lukas nicht vor«, donnerte er aufgebracht los. Wieder Pause. »Hör mal, Elke, ich weiß nicht, was dein Problem ist. Aber sei versichert: Das hat nichts mit dir zu tun.«

Elke – auch das noch. Zu einem ungünstigeren Zeitpunkt konnte sie nun wirklich nicht anrufen. Zum Ausdiskutieren der Spannungen zwischen Christoph und seiner Exfrau war das alles andere als der richtige Zeitpunkt.

Clara stand auf und stellte sich zu Caspari in den Flur neben die Anrichte, auf der die Telefonstation stand, und hielt ihm fordernd die Hand hin. Er rollte die Augen und gab ihr den Hörer.

»Elke, hier ist Clara. Christoph hat recht. Es geht in den nächsten Tagen wirklich nicht, dass Lukas zu dir kommt oder dass du uns besuchst.«

»Aber warum?«, insistierte Elke.

»Weil wir alle unter Personenschutz stehen.«

»Was?«, schrie Elke durch die Leitung.

»Christoph verfolgt einen Menschenhändlerring. Diese Leute haben uns bedroht, weshalb sich seit vorgestern eine Sondereinheit um unseren Schutz kümmert.«

»Wie könnt ihr Lukas einer solchen Gefahr aussetzen? Ich gehe zum Jugendamt und hole ihn wieder zurück zu mir.«

»Hast du schon einmal darüber nachgedacht, dass du mit deiner Familie in genau der Gegend lebst, in der Jürgen als Polizist täglich ermittelt? Für einen Kriminellen ist es sehr leicht, herauszubekommen, wo dein Mann mit dir und den Kindern wohnt.«

Clara war in Fahrt. Einerseits konnte sie Elkes Sorge um Lukas verstehen, andererseits war ihre Drohung eine vollkommen überzogene Reaktion. Wie konnte sie nur in Erwägung ziehen, die Situation auf dem Weiherhof zu ihren Gunsten nutzen zu wollen.

»Ich dachte, wir wären uns einig, dass Lukas hier lebt, weil er hier leben will«, erinnerte Clara Casparis Exfrau an eine Absprache. »Aber bitte, wenn du willst, gehe nur zum Jugendamt. Die werden dir dort wahrscheinlich etwas in der Art erzählen, was ich dir sage.«

Am anderen Ende der Leitung hörte sie Elkes zorniges Schnaufen. Es war an der Zeit, Brücken zu bauen.

»Hör mal, ich kann gut verstehen, dass du Angst um dein Kind hast. Wir finden die Situation auch nicht gerade witzig. Aber sei versichert, wir sind von den Besten der Besten beschützt. Außerdem hat Christoph mir versichert, dass ein baldiges Ende dieses Spuks absehbar ist. Für Lukas ist das alles hier ein großes Abenteuer. Die Sondereinheit mit ihrer Kampfausrüstung und der ganze Kram. Es geht ihm gut. Sobald die Luft wieder rein ist, kannst du dich natürlich mit ihm treffen.«

»Na gut«, beruhigte Elke sich, »aber wenn das vorbei ist, werden wir uns unterhalten.«

Clara hatte keine Lust, darauf etwas zu erwidern. Sie verabschiedete sich von Elke und legte auf.

»Das hat mir gerade noch gefehlt«, schimpfte sie. Caspari lachte ihr ins Gesicht.

»Was ist daran so lustig, he?«, fragte sie gespielt provozierend.

»Der irische Kobold in dir hat sich wieder zu Wort gemeldet.«

»Eher die Elfe, du alter Ignorant.«

Sie knuffte ihm in die Seite.

»Und jetzt sieh zu, dass du wieder an die Arbeit kommst und diese Agentennummer ein für alle Mal beendest. Ich will mich wieder ohne Minen und Leibwächter bewegen können. Außerdem dürfte Tina zum Eiszapfen geworden sein, so lange, wie sie schon da draußen auf dich wartet.«

Caspari gab ihr einen warmen Kuss. »Mach keine Dummheiten.«

»Versprochen«, erwiderte sie. Nach der Detonation war ihr die Lust an Aktionen auf eigene Faust vergangen. Vorübergehend.

»Wie geht es ihr?«, fragte Tina, als Caspari zu ihr in den Wagen stieg.

Caspari überlegte einen Moment. Was sollte er sagen? Clara war hart im Nehmen. Aber wenn man dem Tod gerade so von der Schippe gesprungen war, konnte selbst sie das nicht einfach wegstecken.

»Natürlich ist sie schockiert. Etwas anderes ist auch nicht zu erwarten. Aber sie kommt den Umständen entsprechend gut damit zurecht.«

»Während du dich um Clara gekümmert hast, hat Anna angerufen«, berichtete Tina. »Den Vormittag über hatte sie ja erfolglos versucht, dieses andere Mädchen zu erreichen. Dann hat sie es mit SMS probiert, worauf diese Evgenia dann endlich reagiert hat. Sie rief vorhin bei Anna an.«

»Haben wir selbst schon Kontakt mit ihr?«

»Noch nicht.«

»Dann lass uns sofort zu Anna ins Krankenhaus fahren.«

»Svenja ist schon dort. Sobald wir im Revier sind, legen wir damit los.«

»Wieso machen wir einen Umweg über das Revier?«, fragte Caspari mit wachsender Ungeduld. Der Anschlag auf Clara hatte ihm erneut vor Augen geführt, wie sehr die Zeit drängte.

»Weil Andreas beim Abhören von Baums Telefon etwas mitgekriegt hat, das extrem wichtig ist«, beruhigte Tina ihn.

Als er den Flur im Polizeirevier betrat, winkte Andreas Sommer ihn schon in den Gruppenraum. Dort begrüßten ihn alle außer Svenja Bauer und erkundigten sich nach Clara. Er erzählte knapp, was passiert war und wie es ihr ging. Dann bat er Andreas Sommer, von seinen Neuigkeiten zu berichten.

»Dieses Gespräch habe ich vor einer halben Stunde abgefangen«, leitete der junge Kollege ein und drückte die Start-Taste des Aufnahmegeräts.

»Baum«, hörte Caspari eine Männerstimme.

»Schreyer hier«, antwortete ein anderer Mann. »Diese Agne hat mich gestern schon wieder angerufen.«

»Was wollte sie?«, erkundigte sich Baum in einem sachlich-kühlen Tonfall.

»Das, was sie schon die ganze Zeit will. Ich soll ihr helfen, einen neuen Pass und eine neue Identität zu bekommen. Sie würde mit den anderen Mädels als Kronzeuginnen gegen den Callgirl-Ring aussagen und so weiter.«

»Hat sie auch wieder gedroht?«

»Na klar. Wenn ich den Nutten nicht helfe, würden sie meiner Frau und der Presse von ihrem kleinen Ausflug mit dem Bundeswehr-Flugzeug erzählen.«

»Die Situation ist so gut wie bereinigt, Herr Schreyer«, beschwichtigte Baum den anderen Mann.

»Das will ich hoffen. Wenn das rauskommt, ist meine Karriere im Eimer. Ihre übrigens auch.«

»Das ist mir bewusst. Sehen Sie nur zu, dass das BKA seine Nase nicht zu tief in die Aufräumarbeiten steckt, den Rest erledigen wir.«

»Aufräumarbeiten? Das ist Massenmord, lieber Herr Baum.«

»Haben Sie allen Ernstes gedacht, die Damen lassen sich von einem erhobenen Zeigefinger und ein paar deutlichen Worten von ihrem Plan abbringen?«

»Ja. Nein. Ach, was weiß ich.«

»Sie müssen auf jeden Fall diese Abteilung des BKA zurückpfeifen. Die sind eine enorme Störquelle.«

»Ich bin Staatssekretär, nicht der liebe Gott. Das Gleiche gilt für meinen Kollegen«, schnauzte Schreyer. »Der BKA-Präsident schirmt diese Einheit nach außen hin vollkommen ab. Ich bin nicht in der Position, ihm Anordnungen zu geben. Rotmann als Angehöriger des Verteidigungsministeriums erst recht nicht.«

»Versuchen Sie es trotzdem«, erwiderte Baum. »Wir haben es fast geschafft. Agne bekommen wir sehr schnell in den Griff. Die anderen Damen sind an sich kein Problem mehr.«

»Was soll überhaupt diese Nummer mit den Leichen, quer über das Land verteilt, nur mit einem Schaltuch bekleidet?«, platzte es aus dem Staatssekretär heraus.

»Reine Ablenkung, glauben Sie mir«, beruhigte Baum ihn. »Näheres weiß ich auch nicht. Aber ich kann Sie beruhigen: Diese Leute wissen, was sie tun.«

Das Gespräch war beendet. Stille legte sich über die Mitglieder aus Casparis Abteilung. Es war Gernot Schneider, der das Schweigen endlich brach.

»Wir müssen diese gesamte Bagage verhaften.«

»Wir informieren den Präsidenten und warten noch mit dem Antrag auf Haftbefehle«, erwiderte Caspari. »Wir lassen die drei beschatten, aber ansonsten weiterhin unbehelligt, damit sie uns noch mehr Details verraten.«

»Aber die vier Mädchen«, widersprach Fuchs.

»So, wie Baum sich ausgedrückt hat, befürchte ich, dass sie schon tot sind.« Es bedrückte Caspari, das eingestehen zu müssen. »Ich vermute, sie haben sie schnell hintereinander umgebracht, als sie merkten, dass wir besser ermitteln, als sie es erwartet haben. Die Organisation wird die Leichen irgendwo gelagert haben. Das dürfte bei dieser Affenkälte kein großes Problem sein.«

Betretenes Schweigen machte sich breit. Caspari musste gegen seine eigene Betroffenheit ankämpfen. Es war an ihm, in diesem Moment etwas zu sagen, das sie aus dem Loch holte, in das sie zu fallen begannen.

»Wir sind nur Menschen. Wir können nicht die ganze Welt retten. Aber Evgenia braucht unsere Hilfe und unsere ganze Aufmerksamkeit. Sie hat ein Recht darauf, dass wir unser Bestes geben, um wenigstens sie vor der Ermordung zu bewahren. Und auch wenn wir die vier anderen Frauen nicht mehr retten können, so haben wir doch gute Aussichten, ihren Mörder beim Ablegen der Leichen zu stellen.«

Marios Augen blitzten.

»Weißt du etwas, das wir nicht wissen?«

»Mit dem Golem hat *unsere Frau Fang* ihre ganz eigenen Erfahrungen gemacht«, erklärte Caspari und sah dabei, wie Jin Jang ein flüchtiges Lächeln über das Gesicht huschte. »Und was das System betrifft, mit dem sie die Leichenfundorte auswählen, so glaube ich zu wissen, wie es funktioniert.«

Plötzlich war der Teufel im Aufenthaltsraum los. Alle riefen durcheinander und fragten, wie Caspari dahintergekommen sei und wie es funktioniere. Mitten in dem Lärm klingelte sein Telefon. Svenja Bauer meldete sich.

»Anna hat Evgenia in der Leitung. Sie ist bereit, sich mit uns zu treffen.«

Mit Blaulicht und hohem Tempo raste Caspari kurz nach dem Abbruch der Besprechung mit seinem Volvo hinter Marios Passat über die A 45.

»Meinst du wirklich, das Mobile Einsatzkommando ist nötig?« Jin Jang stand der Einsatzplanung Casparis kritisch gegenüber. Schneider sah zu Caspari hinüber, der kurz im Rückspiegel Jin Jang anblickte.

»Na klar. Eine angeschossene Zeugin langt mir. Eine Wiederholung brauche ich nun wirklich nicht.«

Schneider stimmte ihm zu.

»Wie Christoph schon sagte: Wenn wir Evgenia orten können, kann die andere Seite das auch. Es ist anzunehmen, dass wir nicht die Einzigen sind, die sie in Gießen treffen wollen.«

»Heuchelheim«, korrigierte ihn Caspari.

Schneider zuckte mit den Schultern.

»Der Ort liegt direkt bei Gießen«, rechtfertigte er sich.

»Und unser Treffen findet in der Gießener Straße statt. In einer Bäckerei mit einem kleinen Café«, ergänzte Caspari.

»Wie ist sie denn auf diesen Treffpunkt gekommen?«, wunderte Jin Jang sich.

»Gießen war ihr zu zentral. Sie meinte, die Organisation würde sie dort aufspüren, bevor wir da wären. Die Bäckerei kennt sie durch ihre Kommilitonin, bei der sie auch untergetaucht ist. Die jobbt dort regelmäßig in den Semesterferien.«

Jin Jangs Wissensdurst schien damit gelöscht zu sein. Doch Schneider hatte noch Fragen in petto.

»Bist du dir wirklich sicher, dass der riesige Elitesoldat der Golem dieser Ärzte ist? Dieser Kleiderschrank wirkte auf mich eher wie eine bedauernswerte Kreatur. So einer bringt doch nicht kalt und sachlich eine Frau nach der anderen um.«

Caspari schien sich eine Weile ganz auf den Verkehr zu konzentrieren, ehe er antwortete.

»So sicher man eben sein kann. In den wenigen Minuten, in denen ich Thorsten Abt erlebt habe, ist mir klar geworden, dass wir den Mörder der Weißrussinnen vor uns haben.«

Schneider fand das merkwürdig.

»Aber er hat ein gegenläufiges Verhalten gezeigt, als er seinen Kumpel in Jin Jangs Nackenhebel gesehen hat. Hältst du das für eine normale Reaktion bei jemandem, der als Profikiller unterwegs ist? Mörder und Friedensstifter in einer Person? Das ist doch eher unwahrscheinlich, oder?«

»Unter normalen Umständen würde ich dir recht geben«, verteidigte Caspari seinen Standpunkt. »Aber für einen erfahrenen Soldaten hat dieser Thorsten Abt die Situation völlig falsch eingeschätzt. Mit dem stimmt etwas nicht. Ich halte ihn für psychisch instabil. Die Annahme, seine Stummheit sei psychosomatisch, spricht für meine Einschätzung. Ich habe vorhin kurz recherchiert. Thorsten Abt war früher in einem Karateverein aktiv. Das Kime beherrscht er mit großer Sicherheit. Außerdem ist er als Militärpolizist ein ausgebildeter Nahkämpfer, der schnell und effektiv töten kann, wenn es sein muss. Und er ist traumatisiert. Für jemanden wie Brüning dürfte es nicht schwer sein, ihn zu manipulieren.«

»Erzähle uns doch noch, wie du das System der Organisation geknackt hast«, bat Jin Jang.

»Später«, vertröstete Caspari sie, »wir sind gleich bei der Bäckerei.«

Sie fuhren auf der Durchgangsstraße in Heuchelheim und bogen rechts ab in die Gießener Straße. An der Wand des linken Eckhauses sah Caspari das Praxisschild eines Orthopäden. Dahinter kam ein Bankgebäude. Vor ihnen lag halb rechts die Bäckerei.

Sie parkten hinter Tinas und Marios Passat. Die beiden waren bereits ausgestiegen und gingen auf den dunkelblauen VW-Bus zu, der auf einem der Bankparkplätze stand. Schneider stieg mit dem Chef und Jin Jang aus. Doch während Caspari ebenfalls den VW-Bus ansteuerte, blieb Schneider stehen und lauschte. Es war ihm, als hätte er ganz in der Ferne ein sehr vertrautes Geräusch gehört. Er konzentrierte sich darauf und nahm es jetzt deutlicher wahr. Das Brummen des Motors und das gleichzeitige Knattern waren unverkennbar.

»Du hast Luftunterstützung angefordert«, rief er Caspari zu, während er ihm folgte.

Der grinste grimmig. »Diesmal überlasse ich nichts dem Zufall. Die Kollegen im Hubschrauber halten die Augen nach einem möglichen Heckenschützen offen.«

Sechs Männer schälten sich aus dem VW-Bus und gaben ihnen die Hand. Schneider nannte seinen Namen, war aber zu sehr darauf konzentriert, die geparkten Wagen und die Häuser nach verdächtigen Hinweisen auf einen Heckenschützen abzusuchen, als dass er sich gemerkt hätte, wie sie hießen.

Er überließ es Caspari, mit dem Gruppenführer das Vorgehen abzusprechen, und tastete mit seinem Blick den verglasten Eingang der Bank ab. Nirgendwo war auch nur ein Hinweis auf einen Schützen im Hinterhalt. Es gab im Grunde nur eine Stelle, an der jemand mit dem Gewehr lauern konnte, ohne dass Schneider ihn sah. Er sah zum Polizeihubschrauber hinauf, dessen Entfernung zu ihnen er auf einhundert Meter schätzte.

Der Pilot meldete sich über Funk und bestätigte Schneiders Bedenken.

»Dr. Caspari, gehen Sie in Deckung! Auf dem Flachdach des Eckhauses liegt ein Mann mit einem Gewehr im Anschlag.«

Durchschaut

Die Tarnung als Dachdecker war perfekt. Juri hatte sich etwas Dachpappe unter den Arm geklemmt und eine Gasflasche mitgenommen. Die Patienten, die im ersten Stock bei der Arztpraxis aus dem Fahrstuhl stiegen, schenkten ihm kaum Beachtung, als er weiter bis in den vierten Stock fuhr, wo sich die Dachluke befand. Flachdächer mussten von Zeit zu Zeit repariert werden, das war nichts Ungewöhnliches. Außerdem wies ihn die moderne Arbeitskleidung als das aus, was er zu sein vorgab – ein Handwerker.

Als er zum zweiten Mal zum Kastenwagen ging, holte er einen Rollstuhl aus dem Laderaum, auf dem ein Mantel und eine

Wolldecke lagen. Im Gepäcknetz hinter der Rückenlehne befand sich der Koffer mit dem sorgfältig in Einzelteilen verstauten Präzisionsgewehr. Er fuhr mit dem Aufzug in den vierten Stock und blockierte mit dem Rollstuhl die Aufzugtür. Nachdem er den Auftrag ausgeführt haben würde, wäre die Verkleidung als Querschnittsgelähmter, der vom Besuch beim Orthopäden oder aus der Physiotherapie kam, die beste Tarnung, um unbehelligt zum Fluchtwagen zu gelangen, den er in einer Parallelstraße abgestellt hatte.

Juri zog sich auf dem Treppenabsatz im vierten Stock eine Sturmhaube über und stieg mit dem Koffer gegen die Brust gedrückt durch die Luke auf das Dach. Er achtete stets sorgfältig darauf, keine verwertbaren DNA-Spuren am Tatort zu hinterlassen. Die Maske und die Handschuhe, die er immer trug, sobald er einen Waffenkoffer in die Hand nahm, hatten bisher verhindert, dass man ihm auf die Spur gekommen war.

Flach auf dem Bauch liegend, öffnete er den Koffer und setzte die Einzelteile des Gewehrs mit geübten Händen zusammen. Er hatte das schon unzählige Male vorher getan. Danach war immer ein Mensch gestorben. Bis die Kette der Perfektion bei seinem letzten Einsatz gerissen war.

Juri klappte die Stützen in der Mitte des Laufs aus und stellte sie auf das Teerdach. Eine Weile nahm er sich Zeit, um das Fernrohr zu justieren. Diesmal dürfte nichts schiefgehen. Fehler wie bei Anna waren ihm zuvor nie passiert. Einen Wiederholungsfall konnte er sich nicht leisten.

Die Scheiben des Cafés waren mit einer Sonnenschutzfolie beschichtet. Er sah die Personen, die an den drei Bistrotischen saßen, zu schemenhaft, um sein Zielobjekt bestimmen zu können. Geduld ist die Tugend des Jägers, ermahnte er sich. Irgendwann muss sie ja rauskommen.

Wenn doch nur dieser verfluchte Ausschlag nicht so wahnsinnig jucken würde. Er rieb, so gut es mit Handschuhen eben ging, durch den Hosenstoff an der Innenseite seines rechten Oberschenkels, an dem sich ein roter Fleck großflächig gebildet hatte. Der Arzt hatte eine allergische Reaktion auf Juris neues

Duschgel diagnostiziert und ihn mit einer Kortisonsalbe nach Hause geschickt. Er hatte heute Morgen vergessen, sie aufzutragen. »Wenn etwas schnell gehen muss, dann lasse dir Zeit.« Noch so ein Sprichwort aus der Zeit seiner Scharfschützenausbildung.

Ein dunkler Kleinbus fuhr die Straße entlang, wendete in Höhe des Cafés und parkte vor dem Bankgebäude. Verdammt, die Polizei war zu früh dran. Er zog das kleine Magazin aus dem Gewehr und schob ein größeres hinein. Man wusste ja nie.

Dann hielten zwei Kombis. Aus dem ersten stiegen eine attraktive Rothaarige und ein südländischer Typ, aus dem anderen ein Wikingerverschnitt, nur mit kurzen Haaren. Neben ihm kamen ein Mann, der sich wie eine Raubkatze bewegte, und eine Asiatin aus dem Wagen. Die Raubkatze reckte den Kopf und tastete jeden Zentimeter Hauswand und Fenster mit ihren Sinnen ab. Er hob den Kopf, als hörte er etwas.

Juri drückte sich auf die Teerpappe, um von unten nicht entdeckt zu werden. Dann hörte er das immer lauter werdende Knattern von Rotorblättern, die die Luft durchschnitten. Verdammt, die Kerle hatten ihre Hausaufgaben gemacht. Er riss sich zusammen und blickte ein letztes Mal durch das Zielfernrohr. Wieder konnte er die Kaffeetrinker nur schemenhaft erkennen. Den Bruchteil einer Sekunde überlegte er, ob er auf alle feuern sollte. Doch diesen Gedanken verwarf er schnell. Das hätte zu lange gedauert. Hier konnte er nichts mehr tun. Er musste abhauen. Die Piloten hatten ihn bestimmt schon gesehen.

Schnell zog er eine flache Glasflasche aus dem Gewehrkoffer und kippte den Inhalt über das Gewehr. Die Säure konnte die Waffe nicht auflösen, aber doch so beschädigen, dass die Kriminaltechnik mit ihr nichts mehr anfangen konnte. Juri robbte zur Dachluke und ließ sich hinuntergleiten. Ihm blieb nicht viel Zeit. Die Hubschrauberbesatzung hatte sicher schon Alarm geschlagen.

Er zog sich den weiten Mantel über die Jacke, dann setzte er sich auf den Rollstuhl und bedeckte seinen Unterkörper mit der Wolldecke mit Schottenmuster. Die Handschuhe schob er sich unter den Mantel und streifte sich stattdessen Radlerhandschuhe über. Das hielt er für glaubhafter.

Juri drückte sich von der Aufzugtür ab, ließ sich in den Fahrstuhl rollen und drückte die Taste für das Erdgeschoss. Die Patienten der Arztpraxis, die im zweiten Stock zustiegen, warfen ihm verärgerte Blicke zu. Er hob entschuldigend die Schultern. Die anderen Fahrgäste schrien auf, als sich die Tür des Erdgeschosses öffnete. Die Raubkatze und ein weiterer Polizist standen mit gezogenen Waffen im Flur.

»Kommen Sie mit erhobenen Händen ganz langsam raus«, befahl die Raubkatze. Die Leute folgten seinem Befehl, auch Juri. Nur dass sein Rollstuhl sich nicht bewegte. Er zwang sich zu einem verlegenen Grinsen.

»Tut mir leid, Herr Kommissar. Seit dem Motorradunfall sind meine Hände meine Füße.«

Der Polizist tastete Juri mit seinem Blick wie mit einem Scanner ab.

»Wo kommen Sie her?«

»Von der Physiotherapie.«

»Haben Sie Papiere bei sich?«

Juri nickte und zog sein Portemonnaie aus der Manteltasche. Der Ausweis war perfekt. Mit ihm war Juri in ganz Europa herumgekommen, ohne dass ein eifriger Gesetzeshüter jemals Verdacht geschöpft hätte.

Die Raubkatze ließ ihn den Ausweis hochhalten und fotografierte ihn mit der Kamera in seinem Mobiltelefon. Dann gab er die Karte zurück.

»In welchem Stockwerk befindet sich die Physiotherapie?«, fragte der Mann, ohne den Blick von Juri zu nehmen.

»Im dritten.«

»Haben Sie irgendjemand aus dem Stockwerk kommen sehen?«

»Nee, tut mir leid. Aber hier ist ja noch das Treppenhaus.«

»Die Kollegen sehen da schon nach.«

»Was ist hier eigentlich los?«, fragte Juri mit Unschuldsmiene.

»Wir haben eine Person auf dem Dach gesichtet, die da nicht hingehört«, antwortete die Raubkatze knapp.

»Kann ich wieder zur Uni?«, fragte Juri mit ruhiger Stimme. »Ich bin sowieso schon spät dran.«

Der Polizist musterte ihn noch eingehender.

»Sind Sie für einen Studenten nicht ein bisschen zu alt?«

»Ich bin wissenschaftlicher Mitarbeiter«, wand Juri sich heraus. »Ich habe gleich ein Proseminar. Die Studenten hauen immer gleich ab, wenn man nicht pünktlich ist, wissen Sie.«

Juri kostete es enorme Kraft, seine Aufregung zu unterdrücken und den arglosen Akademiker mit einer Behinderung zu spielen. Im beheizten Flur des Erdgeschosses begann er in seinen dicken Winterkleidern zu schwitzen. Schwitzen ist gar nicht gut, dachte er. Wenn er schwitzte, war der Juckreiz unerträglich.

»Also gut«, beschloss die Raubkatze. »Fahren Sie zur Uni. Im Laufe des Tages werden meine Kollegen Sie aufsuchen und Sie noch einmal befragen.«

Caspari wartete auf Funknachrichten der Polizisten des Mobilen Einsatzkommandos, die das Gebäude durchkämmten. Die Arztpraxis war sauber. Jetzt war die Physiotherapie-Praxis im dritten Stock dran. Wenn der Heckenschütze irgendwo da oben war, würden sie ihn finden oder ihn direkt auf Caspari zutreiben, der von der offenen Haustür aus die Treppe im Auge behielt.

Schneider kam auf ihn zugelaufen.

»Die Aufzugfahrer waren alle sauber«, sagte er mit halblauter Stimme.

»Dann muss er noch im Gebäude sein«, gab Caspari mehr sich selbst als Schneider zur Antwort. Er blickte auf das Trottoir. Die Leute, die aus dem Fahrstuhl gestiegen und kontrolliert worden waren, kamen aus dem Seiteneingang des Flurs, in dem sich der Aufzug befand.

Sein Blick blieb an dem agilen Mittdreißiger hängen, der sich mit dem Rollstuhl seinen Weg durch die Menschen bahnte, die ihn kaum beachteten.

»Armer Kerl«, kommentierte Schneider. »Motorradunfall und Querschnittslähmung.«

Caspari fiel die wachsende Unruhe auf, die sich im Gesicht des Rollstuhlfahrers abzeichnete. Schneider schien es ebenfalls zu bemerken.

»Der muss an die Uni. Hat gleich ein Proseminar zu halten, sagt er.«

Irgendetwas gefiel Caspari daran nicht. Er wusste, dass es einen Punkt in Schneiders Erklärung gab, der nicht passte. Den Bruchteil einer Sekunde später kannte er die Quelle seines Unbehagens.

»Welches Datum haben wir?«, fragte er ihn.

»Den 27. Februar. Warum?«

»Merkwürdig. Das Wintersemester müsste eigentlich schon vorbei sein. Wenn ich mich recht entsinne, ist ab Mitte Februar vorlesungsfreie Zeit. Proseminare dürften derzeit wohl kaum stattfinden.«

Während Caspari darüber nachdachte, sah er, wie die rechte Hand des Akademikers unter die bunte Wolldecke glitt und er sich intensiv kratzte.

»Ich bin immer davon ausgegangen, dass Querschnittslähmung bedeutet, dass man kein Gefühl in den betroffenen Gliedmaßen mehr hat«, dämmerte es ihm allmählich.

»Ja klar, das ist so«, bestätigte Schneider.

»Wie kommt es dann, dass unser Wissenschaftler einen so heftigen Juckreiz am Bein hat, dass er sich kratzen muss?«

Caspari sah Schneider an, der die Augen weit aufriss.

»Scheiße.«

Sie rannten los. Caspari versuchte, nicht an sein lädiertes Bein zu denken, während er hinter Schneider herstampfte wie ein Flusspferd hinter einem Panther. Der Mann im Rollstuhl hatte bemerkt, dass seine Tarnung aufgeflogen war. Casparis unbeholfene Art zu rennen war wohl doch zu auffällig. Behände sprang der vermeintlich Querschnittsgelähmte auf, warf die Decke von sich und begann zu rennen. Caspari hielt seine Pistole nach oben und feuerte einen Schuss ab.

»Stehen bleiben, oder ich schieße!«

Der Mann griff in seine Manteltasche, zog eine Pistole heraus und begann, in einer blitzschnellen Drehung zu feuern. Schneider, der zwischen Caspari und dem Mann lief, wurde umgerissen. Caspari blieb keine Zeit zum Überlegen. Er feuerte drei Schüsse ab, bei denen der falsche Rollstuhlfahrer jedes Mal zuckte. Schließlich brach er zusammen. Caspari rannte zu ihm und schob mit dem Fuß die Beretta weg, die der Scharfschütze fallen gelassen hatte. Der Mann röchelte noch einmal, verdrehte die Augen und blieb reglos liegen. Caspari hörte Schneider hinter sich keuchen.

»Verdammt, das ist bestimmt eine Rippenprellung.«

Er hielt sich die linke Seite und kam auf Caspari zugehumpelt.

»Wenigstens machen sich die Schusswesten bezahlt.« Schneider beugte sich über den Scharfschützen. »Mist, noch ein Toter. Alles in Ordnung mit dir?«

»Können sich diese Arschgeigen nicht mal einen anderen Polizisten aussuchen, von dem sie sich abknallen lassen?«, machte Caspari sich Luft. Er gab Schneider das Sprechfunkgerät.

»Wir haben einen Verdächtigen erwischt«, sprach der, das Gerät vor seinen Mund haltend. »Letal. Bringt den Einsatz trotzdem zu Ende. Nur für den Fall, dass noch ein zweiter sich im Haus versteckt hält.«

»Geht es euch gut?«, meldete sich Tinas besorgte Stimme durch den Lautsprecher.

»Den Umständen entsprechend«, erklärte Schneider.

»Und der Scharfschütze?«

»Der ist ziemlich tot, würde ich sagen.«

»Wer hat ihn erwischt?«

»Der Boss.«

»Oh nein. Nicht schon wieder.«

Tina klang wirklich betroffen.

Caspari ließ sich von Schneider das Funkgerät geben.

»Habt ihr Evgenia?«

»Sicher und wohlbehalten.«

»Wenigstens das«, raunte Caspari.

Dem Teufel ans Messer geliefert

Evgenia saß wie ein Häufchen Elend auf dem Rücksitz von Casparis Volvo neben Jin Jang. Schneider hatte sich angeboten zu fahren. Caspari hatte dankbar zugestimmt. Nun saß er halb nach hinten gedreht und versuchte, dem Mädchen die Angst zu nehmen.

»Anna wird schon bald das Krankenhaus verlassen können«, begann er mit so viel Ruhe, wie es sein aufgewühltes Inneres zuließ. »Ich sage nicht, dass alles wieder gut wird. Aber Sie werden in Sicherheit hier leben können. Niemand wird Sie noch einmal zu irgendetwas zwingen.«

Die Frau blickte durch das Seitenfenster. Tränen liefen ihr über das Gesicht.

»Hat außer mir und Anna überhaupt eine von uns überlebt?«

Jin Jang legte ihr die Hand auf die Schulter und schüttelte den Kopf.

»Es ist alles meine Schuld«, schluchzte Evgenia. »Meine Idee war es. Peter Schreyer war ein so netter Mann. Ich dachte wirklich, er hilft uns. Aber er hat uns dem Teufel ans Messer geliefert.«

»Sie waren mit ihm in Afghanistan?« Während Caspari fragte, schaltete er sein kleines Aufnahmegerät an und legte es wie beiläufig auf eine Ablage zwischen dem Fahrer- und dem Beifahrersitz.

»Die Kiesling hatte uns alle auf die Reise geschickt. Von einem ›großen Ausflug mit ein bisschen Arbeit‹ hat sie erzählt. Wir haben uns dann in einer Bundeswehrmaschine mit lauter besoffenen Staatssekretären, Journalisten und diesem Herrn Baum wiedergefunden. Ein widerlicher Kerl. Am nettesten waren die Soldaten. Denen war das Ganze total peinlich und – ehrlich gesagt – uns auch. Während die Herren dann in Afghanistan wenigstens so taten, als würden sie arbeiten, kam mir im Hotel die Idee, diesen Trip dafür zu nutzen, um aus dem Callgirl-Ring auszusteigen.«

»Wie haben die anderen darauf reagiert?«, fragte Jin Jang.

»Ein paar hatten Angst. Die anderen aber, also die Mehrheit, fanden, dass das endlich eine Möglichkeit war, dieser Hölle zu entfliehen. Als wir wieder zu Hause waren, habe ich Peter auf seinem Handy angerufen.«

»Woher hatten Sie die Nummer?«

»Die habe ich mir von seinem Smartphone auf meines gezogen, einmal nachts, als er schlief. Ich habe ihn zuerst gebeten, uns zu helfen, aber er lehnte es ab. Dann habe ich ihm gedroht, heimliche Fotos von mir und ihm seiner Frau zu schicken. Da wurde er plötzlich umgänglicher. Er sagte, er werde etwas arrangieren. Aber das könnte eine kleine Weile dauern. Filipa machte es mit Rotmann genauso. Der gab auch nach und erzählte ihr etwas Ähnliches. Wir waren so voller Hoffnung, und dann sind sie alle gestorben.«

»Warum haben Sie sich nicht an die Presse oder an die Polizei gewandt?«, fragte Schneider.

»Wir hatten doch miterlebt, wie dicke die Journalisten mit den Staatssekretären und dem Baum waren. Wir befürchteten, dass man uns abschieben würde, wenn wir damit an die Öffentlichkeit gingen. Wenn man außerdem einen Staatssekretär vom Innenministerium unter Druck setzt, braucht man gar nicht erst zu versuchen, der Polizei seine Geschichte zu erzählen. Sie sehen also, dass unser schöner Plan eine Luftnummer war. Die Sache ging voll nach hinten los. Und jetzt sind sie alle tot.«

Die Stimmung war gedrückt, als sie am frühen Nachmittag wieder im Gelnhäuser Polizeirevier ankamen. Caspari hatte Tina die Aufgabe übertragen, das Gespräch mit Evgenia, das sie auf der Rückfahrt begonnen hatten, zu Ende zu bringen und zu protokollieren.

Mario war im Moment damit beschäftigt, Fuchs, Jung, Bauer und Sommer auf den neuesten Stand zu bringen. Jin Jang hatte den Auftrag erhalten, für Evgenia ein Bett in Annas Krankenhauszimmer zu organisieren. Für eine Diagnose, die das rechtfertigte, würde Caspari zur Not sorgen. »Psychische Dekompensation« war eine Allzweckwaffe, die jeder Arzt diagnostizieren konnte, die eine Einweisung rechtfertigte und die auch mit den Kassen abgerechnet werden konnte.

Die beiden Frauen konnten sich, wenn sie auf einem Zimmer lagen, gegenseitig stabilisieren und bei der Verarbeitung der schrecklichen Erlebnisse, die hinter ihnen lagen, unterstützen.

Weiter vorn im Flur sah Caspari Schneider, der die Tür zu dem Büro öffnete, das er sich mit Jin Jang teilte. Vor Caspari und ihm lag die leidige Pflicht, über die Schießerei in Heuchelheim einen Bericht zu schreiben. Caspari konnte sich nicht daran erinnern, dass ihm sein Beruf jemals so zum Hals herausgehangen hatte.

Sein Rechner summte, als er ihn startete. Während sich der Hintergrund und die Symbole auf dem Bildschirm aufbauten, ging Caspari zu dem halbhohen Aktenschrank, auf den er bei ihrem erneuten Einzug in das Gelnhäuser Polizeirevier seinen CD-Spieler gestellt hatte. Zu Weihnachten hatte Clara ihm dieses Gerät geschenkt. Es war ein klangtechnisches Wunderwerk. So klein es war, so sehr erzeugte es doch die akustische Qualität einer großen Anlage.

Er schob eine CD vom Hilliard Ensemble in den Schlitz. »Morimur« lautete ihr Titel. Er traf Casparis Stimmung. *Morimur* – wir sterben. Zwei simple Worte, die doch so viel Wahrheit in sich bargen. »*Morimur ut mortales, vivimus ut immortales* – wir sterben wie Sterbliche, wir leben wie Unsterbliche.« Dieses Zitat war ihm aus dem Lateinunterricht noch in Erinnerung geblieben.

Wir leben tatsächlich, als wäre unsere Zeit auf dieser Welt unendlich, dachte Caspari. Und mit einem Mal, durch drei Geschosse, die innerhalb von Sekundenbruchteilen in die Brust einschlagen, bleiben von dieser Ewigkeit ein lebloser Körper, zerrissene Innereien und zersplitterte Knochen. Wieder einmal war ich der Vollstrecker der Endlichkeit. Was für eine beschissene Nummer.

Er setzte sich auf seinen Bürostuhl, stellte die Lehne nach hinten, verschränkte die Arme im Nacken und legte die Füße auf den Tisch. Mit geschlossenen Augen lauschte er der Musik. Das Hilliard Ensemble hatte die Musikstücke Johann Sebastian Bachs so zusammengestellt, dass sein Glaubenszeugnis, das er in Noten verewigt hatte, sichtbar wurde.

Den Tod hatte Bach von Karfreitag und Ostern her gedeutet.

Die Zeile »Den Tod niemand zwingen konnt« war förmlich umklammert durch das Credo »Auf meinen lieben Gott trau ich in Angst und Not« und »Christ lag in Todesbanden, für unsre Sünd gegeben, der ist wieder erstanden und hat uns bracht das Leben«. Die Barockvioline, die zwischen den Vokalstücken leichtfüßig und melancholisch zugleich spielte, war wie ein Band, gewebt aus Klängen, das diese Klammer um den Tod so stark zusammenzog, dass von seiner Schreckensgestalt nur noch ein Popanz übrig blieb.

Caspari ließ sich von den engelsgleichen Stimmen und Instrumentenklängen trösten. Er atmete noch einmal tief durch, nachdem der letzte Ton der Aufnahme verklungen war. Den Bericht zu schreiben fiel ihm nun nicht mehr so schwer.

Jin Jang steckte den Kopf zur Tür herein.

»Ich bestelle chinesisches Essen. Willst du auch etwas?«

Caspari sah auf die Uhr. Drei Uhr am Nachmittag. Seinen Hunger hatte er völlig vergessen.

»Ja, das wäre keine schlechte Idee.«

»Worauf hättest du Lust?«

»Keine Ahnung. Irgendetwas Leichtes. Such du für mich aus. Solange es keine Hühnerfüße sind, bin ich mit allem zufrieden.«

Jin Jang rollte die Augen und wollte wieder gehen. Doch Caspari hatte noch etwas auf dem Herzen.

»Wenn das Essen da ist, treffen wir uns alle im Gruppenraum. Nach der Stäbchen-Schlacht will ich euch endlich erklären, wie es sich mit dem Fundort-System verhält.«

Gespräch mit Folgen

Andreas Sommer begann, sich zu langweilen. Nach dem Anruf des Staatssekretärs Schreyer bei Baum hatte es nichts Interessantes mehr gegeben. Die Telefonate, die der Waffenlobbyist seither geführt hatte, waren belanglos für ihre Ermittlung. Schließlich verließ Baum sein Büro.

»Wir folgen ihm«, meldete sich die Observationsgruppe über das Mobiltelefon. Nach einer Weile erreichte Sommer ein weiterer Anruf, in dem ihm mitgeteilt wurde, dass Baum nun in einer Pizzeria sitze. Die Kollegen setzten das Richtmikrofon ein.

»Was darf es denn sein, Signore?«, hörte Andreas Sommer einen Kellner in der Direktübertragung durch seinen Kopfhörer fragen.

»Einen doppelten Espresso, bitte«, antwortete ein anderer Mann, dessen Stimme Sommer als die von Baum identifizierte. »Und einen *Privativo*.«

»Sehr wohl«, antwortete der Kellner.

Wenig später hörte Sommer das Klappern der Untertasse auf der Tischplatte, als der Espresso serviert wurde.

»Sie wollten einen *Privativo*?«, fragte eine dritte Stimme.

»Ich muss mit den Göttern sprechen«, sagte Baum halblaut.

»Mit welchem?«

»Ist mir schnuppe. Mit einem oder mit beiden, völlig egal«, fauchte Baum. »Wie lange soll diese Schneewittchen-Nummer noch gehen? Die Staatssekretäre sind sehr nervös. Das ist nicht gut für das Geschäft.«

»Haben Sie sonst noch mit jemandem darüber gesprochen?«

»Sind Sie wahnsinnig? Natürlich nicht. Ich halte mich an die Absprache. Das müssten Sie doch wissen. Wir arbeiten ja nicht erst seit gestern zusammen«, keifte Baum. »Hören Sie, Schreyer kommt an die BKA-Abteilung nicht ran. Als Staatssekretär ist der eine viel zu kleine Kerze in der Kirche, um die Ermittlungen zu bremsen.«

»Die Polizei wird nichts finden. Der Winter war zu kalt für die Singvögelchen. Sie zwitschern nicht mehr.«

»Alle bis auf eines«, widersprach Baum. »Wenn das auspackt, sind wir alle im Arsch.«

»Warum so nervös? Haben wir bisher denn nicht alle Probleme zu Ihrer vollsten Zufriedenheit gelöst?«, erwiderte der andere mit gespielter Entrüstung.

»Diesmal ist es etwas anderes«, stellte Baum klar. »Ich setze mich morgen für unbestimmte Zeit ins Ausland ab, nur zur Sicherheit. Falls die Bombe hochgeht, bin ich nicht auffindbar. Falls alles ruhig bleibt, ist diese Vorsichtsmaßnahme nichts weiter als ein schöner Urlaub. Egal, wie es ausgeht, ich werde unsere Zusammenarbeit nicht fortsetzen. Mit den Göttern muss ich mich aber heute noch über die Modalitäten meines Ausstiegs unterhalten. Geben Sie das bitte weiter«, insistierte Baum.

»Ganz wie Sie meinen.«

»Ihre Stammpizza und das Mineralwasser, *prego*«, hörte Sommer wieder die Stimme des Kellners. Hatte Baum nicht einen Wein zum Espresso bestellt? Er griff zum Telefon.

»Wer war der Kerl, mit dem Baum eben geredet hat?«, fragte er die Kollegen von der Observation.

»Keine Ahnung. Der ist genauso verschwunden, wie er gekommen ist. Wir haben ihn zuerst für einen anderen Kellner gehalten«, kam zur Antwort.

»Zwei Kollegen versuchen, ihn zu finden. Zu intensiv können wir aber nicht nach ihm suchen, sonst merkt Baum, dass er beschattet wird.«

Andreas Sommer wusste, dass der Polizist vor Ort recht hatte. Jin Jang schaute bei ihm herein und fragte, ob er sich etwas zu essen bestellen wollte. Warum nicht? Wenn Baum sich satt aß, warum sollte er auf sein längst überfälliges Mittagessen verzichten? Er entschied sich für Ente süßsauer. Dann widmete er sich wieder der ereignislosen Beschattung des Waffenlobbyisten aus der Ferne.

Der Signalton seines Rechners holte ihn aus seiner Lethargie. Er öffnete die E-Mail, die von der Observationsgruppe an ihn gesendet worden war. Vier Fotos befanden sich im Anhang. Sommer sah sie sich genau an. Er erkannte den Kellner und Baum. Dessen Gesprächspartner sah er nur von hinten. Der Mann hatte sich so geschickt Baums Tisch genähert, dass die Kamera sein Gesicht nicht hatte einfangen können.

Nach einer Weile hörte er Baum um die Rechnung bitten und bezahlen. Die Kollegen in Berlin folgten ihm sowohl zu Fuß als auch mit Fahrzeugen. Schließlich bekam Sommer die Mitteilung, dass Baum wieder in das Gebäude gegangen sei, in dem sein Büro lag. Durch die Abhörvorrichtungen verfolgte Sommer vom Gelnhäuser Polizeirevier mit, wie er eintrat und auf seinen Schreibtisch zuging. Der Lobbyist ließ etwas auf den Schreibtisch fallen. Es konnten das Portemonnaie und das Smartphone sein. Dann ließ sich Baum ächzend in seinen Stuhl fallen.

Andreas Sommer stellte sich gerade vor, wie er seinen Computer anschaltete, als ein ohrenbetäubender Knall so laut durch die Kopfhörer drang, dass Sommer sie sich vom Kopf riss und für einen Moment nichts als ein hohes Pfeifen wahrnahm. Als er wieder einigermaßen hören konnte, wählte er sofort die Mobilnummer des Kollegen in Berlin.

»Was war das denn, Teufel noch mal? Mir klingelt es ja immer noch in den Ohren«, beschwerte er sich aufgebracht.

»Eine Bombe, verdammt«, kam die atemlose Antwort. »Ich melde mich, sobald wir mehr wissen.«

Die Nachricht sprach sich in Windeseile in der Abteilung herum. Als Caspari wenig später in den Gruppenraum kam, saß Andreas Sommer kreidebleich vor einer Tasse Tee.

Caspari hatte sich die Aufnahme auf Sommers Rechner angehört und mit der Observationsgruppe gesprochen. Sein Kollege war in sich zusammengesunken wie ein Neunzigjähriger nach einer Bergwanderung.

»Das ist doch nicht mehr menschlich«, sagte er, die Augen ins Leere gerichtet. »So etwas tun doch keine Menschen. Das sind Bestien.«

»Du bist ein anständiger Kerl, Andreas«, erwiderte Caspari, während er sich neben ihn setzte. »Solche Taten stammen von Menschen, deren Seele tief vom Bösen durchdrungen ist. Wir können ihre Psyche analysieren, und doch bleibt uns die Dunkelheit, in der sie leben, immer unbegreiflich.«

»Was hat Baum denn getan, dass sie ihn aus dem Weg räumen mussten?«

»Wenn ich die Aufnahmen richtig interpretiere, wollte er

aussteigen. Damit wurde er wohl zum Risiko für seine Geschäftspartner Janus und Hermes.«

»Die Götter«, konstatierte Sommer.

»Ja, die Götter«, wiederholte Caspari sarkastisch. »Doch in Wirklichkeit sind es nur Menschen, die sich anmaßen, außerhalb aller Regeln menschlichen Zusammenlebens zu stehen. Wir werden ihnen ihre Masken herunterreißen und sie als das bloßstellen, was sie sind: durch und durch verdorbene Kreaturen, die weder perfekt noch unsterblich sind.«

Jin Jang kam mit zwei vollen Leinentaschen, aus denen es nach asiatischer Küche duftete, in den Gruppenraum. Der Geruch lockte alle aus ihren Büros an den Tisch.

Caspari kaute genüsslich auf einem Stück Huhn, als Mario die gefräßige Stille durchbrach.

»Die Pizzeria hängt in der Sache drin.«

»Bist du dir sicher?«, unterbrach Caspari sein Essen.

»Absolut.«

»Woran machst du das fest?«

»Privativo«, warf Mario ein.

»Ja und? Das war doch Teil der Bestellung«, unterbrach ihn Sommer.

»Nein, das war ein Codewort. Baum wollte mit dem Kontaktmann unseres Verbrechersyndikats sprechen. Wäre es tatsächlich um Wein gegangen, hätte der Kellner den *›Primitivo‹* erwähnt. Eine Weinsorte namens *›Privativo‹* gibt es nicht.«

Caspari schmunzelte. Was für ein phantastischer Spürhund sein Freund Mario doch war. Selbst die winzigsten Details entgingen ihm nicht.

»Dann muss ich den Kollegen vor Ort noch Bescheid geben, damit sie das Restaurant auseinandernehmen«, stellte er fest.

»Iss ruhig weiter. Das ist schon erledigt«, beruhigte Mario ihn.

Nach dem Essen lüfteten sie den Raum und versorgten sich mit ausreichend Kaffee. Caspari klebte eine große Wanderkarte an die Wand. Sie umfasste den hessischen Spessart, den Vogelsberg und das Kinzigtal dazwischen.

»So eine hängt doch in kleinerem Format an der Tafel«, bemerkte Svenja Schneider.

»Das ist richtig«, bestätigte Caspari. »Doch wie ihr alle sehen könnt, habe ich auf dieser die Leichenfundorte in eine Art Koordinatensystem eingezeichnet.«

Er deutete auf drei ineinanderliegende Quadrate, die er auf die Karte gezeichnet hatte. Auf den Linien waren die Fundorte mit weißen und schwarzen Punkten markiert.

»Die Leichenfundorte liegen alle auf einem dieser Quadrate«, stellte Fuchs fest. »Mehr kann ich daraus aber nicht ablesen.«

»Genau damit kalkulieren Keil und Brüning«, stimmte Caspari ihm zu. »Ihr System ist so durchdrungen von einem menschenverachtenden Zynismus, dass sich ein normal denkender Mensch schwer damit tut, es zu entschlüsseln.«

»Das heißt im Umkehrschluss, dass du nicht normal bist. Du hast es ja geknackt«, stichelte Tina.

»Lass ihn reden, ich komme um vor Neugierde«, jammerte Mario.

»Was mich letzten Endes auf die richtige Spur gebracht hat, waren die zwei Schalfarben«, referierte Caspari. »Wir haben es mit zwei Spielern zu tun, für die ein Golem die Spielsteine besorgt und bewegt.«

»Mensch, das ist ein Mühlespiel«, rief Mario lauthals in den Raum.

»Die beiden Ärzte spielen regelmäßig Mühle«, fuhr Caspari fort. »Wir sind bei jedem Besuch an ihrem Spieltisch vorbeigegangen. Die Stellen, an denen die toten Frauen lagen, entsprechen haargenau den Punkten, auf denen in einem Mühlespiel die schwarzen oder weißen Spielsteine gesetzt werden können.«

»Christoph, weißt du, was du da sagst?«, intervenierte der Kollege Jung. »Menschliche Leichen als Mühlesteine ...«

»Gibt es eine bessere Methode, die Polizei total kirre zu machen?«, hielt Caspari dagegen. Nach vielen Stunden des Überlegens war er sich hundertprozentig sicher.

»Heißt das, du weißt, wo sie die nächste Leiche ablegen werden?«, fragte Jin Jang fasziniert.

»Sagen wir mal so: Ich bin mir sehr, sehr sicher«, sagte Caspari mit erhobenem Zeigefinger. »Ich habe mir im Internet verschiedene berühmte Spielzüge und -verläufe angeschaut. Das Spiel, das ich bei unserem letzten Besuch auf dem Tisch gesehen habe, hat große Ähnlichkeit mit einem der berühmten Spiele der Vergangenheit. Es ist eine alte Zwickmühle.«

Er nahm einen vergrößerten Ausdruck der Zwickmühle vom Tisch und heftete ihn neben die Karte.

»Tatsächlich eins zu eins«, kommentierte Schneider.

»Die neunte Frau, bei der wir leider davon ausgehen müssen, dass sie bereits tot ist und irgendwo gelagert wird, wird auf dem Weg zwischen dem Wächtersbacher Ortsteil Neudorf und Salmünster abgelegt werden. Und zwar genau hier.«

Caspari deutete mit dem Finger auf einen schwarzen Punkt, neben dem eine Neun stand.

»An dieser Stelle verläuft der Weg nicht mehr neben den Bahngleisen. Hier muss der Golem nicht damit rechnen, vom Bahnpersonal gesehen zu werden.«

»Wann wird die Tote dort liegen?«, fragte Fuchs und sah sich dabei in der Runde um.

»Nun, Keil und Brüning können nicht darauf setzen, dass diese extreme trockene Kälte ewig anhält, die die Böden hart wie Beton macht«, sprach Tina ihre Gedanken laut aus.

»Heute oder morgen Nacht«, sagte Caspari mit einer Zuversicht, die keinen Einspruch mehr zuließ. Er war sich absolut sicher.

»Im Klartext: Wir legen uns heute Nacht auf die Lauer und frieren uns die Kronjuwelen ab«, konstatierte Schneider, »und falls wir uns umsonst den Tod geholt haben, liegen wir in der Nacht darauf wieder im Wald.«

»So sehr frieren müssen wir nicht«, widersprach Caspari. »Ich habe dafür gesorgt, dass der Fuhrpark der Klinik rund um die Uhr überwacht wird. Wir werden solange im Warmen sitzen können, bis die Alarmierung der Observationsgruppe kommt.«

»Sitzen zurzeit etwa arme Kollegen in ihren Wagen und starren auf einen Parkplatz?«, fragte Jung.

»Nein, ich habe an den Zufahrtswegen der Klinik Spezialkameras anbringen lassen. Diese kleinen Helfer haben auch Infrarottechnik, sodass wir es ganz schnell erfahren, wenn ein Wagen vom Schloss kommt. Falls sich mitten in der Nacht etwas tut, können wir davon ausgehen, dass der Golem oder wer auch immer unterwegs ist, um eine Leiche abzulegen.«

»Bis die von Schlüchtern nach Neudorf gefahren sind, dauert es ungefähr eine Viertelstunde. Zeit genug für uns, uns auf die Lauer zu legen«, rechnete Scheider aus.

»Ich habe mit den Leuten vom Weidenhof gesprochen«, erklärte Caspari. »Das Restaurant des Bauernhofes hat dienstags geschlossen. Wir können uns dort einquartieren und auf den Alarm warten. Aber die Falle muss zuerst vorbereitet werden. Wir fahren dorthin, sobald die SEK-Einheit eingetroffen ist, die ich angefordert habe.« Er zeigte noch einmal mit dem Finger auf die Stelle auf der Karte.

»Wann hast du das Sondereinsatzkommando angefordert?«, blickte Schneider ihn fragend an.

»Als wir heute Morgen aus der Klinik zurückgekommen sind«, erklärte Caspari.

»Aha, na dann musst du dir wirklich verdammt sicher sein, dass das Spiel heute Nacht weitergeht.«

Caspari nickte schweigend.

»Aber Baum, die Abhöraktion …«, fragte Sommer, noch völlig neben sich stehend.

»… ist mit dem Mann in die Luft geflogen«, unterbrach ihn Caspari. »Um die Pizzeria sollen sich die Kollegen in Berlin kümmern.«

Stille und Schwärze

Einer der Beschützer mit Namen Lutz war ein sehr fortgeschrittener Krav-Maga-Kämpfer. Clara hatte es durch Zufall herausgefunden. Nun trainierte sie seit gut eineinhalb Stunden mit ihm in dem Dojo, das Caspari und Benny sich auf dem Hof eingerichtet hatten.

Clara brauchte diese Abwechslung. Sie musste auf andere Gedanken kommen. Den ganzen Tag über waren die Erinnerungen an die Minenexplosion wieder in ihr Bewusstsein geschwappt. Vielleicht sollte sie sich von Christoph einmal in die Kunst der Achtsamkeit einführen lassen. Solange er sich Zeit für diese Form der Meditation nahm, wirkte er selbst im größten Stress irgendwie ausgeglichen.

Clara hatte vorhin mit ihm am Telefon gesprochen, nachdem er Lukas Gute Nacht gesagt hatte. Christoph war es auch gewesen, der ihr zu diesem Training geraten hatte. Wenn sie an ihn dachte, wurde sie noch unruhiger. Bald schon würde er auf der Lauer liegen, um die Mörderbrut endlich dingfest zu machen. Clara betete darum, dass er und alle seine Leute diese Nacht ohne Schaden überstehen würden.

Lutz war Claas, Claras Trainer, absolut ebenbürtig. Seine Angriffe waren nicht zimperlich. Clara hatte ihre liebe Not, dagegenzuhalten. Doch ihre Erfahrung, das Körpergefühl und die Reaktionsschnelligkeit, die sie beim Boxen gelernt hatte, halfen ihr.

Keuchend fragte sie ihn, ob er mit ihr die Messerabwehr noch einmal üben könnte, die sie von ihrem Trainer gelernt hatte. Lutz nickte, nahm ein Übungsmesser und drückte es Clara, die sich mit dem Rücken an die Wand gelehnt hatte, an die Kehle. Sofort drückte sie mit der einen Hand von außen gegen den Faustrücken des Mannes, während sie mit den Fingern der anderen einen angedeuteten Angriff auf seine Augen ausführte. Er zog den Kopf reflexartig nach hinten und verringerte den Druck auf ihre Kehle. Clara hielt die Messerhand weiter fest im Griff und schlug mit dem anderen Unterarm auf einen Nervenpunkt in der Nähe seiner Armbeuge. Sofort zuckte Lutz zusammen und ging in die Knie. Mit ihren beiden Händen presste sie die Messerhand auf ihre Brust und drehte sich nach außen weg. Durch die Rotation wäre Lutz fast mit dem Kopf gegen die Wand geschleudert worden, wenn Clara ihn nicht im letzten Moment im Nacken am Kragen festgehalten hätte.

»Beeindruckend«, schnaufte Lutz, während er sich den Unterarm an der Stelle rieb, auf die Clara geschlagen hatte.

»Ja, das finde ich auch«, sagte eine fremde Männerstimme mit russischem Akzent hinter ihnen. Erschrocken drehten beide sich in die Richtung, aus der die Stimme kam.

Clara spürte einen stechenden Schmerz in ihrer Brust, der sich wie kochende Lava in alle ihre Gliedmaßen ergoss. Ihr Körper hörte nicht mehr auf sie. Die Lava hatte die Kontrolle übernommen. Clara fiel auf die Knie. Als ihr Kopf auf ihre Brust sank, sah sie kleine Nadeln, die darin steckten. Daran hingen Drähte, die mit dem anderen Ende an einer Art Pistole befestigt waren. Der Besitzer der Stimme hielt in jeder seiner Hände einen dieser Elektroschocker.

Neben ihr zappelte Lutz unkoordiniert. Clara nahm verschwommen wahr, dass auch an seiner Brust Kabel hingen. Dann sank sie in ein Grab aus Stille und Schwärze.

Der Zugriff

Alles war bis ins kleinste Detail abgesprochen. Jeder wusste, wo sein Platz war, wenn die Zeit kam. Nun blieb ihnen nichts weiter übrig, als zu warten. Caspari hatte mit Lukas und Clara telefoniert, bevor sie aus dem Polizeirevier aufgebrochen waren, danach mit seinen Eltern. Sie alle warteten sehnsüchtig auf das Ende dieses Alptraums.

In dieser Nacht mussten Caspari und seine Leute einfach Erfolg haben. Ihnen allen ging mehr und mehr die Luft aus. Er selbst hatte noch nie zuvor solch einen großen Druck auf sich lasten gespürt.

Schweigend aßen sie zu Abend. Die Bedienung des Restaurants »Q« hatte ihnen eine Bauernplatte serviert, die großzügig mit Wurst und Käse aus der eigenen Produktion des Bauernhofes stammte. Es war so leise im Raum, dass Caspari das Krachen der Kruste des frischen Bauernbrotes hörte, als Mario, der neben ihm saß, sie zerkaute.

Nach dem Essen ging er an den dösenden SEK-Kollegen vorbei, schloss seine Kopfhörer an seinem Smartphone an, suchte sich einen Platz an einem der Tische im hinteren Bereich des Raumes, in dem die Lampen ausgeschaltet waren, und begann mit einer »Bergmeditation«. Eine Frauenstimme, die ihn durch die Meditation leitete, gab ihm die Empfehlung, die Qualität eines Berges anzunehmen. Obwohl die Jahreszeiten das Aussehen des Berges beeinflussen und das Licht der unterschiedlichen Wetterlagen ihn sehr verschieden darstellt, bleibt der Berg doch immer er selbst. Unbewegt, in sich selbst ruhend.

Caspari konzentrierte sich auf seine Atmung und nahm das Bild des Berges in sich auf. Er spürte die Anspannung wegen des bevorstehenden Zugriffs. Zweifel streiften sein Bewusstsein. Doch er ließ sich davon nicht ablenken. Keine Gedanken oder Gefühle würden seine Aufmerksamkeit von der Aufgabe ablenken, die vor ihm lag. Er war ganz gegenwärtig in der Erwartung des Alarms, und er würde es auch beim Zugriff sein.

Die Stunden schleppten sich durch die Nacht wie ein halb Verdursteter durch die Wüste auf der Suche nach einer Oase.

Svenja beobachtete die Bilder auf dem Computerbildschirm, die von der Infrarotkamera gesendet wurden. Mitten in die angespannte Ruhe hinein rief sie plötzlich: »Da tut sich was. Ich glaube, es geht los.«

Caspari eilte zu ihr und sah einen Geländewagen, der vom Fuhrpark der Klinik auf den Verbindungsweg zur Straße einbog. Er blickte auf seine Armbanduhr. Es war halb zwei in der Nacht.

»Wo kommt der denn her?«, fragte Schneider hinter ihm. »Bei unserem Besuch dort haben wir uns die Wagen genau angesehen. Der stand nicht auf dem Gelände der Klinik.«

»Wahrscheinlich wurde er in einer abgelegenen Garage geparkt«, überlegte Caspari. »Wie dem auch sei – es geht los.«

»*Finale grande*«, raunte Mario.

Sie stiegen in ihre Autos und fuhren im Konvoi in das Waldstück. An der abgelegenen Stelle, die sie sich am Nachmittag ausgesucht hatten, stellten sie die Wagen ab. Trotz des hellen Lichts des Vollmondes setzten sie sich Nachtsichtgeräte auf. Dann gingen sie los.

Es war wieder unerträglich kalt. Jeder Tritt auf dem vereisten Schnee knirschte und krachte, als würde man Steine mahlen. Die unheilvolle Kombination aus Adrenalin, das in seinen Blutkreislauf schoss, und Minus-Temperaturen ließ Caspari heftig zittern. Er brauchte eine Weile, bis er diese Körperreaktion unter Kontrolle bringen konnte. Verstohlen blickte er zu den anderen. Ihren Gesichtern zufolge versuchte jeder von ihnen, mit der Anspannung zurechtzukommen.

Die beiden Beamten, die Wache gehalten hatten, während Casparis Abteilung und die anderen SEK-Polizisten im Warmen gewartet hatten, begrüßten sie leise.

»Wieso bist du dir eigentlich so sicher, dass die Leiche genau hier und nicht zwanzig Meter weiter abgelegt werden soll?«, raunte Jin Jang.

»Weil die beiden Oldies Pedanten und Korinthenkacker sind«, antwortete Mario für ihn. »Diese Stelle ist genau der Punkt auf dem geografischen Mühlebrett.«

Sie verteilten sich auf die vorab besprochenen Plätze und bildeten damit einen Ring, in dessen Mitte der Rad- und Wanderweg und der vermutliche Fundort lagen. Dann legten sie sich unter Planen, die in einem Winter-Camouflage-Muster gefärbt waren. Die Kälte, die vom Boden aufstieg und durch Casparis Thermokleidung in seinen Körper kroch, war fast unerträglich. Lieber hätte er sich bewegt, als lauernd auszukühlen. Der SEK-Gruppe und seinen Leuten erging es wahrscheinlich genauso.

Das Geräusch eines Dieselmotors erlöste ihn. Endlich war das Warten vorbei; endlich gab es eine Gelegenheit, seinem Adrenalin freien Lauf zu lassen. Und endlich war der Zeitpunkt gekommen, diesen Spuk ein für alle Mal zu beenden.

Vorsichtig lupfte Caspari die Plane. Der Wagen stand in etwa zehn Metern Entfernung. Die Fahrer- und die Beifahrertür wurden geöffnet. Den Fahrer erkannte Caspari nicht. Diesen bulligen Mann hatte er noch nie zuvor gesehen. Doch mit dem Beifahrer hatte er gerechnet. Thorsten Abt war alles andere als eine unauffällige Erscheinung.

Während der unbekannte Fahrer seine Wagentür schloss, blieb Abt unentschlossen auf seiner Seite des Wagens stehen. Der Fremde ging zum Kofferraum des großen Geländewagens und öffnete die Heckklappe. Dann hielt er kurz inne, sodass Caspari schon fürchtete, der Mann hätte sie bemerkt. Doch der ging zur Beifahrerseite und schubste Abt zur Seite.

»Du bist aber auch zu gar nichts zu gebrauchen«, schimpfte er und warf die Beifahrertür zu. Abt reagierte nicht auf die Schelte und stand weiterhin teilnahmslos neben dem Geländewagen.

»Los, hol sie aus dem Kofferraum«, kommandierte der andere. Caspari bemerkte dessen russischen Akzent. Erst jetzt kam Bewegung in den riesigen Soldaten. Er stapfte zur Rückseite des Wagens und zog einen dunklen Sack heraus, den er sich über die Schulter warf. Der Größe und der Form nach musste es ein Leichensack sein.

Sein Kommandeur griff sich etwas aus dem Kofferraum, das wie ein kleines Bündel aussah, und warf die Heckklappe wieder zu. »Komm mit«, befahl er und stapfte los, Abt im Schlepptau. Genau auf dem Platz, den Caspari als neunten Fundort ausgemacht hatte, blieb er stehen.

»Leg das ab«, kommandierte er, worauf Abt den Sack von der Schulter auf den Boden gleiten ließ.

»Hol sie raus«, kam gleich darauf der nächste Befehl, dem Abt widerspruchslos folgte.

Was ist bloß mit dem Mann los?, wunderte sich Caspari. Er reagiert wie eine Marionette. Als hätte er keinen eigenen Willen oder Antrieb. Die Teilnahmslosigkeit und das übrige Verhalten des Soldaten erinnerten ihn tatsächlich an den Golem aus der Prager Legende.

Abt zog indessen den Reißverschluss des Sacks auf und schlug die obere Hälfte zur Seite. Caspari sah eine nackte weibliche

Leiche zum Vorschein kommen. Abt hob sie hoch, während der andere Mann den Sack wegzog. Dann legte er die tote Frau geradezu vorsichtig auf die gefrorene Erde und band ihr einen dunklen Schal um den Hals. Fast zärtlich strich Abt der Toten auf Befehl Haarsträhnen aus dem Gesicht. Dann erhob er sich ungelenk.

Das war der Moment, auf den Caspari und seine Leute gewartet hatten. Die Leiche war soeben genauso abgelegt und mit einem Schal versehen worden wie die acht jungen Frauen zuvor. Caspari zweifelte nicht daran, dass auch ihr das Genick gebrochen worden war.

»Zugriff«, raunte er in sein Mikrofon.

Dann ging alles sehr schnell. Das Sondereinsatzkommando griff routiniert und hart zu. Der Fahrer des Geländewagens versuchte zwar noch, eine Waffe zu ziehen, besann sich aber schnell eines Besseren und legte die Hände in den Nacken. Sofort umstellten ihn drei Beamte.

Thorsten Abt stand daneben und schaute zu, als sähe er einen Kinofilm. Die SEK-Polizisten, die ihn umstellt hatten, nahm er gar nicht wahr. Willfährig ließ er sich auf den Boden legen und nach Waffen durchsuchen.

Caspari wandte seinen Blick von ihm ab und widmete sich der Toten, die Jin Jang bereits untersuchte.

»Der gleiche Modus Operandi, da gibt es keinen Zweifel«, erklärte sie ihm.

»Trotzdem muss die Spurensicherung alles gründlich untersuchen«, erklärte er, »es darf nicht den geringsten Zweifel vor Gericht geben, dass die zwei hier keine Trittbrettfahrer sind.«

»Soll ich in der Zentrale anrufen?«, bot Schneider sich an.

»Ja, mach das«, nickte Caspari. »Die stehen schon bereit und warten auf ein Signal.«

»Komm bitte mal mit«, wandte er sich wieder zu Jin Jang. Die folgte ihm zu den beiden Festgenommenen. Abt und sein Kommandeur wurden gerade wieder auf die Beine gestellt.

»Herr Abt?«, sprach Caspari ihn an. Abwesend sah der Soldat durch ihn hindurch.

»Was hältst du davon?«, fragte er Jin Jang.

»Der ist völlig anders als bei unserer letzten Begegnung. Als wäre er auf Drogen«, wunderte sie sich.

»Was er bestimmt auch ist«, stimmte Caspari ihr zu. »Wir finden heraus, was sie ihm gegeben haben. Sobald wir die beiden auf das Revier gebracht haben, lassen wir ihm Blut abnehmen.«

»Dazu wird es nicht kommen«, mischte sich der Fahrer des Geländewagens ein.

»Ach, und warum nicht?«, fuhr Caspari ihn an.

»Weil gleich Ihr Handy klingeln wird«, antwortete der Mann eine Spur zu gelassen. »Danach wird nichts mehr so sein wie vorher, glauben Sie mir.«

Noch während der Mann das sagte, vibrierte Casparis Mobiltelefon in der Innentasche seiner Winterjacke. Von bösen Vorahnungen gequält, öffnete er den Reißverschluss, zog es mit klammen Fingern heraus und nahm das Gespräch mit Lautsprecherfunktion an, sodass alle mithören konnten.

»Dr. Caspari«, begrüßte ihn eine bekannte Stimme, »wie gut, dass ich Sie erreicht habe. Hier spricht Professor Brüning, wie Sie sicherlich schon selbst bemerkt haben. Sie haben soeben unseren Freund und unseren Knecht festgenommen.«

»Sie haben damit gerechnet«, konstatierte Caspari.

»Mein lieber Herr Doktor«, säuselte Brüning, »selbstverständlich haben wir das. Nachdem Sie dieses Weib in Gießen heil in Ihre Hände bekommen haben, konnten wir uns das ausrechnen. Auch, dass Sie auf unser kleines Spiel kommen würden.«

»Was wollen Sie?«, fragte Caspari unwirsch.

»Ihnen einen Tauschhandel vorschlagen.«

»Was könnten Sie mir schon anbieten?«

Kaum dass Caspari die Frage gestellt hatte, bedauerte er sie. Ihm kam der furchtbare Gedanke, dass er die Antwort schon kannte.

»Wie wäre es mit dem Leben Ihres Sohnes und Ihrer bezaubernden Lebensgefährtin?«, erwiderte Brüning selbstgefällig.

Caspari verschlug es die Sprache. Von allen Alpträumen, die

ihn bisher im Schlaf oder in der Realität heimgesucht hatten, war das der schlimmste.

Mario gab ihm ein Zeichen, dass er telefonisch überprüfen wollte, ob Clara und Lukas sich tatsächlich nicht mehr im Schutz ihrer Bewacher befanden.

»Dr. Caspari?«, zerschnitt Brünings Stimme die Stille in der Leitung. »Wie ich sehe, können Sie es noch nicht so ganz glauben. Wie wäre es mit einer kleinen Hörprobe?«

Caspari hörte ein Husten.

»Christoph, uns geht es gut. Mach dir keine Sorgen«, hörte er Claras belegte Stimme am Telefon.

»Oh doch, machen Sie sich Sorgen«, widersprach Brüning. »Wir haben die beiden nicht aus reinem Spaß an der Freude mit einem enormen Aufwand entführen lassen.«

»Was wollen Sie?«, wiederholte Caspari seine Frage.

»Wie schon gesagt: einen Tauschhandel«, kam die Antwort. »Sie lassen unsere beiden Leute laufen, und wir lassen Ihre Lieben wieder frei.«

»Und ich soll Ihnen glauben, dass Sie das auch tun? Nach allem, was Sie anderen Menschen angetan haben?«, schrie Caspari.

»Aber natürlich. Hier geht es um ein Geschäft. Und bei Geschäften sind wir immer ausgesprochen korrekt und genau«, konterte Brüning ungerührt. »Um ganz sicherzugehen, dass Sie ebenso korrekt agieren, werden Sie meine Mitarbeiter begleiten – und zwar allein.«

»Welche Sicherheiten habe ich?«, fragte Caspari.

»Keine natürlich. Die haben wir ja schließlich auch nicht.«

»Ich kann das nicht allein entscheiden.« Caspari versuchte, Zeit zu schinden. »Das muss der BKA-Präsident genehmigen.«

»Ihre Entscheidung«, kommentierte Brüning kalt. »Dann erschießen wir den Jungen und die Frau.«

»Wer sagt mir, dass der Russe mich nicht nach ein paar Minuten Fahrt erschießt?«

»Pawel hat klare Anweisung, Sie heil und unversehrt bei uns abzuliefern.«

»Das gefällt mir nicht, Christoph«, redete Tina dazwischen.

»Mir auch nicht«, entgegnete Caspari, »aber so, wie es aussieht, habe ich keine andere Wahl.« Er gab den Befehl, Pawel und Abt von den Handschellen loszumachen.

»Geben Sie ihr das Headset, das Funkgerät, Ihr Handy und Ihre Pistole«, forderte Pawel ihn auf und deutete auf Tina. Caspari tat, wie ihm geheißen. Widerwillig machten alle Polizisten, die SEK-Gruppe und Casparis Abteilung Platz, als der Russe und der ferngesteuerte Thorsten Abt zu ihrem Geländewagen gingen.

»Kommen Sie, kommen Sie«, winkte Pawel ihm ungeduldig.

Alle nickten ihm zu. Tina versuchte, ihre Tränen zu unterdrücken. Nur Schneider schien sich den Abschied sparen zu wollen. Caspari sah ihn nicht bei den anderen stehen.

»In bocca al lupo«, sagte Mario, der von irgendwoher aufgetaucht war, und klopfte ihm auf die Schulter. »Im Rachen des Wolfes«, was so viel hieß wie »Ich drücke dir die Daumen«. Wie gern hätte Caspari geglaubt, dass das in diesem Augenblick noch helfen könnte.

»Keine Verfolgung. Nicht mit dem Auto und nicht mit dem Hubschrauber«, stellte Pawel Casparis Kollegen gegenüber klar und blickte auf seine Armbanduhr. »Es ist jetzt Viertel nach zwei. Um diese Zeit ist kein Mensch in dieser gottverlassenen Gegend unterwegs. Das heißt, wir sehen jedes Scheinwerferlicht und hören Rotorengeräusche. Klar?«

Auf Leben und Tod

Auf Pawels Befehl setzte sich Caspari auf den Rücksitz hinter den Beifahrer.

Pawel ließ den Wagen an und begann, ohne den leisesten Anflug von Hast in Richtung Neudorf zu fahren. Immer wieder sah der Russe durch den Rückspiegel zu ihm. Caspari rang mit der Panik, die in ihm aufstieg. Wo immer sie ihn hinbringen würden, er wäre ihnen hilflos ausgeliefert. Ebenso wie Clara und Lukas.

In der Vergangenheit hatte er sich immer wieder mit der Tatsache auseinandergesetzt, dass er eines Tages würde sterben müssen, sei es auf natürlichem Weg im Alter oder durch eine Krankheit, sei es in Ausübung seines Dienstes.

Nachdem er bei einer Schießerei mit Drogendealern als junger Polizist fast sein Leben verloren hätte, hatte er damit begonnen. Er war zu dem Entschluss gekommen, dass er den Tod nicht zu fürchten brauchte. Wenn er sterben würde, könnte er auf ein reiches und interessantes Leben zurückblicken. Auch mit den Tiefpunkten darin konnte er sich versöhnen. Doch die Vorstellung, dass Lukas und Clara vor seinen Augen umgebracht werden könnten, ließ seinen Herzschlag beinahe aussetzen.

Nervös trommelte er mit den Fingern auf das als Armlehne nach unten geklappte Mittelteil der Rückenlehne, als ihn etwas am Ellenbogen berührte. Mit Mühe konnte er einen Aufschrei unterdrücken. Doch Pawel hatte im Rückspiegel gesehen, dass er zusammengezuckt war.

»Gehen dir die Nerven durch, Bulle?«, höhnte er.

Caspari antwortete nicht. Er zwang sich, durch das Fenster auf die Straße zu sehen. Sie hatten Neudorf verlassen und fuhren durch Weilers, einen anderen Ortsteil von Wächtersbach. Pawel richtete seinen Blick wieder auf die Fahrbahn.

Eine Hand fasste Caspari am Oberarm und drückte leicht. Wer konnte das nur sein? Caspari überlegte fieberhaft, wer hinter ihm im Kofferraum liegen mochte. Mit einem Mal wusste er es. Schneider. Es konnte nur Schneider sein. Der hatte vorhin gefehlt, als ihn die anderen hastig verabschiedet hatten.

Als ehemaliger GSG-9-Polizist hatte er eine Fahrt, versteckt im Kofferraum, sicher trainiert. Mario war allerdings auch kurz verschwunden gewesen, bevor er ihm auf die Schulter geklopft hatte. Von wegen Schulterklopfen. Mario war mit der Hand so merkwürdig über Casparis Jacke gefahren, als fiele es ihm schwer, den Freund gehen zu lassen.

Caspari öffnete den Reißverschluss seiner Jacke. Pawel sah ihn kritisch durch den Rückspiegel an.

»Die Autoheizung«, erklärte Caspari, »mir ist warm geworden.«

Der Russe schien mit der Erklärung zufrieden zu sein und sah wieder nach vorn.

Caspari lockerte seinen Schal. Dabei ertastete er etwas Winziges, Knopfähnliches, das dort am Stoff befestigt war, wo der Schal seinen Nacken bedeckte. Mario, der alte Zauberkünstler, hatte ihm unbemerkt eine Wanze untergeschoben, die er aus der Trickkiste in seinem Wagen geholt hatte, während Caspari mit Brüning telefoniert hatte.

Caspari atmete tief durch und überlegte, wie er sich die Unterstützung seiner Freunde zunutze machen konnte. Mario hörte, was im Geländewagen gesprochen wurde. Also musste Caspari so unverdächtig wie möglich dem Russen das Ziel der Fahrt entlocken.

»Wo bringen Sie mich hin?«, fragte er mit rauer Stimme.

»Warum willst du das wissen, he?«, nörgelte Pawel.

»Weil ich wissen will, wie lange ich noch zu leben habe«, antwortete Caspari, der seine Stimme wiedergefunden hatte.

»Kluges Köpfchen, unser Bulle. Weiß, dass er da nicht mehr rauskommt«, sprach Pawel Thorsten Abt an, der immer noch vollkommen teilnahmslos neben ihm saß.

»Kennst du das alte Holzverarbeitungswerk hinter Birstein?«

»Sie meinen das im Fischbörner Wald?«, hakte Caspari nach.

»Eine glatte Eins in Heimatkunde«, bestätigte der Russe.

»Das ist aber verdammt weit weg von der nächsten Autobahnzufahrt. So einfach können Sie von dort nicht abhauen.«

»Wer sagt denn, dass wir den Wagen nehmen, Bulle?«, zischte Pawel. »Und jetzt halt's Maul. Keine Fragen mehr.«

Sie fuhren durch Schlierbach und Neuenschmitten. Der Wald, durch den sie bergauf nach Birstein kamen, wirkte im Mondlicht mit seinen kahlen Bäumen gespenstisch. Als sie Birstein hinter sich gelassen hatten, pochte Casparis Herz mit harten Schlägen. Sie kamen dem Wald hinter Fischborn immer näher. Keine zehn

Minuten mehr, und er würde wissen, wie es Lukas und Clara wirklich ging.

Die weite Landschaft, geprägt von Äckern und Wiesen, glänzte wie mit Zuckerguss überzogen. Der vereiste Schnee warf ein bizarres Licht auf die Hochebene. Dann tauchte rechts neben der Landstraße der Wald auf. An einem weißen Kreuz, das am Waldrand stand, bog Pawel in einen befestigten Weg ab. Ein Wildschwein kreuzte vor ihnen den Waldweg, weshalb der Russe fluchend bremste.

Caspari presste die Kiefer aufeinander, um seine innere Unruhe im Zaum zu halten. Er besann sich auf seine Atmung und konzentrierte sich auf sie. Wenn er völlig aufgelöst aus dem Wagen stieg, war er keine Hilfe für seinen Sohn und seine zukünftige Frau.

Der Wagen bog nach rechts ab und blieb wenige hundert Meter weiter vor einer Halle stehen.

»Steig aus, Bulle«, befahl Pawel mit einem höhnischen Lächeln. »Du auch, Knecht«, fauchte er Thorsten Abt an.

Caspari und der zum Golem verwandelte Soldat folgten dem Kommando.

Böses Erwachen

Ihr war kalt. Sie fror mit jeder Faser ihres Körpers. Man hatte ihr eine Fleecejacke angezogen, während sie bewusstlos gewesen war. Clara drehte sich der Magen um bei dem Gedanken, dass fremde Männer ihren verschwitzten Körper angefasst hatten, während sie nicht Herr über ihre Sinne war.

Die beiden älteren Männer und ein junger Kerl in Tarnkleidung hatten sie und Lukas aus dem warmen Lieferwagen geholt und in dieser kalten, leeren Halle auf Stühle gesetzt. Clara hätte zu gern gewusst, wie es den Polizisten ging, die sie auf dem

Weiherhof bewacht hatten. Um diese Einheit auszuschalten, hatte es sicher mehr Männer bedurft als diesen hageren Typen, dessen Gesicht Clara an eine Ratte erinnerte. Wo war der Rest der Truppe? Hatten die etwa die Halle umstellt?

Lukas, der neben ihr auf einem Stuhl saß, stierte mit müden Augen ins Leere. Obwohl man ihn in dicke Decken gepackt hatte, klapperte der Kleine mit den Zähnen. Er tat ihr so leid. Durch Claras Angst boxte sich allmählich eine unglaubliche Wut. Wut auf das Überfallkommando, das sie entführt hatte. Wut auf die zwei alten Männer, die hinter den Morden und der ganzen Droh- und Einschüchterungskulisse standen. Am liebsten wäre sie aufgesprungen und hätte allen dreien die Fäuste in deren Gesichter getrieben.

Das riesige Holztor wurde ein Stück aufgeschoben. Caspari kam mit versteinerter Miene in die Halle, gefolgt von einem Kerl, der noch größer und breitschultriger war als er.

Dahinter kam der Mann mit dem russischen Akzent. Clara würde sein Gesicht wohl in ihrem ganzen Leben nicht mehr vergessen, egal, ob es heute Nacht zu Ende ging oder noch eine Zukunft hatte. Er war derjenige gewesen, der sie mit dem Elektroschocker außer Gefecht gesetzt hatte.

»So sieht man sich wieder«, konstatierte Professor Brüning, der zusammen mit seinem Kollegen dicht bei ihnen stand.

»Was ist mit meinen Eltern?«, unterbrach Caspari ihn. Clara sah, wie sich seine Hände zu Fäusten ballten.

»Mein lieber Herr Doktor, wir wollen doch die Contenance nicht verlieren«, entgegnete Brüning.

»Sie liegen betäubt in ihrem Bett«, antwortete Keil auf Casparis Frage. »Und bevor Sie fragen – die Personenschützer haben wir auch narkotisiert. Die liegen mit Kabelbindern verschnürt auf Ihrem Gelände. Außer einer Unterkühlung dürften die sich nichts holen.«

»Wenn Sie beide Albert Schweitzer und Mutter Teresa sind, warum stehen wir dann hier?«, provozierte Caspari die Männer. Clara hatte Angst, er könnte den Bogen damit überspannt haben.

»Altruismus liegt uns fern«, konterte Keil, »das war reines

Kalkül. Eine ganze Einheit abzuknallen hätte bedeutet, dass man uns so ziemlich jeden befreundeten Geheimdienst auf den Hals gehetzt hätte. So etwas macht eine Staatsmacht unglaublich wütend. Das wollten wir nicht riskieren.«

»Und Sie glauben, nach dieser Nummer hier hängt Ihnen keiner am Hosensaum?«, widersprach Caspari.

»Doch, aber mit deutlich weniger Aufwand und Engagement«, stellte Brüning klar. »Glauben Sie mir, was solche Dinge betrifft, haben wir jahrzehntelange Erfahrung.«

»Dann wäre ja alles geklärt.«

Clara spürte Casparis Blick auf sich, wagte aber selbst nicht, ihn anzusehen. Ihr war in diesem Augenblick nicht wohl bei dem Gedanken, ihre Augen von den anderen abzuwenden.

»Lassen Sie uns gehen«, forderte Caspari. »Ich habe meinen Teil unserer Übereinkunft erfüllt. Jetzt sind Sie an der Reihe.«

»Oh ja, Sie waren sehr kooperativ. Und wie gesagt: Wir halten uns immer an unsere Zusagen«, stimmte Brüning zu und wandte sich dem Rattengesicht zu. »Michail, geh und starte den Hubschrauber.« Die Ratte nickte und ging zum hinteren Tor.

»Sobald wir in der Luft sind, sind die Dame und der Junge wieder freie Menschen. Was allerdings Sie, lieber Herr Doktor, betrifft, so endet Ihre Lebensreise heute Nacht«, stellte Keil klar.

»Nein«, schrie Clara auf.

»Tut mir leid, junge Frau«, reagierte Brüning. »Ihr Lebensgefährte hat unser nettes kleines Spiel kaputt gemacht. Das können wir nicht ungestraft lassen, das werden Sie doch verstehen.«

Clara hörte ihm nicht mit ihrer ganzen Aufmerksamkeit zu. Ein Geräusch, das von außen eindrang, setzte sich in ihrem Bewusstsein fest. Es hörte sich wie ein leiser Seufzer und ein Scharren auf Betonboden an. Niemand sonst schien es wahrgenommen zu haben.

»Sie meinen die Zwickmühle mit Leichen? Wie krank muss man sein, um so etwas zu spielen?«, reagierte Caspari.

Clara wurde bewusst, dass er versuchte, die Aufmerksamkeit der Verbrecher auf sich zu lenken.

»Ein kleiner Spaß, um die hiesige Polizei an der Nase herumzuführen«, widersprach Keil. »Das hätte auch bis zum Ende geklappt, wenn Sie uns nicht in die Quere gekommen wären.«

»Wenn Sie so genial sind, wie Sie glauben, dann hätten Sie damit rechnen müssen, dass meine Abteilung früher oder später den Ermittlungsauftrag bekommt.«

»Das haben wir auch«, bestätigte Keil, »allerdings konnten wir nicht ahnen, dass Sie und Ihre Leute so gut sind.«

»Sie haben mit der Ermordung der jungen Frauen Ihren Goldesel geschlachtet«, provozierte Caspari. »Die Mädchen haben eine ganze Menge Geld für Sie verdient.«

»Eine sehr lukrative Einnahmequelle, ja«, gestand Brüning. »Doch wir verfügen über noch weitere. Wir werden nicht jünger, wissen Sie. Nach und nach ziehen wir uns aus unseren Geschäften zurück und genießen den Rest unserer Tage als nette, steinreiche Opas.«

»Aber vorher bringen wir dich noch um, Bulle«, fügte Pawel hinzu. »Du hast meinen Neffen abgeknallt. Der Junge hatte noch so viel Leben vor sich. Kannst du mir sagen, wie ich meiner Schwester erklären soll, dass ihr Lieblingssohn tot ist, he?«

»Es war Notwehr. Er hätte nicht auf uns schießen dürfen«, rechtfertigte sich Caspari.

»Ist mir scheißegal. Besser du gehst drauf als Juri«, brüllte Pawel.

»Pawel wird unserem Knecht jetzt befehlen, Sie zu töten«, erklärte Keil vollkommen ungerührt. »Damit Sie sich nicht allzu sehr wehren und damit unsere Krav-Maga-Expertin nicht auf die Idee kommt, Ihnen zu Hilfe zu eilen, wird Pawel unsere junge Pfarrerin mit der Waffe in Schach halten, bis der Spaß vorbei ist.«

»Wir wissen natürlich, dass Sie ein ausgezeichneter Aikidoka sind«, ergänzte Brüning. »Deshalb diese kleine Vorsichtsmaßnahme, damit Sie unsere Pläne nicht ein weiteres Mal durchkreuzen. Angenehme Reise ins Nirwana oder an was Sie auch immer glauben mögen.«

Clara war durch nichts mehr auf ihrem Stuhl zu halten. Sie sprang auf, doch der Russe drängte sie in Richtung der Seitenwand. Dabei zog er eine Pistole mit langem Lauf aus seiner Jacke und hielt sie vor Claras Gesicht.

»Eine dumme Bewegung, und der Junge hat niemanden mehr, der sich um ihn kümmert«, fauchte er. »Ich hätte ja gern mein Messer benutzt. Doch nachdem ich heute Abend gesehen habe, wie du damit klarkommst, haben wir uns für das große Spielzeug entschieden«, fügte er sarkastisch hinzu. Langsam hob Clara die Hände.

»Los, Knecht, bring ihn um«, befahl Pawel Thorsten Abt. Der erwachte aus seiner Erstarrung und ging auf Caspari los. Aus dem Augenwinkel sah Clara, wie Keil und Brüning zufrieden nickten.

»Du kommst gleich nach, sobald er tot ist«, sagte Keil zu dem Russen. »Wir warten im Hubschrauber auf dich.«

Pawel nickte, ohne seinen Blick von Clara abzuwenden.

Clara fiel auf, dass der zum Golem verwandelte Thorsten Abt alles andere als marionettenhaft vorging. Er versuchte, Caspari mit einer Kombination von Schlägen zu treffen. Der wich immer wieder flink aus und bekam einen Arm seines Angreifers zu fassen. Indem er ihn verdrehte, zwang er Thorsten Abt zu Boden.

»Du sollst dich nicht wehren, Bulle«, blaffte Pawel.

Clara spürte, wie Caspari seinen Widerstand aufgab. Der Golem bekam ihn zu fassen, drehte ihn herum, sodass er hinter Caspari stand, legte seinen Arm um dessen Hals und begann, ihn zu würgen.

»Neiiin!«, schrie plötzlich Lukas laut auf, der aus seinem Dämmerschlaf erwacht zu sein schien. »Papaaa!«

Erneut bemerkte Clara die Geräusche im Hof, das Seufzen und Scharren. Pawel musste es auch gehört haben. Er wandte seinen Blick für einen winzigen Augenblick von ihr ab. Mehr brauchte sie nicht. Mit ihrer erhobenen linken Hand schlug sie seinen Pistolenarm nach rechts, wobei sie gleichzeitig nach links auswich. Das Projektil, das er reflexartig abgefeuert hatte, bohrte sich rechts neben ihrem Kopf in die Wand. Sie hielt Pawels Arm fest, zog ihn ein Stück nach unten und schlug kraftvoll mehrere Male mit ihrer rechten Faust auf seine Nase.

»Du Hure!«, schrie Pawel, der seinen Pistolenarm zurückriss. »Meinst du, das hält mich auf?«

Clara versuchte, den Arm festzuhalten, aber der Russe war zu stark und zu gut im Nahkampf trainiert. Die Ohrfeige, die er ihr mit seiner freien linken Hand gab, traf sie völlig unerwartet. Mit Mühe rang sie gegen die Ohnmacht, die sie in einen finsteren Schlund zu ziehen versuchte.

Erwacht

Caspari hatte unterdessen mit seinem Leben abgeschlossen und betete, dass Lukas und Clara tatsächlich lebendig aus dieser Halle herauskommen würden. Da traf ihn der Schrei seines Sohnes wie der Ton eines zu fest geschlagenen Gongs. Der Schwindel ließ sofort nach, und Caspari bemerkte verwundert, dass er wieder Luft holen konnte.

Abt hatte aufgehört, ihn zu würgen. Mit zur Abwehr erhobenen Händen drehte sich Caspari seitlich von dem Soldaten weg und fixierte ihn. Abt stand da wie vom Donner gerührt.

»Der Junge, der Junge«, stammelte er. Dann wanderte sein Blick zu Clara, die versuchte, Pawels Arm festzuhalten. Mit einer Geschwindigkeit, die Caspari dem Mann nicht zugetraut hätte, rannte Abt zu den beiden Kämpfenden. Gleichzeitig kam Schneider durch das hintere Tor gestürmt. Abt war vor ihm am Ziel, gerade in dem Augenblick, als der Russe Clara eine heftige Ohrfeige versetzte. Er packte den Mann und riss ihn weg. Pawel war derartig überrumpelt, dass er sich nicht wehrte. Abt packte den Pistolenlauf und drehte ihm die Waffe aus der Hand. Danach benutzte er den Griff wie einen Hammer, mit dem er Pawel mehrmals heftig auf den Schädel schlug. Schneider zog währenddessen Clara aus der Schusslinie.

Caspari rannte mit wackeligen Beinen zu Lukas, hob ihn hoch und drückte ihn fest an sich.

»Es ist alles gut, Kleiner, es ist alles gut. Gleich ist es vorbei«, flüsterte er dem zitternden Kind ins Ohr.

Abt hatte von Pawel abgelassen, der mit verdrehten Augen auf dem Boden lag.

»Das Kind, das Kind«, stammelte er mit schwerer Zunge. Dann schien er sich gefasst zu haben. »Das Kind im Dorf, der Knall.«

»Sie reden, Mann«, reagierte Schneider, der Thorsten Abt vorsichtig die Waffe abnahm.

»Es tut mir leid. Was immer ich getan habe, es tut mir leid«, entschuldigte sich der Soldat.

»Nein, Mann, Sie trifft keine Schuld. Sie sind selbst ein Opfer«, entgegnete Schneider und klopfte ihm auf die Schulter.

»Wo warst du?«, fragte Caspari Schneider. »Ich hätte dich hier drinnen wirklich gut gebrauchen können.«

»Ich habe hinter dem Tor auf die beste Möglichkeit zum Eingreifen gelauert«, rechtfertigte sich Schneider. »Außerdem habe ich auf Verstärkung gewartet. Dann sah ich den Hubschrauber und hörte, dass sie damit abhauen wollten. Als der Typ im Tarnanzug rauskam, habe ich ihn leise schlafen geschickt. Die Opis im Doppelpack lahmzulegen war da schon ein bisschen schwieriger. Schneller ging es wirklich nicht, Chef.«

Von weiter her drang das Geheul der Sirenen der Einsatzfahrzeuge. Kurze Zeit später glich die alte Halle, in der einst eine Maschine Holzreste zu Briketts gepresst hatte, einem Bienenstock. Allein Caspari stand regungslos da, seinen schlafenden Sohn auf dem Arm und Claras Arme fest um ihn geschlungen.

In einer Festung

Dieser Dienstagmorgen fühlte sich so fremd an wie der widerlich starke Kaffee, den Caspari im Speiseraum des Gasthofes trank. Clara war hundemüde und hellwach zugleich. Gähnend schaute sie in das graue Gesicht ihres zukünftigen Ehemannes.

»Ob der Löffel stecken bleibt, wenn ich ihn loslasse?«, scherzte er, während er Zucker in das Gebräu rührte. Clara musste kichern. Doch die Realität drängte sich mit Wucht in ihre Gedanken zurück.

»Wann ist es wirklich zu Ende?«, kam sie auf den neuralgischen Punkt ihrer Situation zu sprechen. Caspari seufzte.

»Ganz ehrlich – ich weiß es nicht. Um eine Schicht Personenschützer der Bundespolizei lahmzulegen, braucht es sicher zehn oder mehr Profis. Die sind alle noch irgendwo da draußen. Ob die sich ganz zurückziehen und untertauchen, nachdem wir ihre Führung erwischt haben, kann ich nicht einschätzen. Solange das Bild noch verschwommen ist, müssen wir hier ausharren.«

Sie waren noch in der Nacht im Znaimer Hof in Lettgenbrunn untergekommen, einem florierenden Gasthof im Spessart, hinter Bad Orb. Milena und Evgenia waren auf demselben Flur untergebracht wie sie. Das Aufgebot an Polizisten war vonseiten der Bundespolizei und der Polizeidirektion in Offenbach noch einmal deutlich aufgestockt worden. Eine Gruppe bewachte Casparis Eltern, die in das Gelnhäuser Krankenhaus gebracht wurden. Eine große Gruppe hatte den Gasthof in eine Festung verwandelt, und eine weitere hatte das Gelnhäuser Polizeirevier, wo die beiden Ärzte und das Rattengesicht in ihren Zellen saßen, hermetisch abgeriegelt.

»Hast du vorhin mit dem Krankenhaus telefoniert?«, fragte Clara.

»Ja, natürlich«, bestätigte er. »Es geht ihnen den Umständen entsprechend gut. Die Wirkung des Betäubungsmittels ist abgeklungen. Sie bleiben aber noch bis morgen zur Beobachtung dort.«

»Wie gut, dass Benny und Iris zurzeit im Skiurlaub sind«, fiel ihr ein.

»Das kannst du laut sagen.«

»Wann fährst du nach Gelnhausen?«

»Wenn ich diese Plörre endlich herunterbekommen habe.«

»Sei ein bisschen nachsichtiger«, mahnte Clara ihn liebevoll. »Die Leute hier sind auch übernächtigt. Wir haben sie schließlich gegen drei Uhr aus dem Bett geholt.«

»Du hast ja recht.«

Er legte seine Hand auf ihre Wange und sah sie mit rot geränderten Augen an.

»Leg dich wieder ins Bett. Wenn Lukas aufwacht, solltest du fit genug sein, ihm alle seine Fragen zu beantworten.«

Als er nach dem Frühstück aus dem Bad neben ihrem Zimmer kam, sah sie ihm noch zu, wie er sich seine Jacke und Schuhe anzog, die Pistole in das Holster schob, ihr einen Kuss zuwarf und ging. Eine Weile lag sie noch wach, dann gewann die Erschöpfung Oberhand, und sie fiel in einen tiefen, traumlosen Schlaf.

Die Hydra

Es war ein ungewohntes Gefühl, von einer Eskorte zur Arbeit begleitet zu werden. Caspari nahm es einfach hin und starrte auf die Landschaft, die im eiskalten Sonnenschein und dem frostigen Ostwind den Frühling herbeisehnte.

Im Revier trudelte einer nach dem anderen ein. Allen waren die Anstrengung und die Müdigkeit deutlich anzusehen.

»Wenn das alles nicht so brutal ernst wäre, könnten wir auslosen, wer unter uns der Gesichtsälteste ist«, fiel Mario dazu ein.

»Wir müssen einteilen, wer welches Verhör übernimmt«, begann Caspari mit der Planung. »Keil und Brüning sind arrogante Kotzbrocken. Die werden nicht jeden von uns für voll nehmen, so schlecht es auch für sie stehen mag.«

»Wir haben alle studiert«, beschwerte sich Andreas Sommer, »sonst wären wir nicht beim BKA.«

»Das ist richtig. Doch diese Herren sehen euch nicht als gleichwertige Akademiker an«, versuchte Caspari den Kollegen klarzumachen. »Diesen Standesdünkel finde ich selbst ja auch zum Kotzen. Aber wenn wir etwas aus ihnen herausbekommen wollen, müssen wir ihnen das Gefühl vermitteln, dass wir sie ernst nehmen. Ich möchte, dass Gernot und Jin Jang Brüning übernehmen. Du warst mal sein Patient, Gernot. Das ist schon einmal eine kleine Brücke, über die man vielleicht gehen kann. Ich nehme mir Keil vor. Tina assistiert mir dabei. Mario, du wirst beide Verhöre über den Computer mitverfolgen. Wenn der eine etwas anderes erzählt als der andere, brauchen wir sofort deine Rückmeldung.«

»Was tun wir?«, drängte Svenja.

»Ihr knüpft euch Michail vor. Viel werdet ihr nicht aus ihm herausbekommen. Aber einen Versuch ist es wert. Erich und Wolfgang – ihr seht euch den Stand der Dinge bei den kriminaltechnischen Untersuchungen auf meinem Hofgut an. Achtet darauf, dass eine Streife dort bleibt, wenn die Kollegen von der KTU abgezogen sind. Außerdem obliegt euch weiterhin die Koordination des Personenschutzes für alle Beteiligten. Das wäre vorerst alles. Ran an die Arbeit.«

Tina und Caspari brauchten keine Strategie festzulegen, mit der sie Keil befragten. Die Fakten und Beweise lagen klar auf dem Tisch. Es ging jetzt zuallererst darum, das Agenten-Syndikat, dessen Kopf die beiden Ärzte waren, auszuheben.

Keil empfing sie überheblich grinsend im Verhörraum.

»Sie sind ein echter Überlebenskünstler«, meinte er gönnerhaft zu Caspari.

»Meinen Sie, Sie und Ihr Partner sind die Einzigen, die die Gegenseite austricksen können?«, entgegnete er ungerührt.

»Warum sind wir hier? Sie wissen doch schon alles«, wechselte Keil das Thema.

»Das Bild ist noch nicht vollständig«, widersprach Caspari. Er unterhielt sich auf Augenhöhe mit dem überheblichen, in die Jahre gekommenen Akademiker. Das war die wichtigste Karte, die er im Verhör ausspielen konnte und musste. Keil und Brüning hielten sich für die Krone der Menschheit. Wirklich entlocken ließen sie sich nur etwas von anderen Akademikern, die sie als gleichwertig erachteten.

Caspari fand diese Haltung borniert, versuchte aber, sie zu seinem Vorteil zu nutzen.

»Wie geht es Pawel?«, fragte Keil.

»Es sieht nicht gut aus. Er liegt im Koma. Ihr Golem hat ihm ordentlich den Schädel eingeschlagen«, erklärte Tina.

»Mein Golem ...« Keil lachte glucksend. »Wo haben Sie denn diese Bezeichnung her?«

»Von Rosenbaum, mit freundlichen Grüßen«, unterbrach ihn Caspari nüchtern.

»Ah, hätte ich mir ja denken können. Tja, Rosenbaum. Der hat uns so manches Geschäft verdorben.«

»Sie sprechen von illegalem Waffenhandel«, stellte Caspari fest.

»Illegal? Wer sagt das?«

»Das internationale Waffenrecht«, belehrte ihn Tina.

»Ach, hören Sie doch auf. Das heutige Groß-Deutschland verkauft doch auch seine Panzer und Gewehre ungestraft in die ganze Welt. Nur weil es die DDR war, die das früher auch getan hat, ist es natürlich kriminell.«

»Die Bundesregierung unterstützt keine Terroristen, wie die Stasi das getan hat«, widersprach Caspari. »Sie haben den terroristischen Arm der PLO und sogar die RAF mit Geld, Waffen und Ausbildung unterstützt. Das war Ihr Beitrag, im Kalten Krieg den kapitalistischen Westen zu schwächen.«

»Meinen Sie, die CIA oder der BND haben nicht auf ähnliche Weise gegen uns gearbeitet?«, wehrte sich Keil, »das war Krieg, wenn auch ohne Schlachtfelder.«

»Wer ist derzeit noch aktiv in Ihrem Netzwerk?«, verließ Caspari die Thematik.

»Eine ganze Reihe ausgezeichneter Leute.«

»Ich will Namen.«

»Die werden Sie nicht bekommen.«

»Ist Ihnen eigentlich klar, dass Sie bis zu Ihrem Lebensende hinter schwedischen Gardinen sitzen werden? Mit ein wenig Mitarbeit könnte das Leben im Gefängnis wahrscheinlich etwas leichter werden«, bot Caspari an.

»Sie glauben doch nicht, dass wir lange einsitzen werden.«

»Das müssen Sie mir schon ein bisschen mehr ausführen.«

»Mein Kollege und ich sind über siebzig. Unsere Lebensuhr

ist fast abgelaufen. Der Gefängnisaufenthalt ist daher begrenzt. Unser Abgang ist sozusagen vorprogrammiert.«

Caspari ließ diese Worte schweigend auf sich wirken, bevor er sie kommentierte.

»Und das alles, weil Sie Spaß daran hatten, mit Leichen zu spielen.«

»Die Mädchen mussten weg«, gestand Keil, »dieser Geschäftszweig war ans Ende seiner Möglichkeiten gekommen. Warum nicht ein bisschen Katz und Maus mit den Ermittlungsbehörden spielen? Dann hat man wenigstens noch etwas von der Entscheidung, den Singvögeln den Hals herumzudrehen.«

»Allerdings haben Sie sich damit mehr als geschadet. Sie sind aufgeflogen. Ihre Leute im Hintergrund stehen jetzt führerlos da. Der Doppelkopf der Schlange ist abgeschlagen.«

»Mein lieber Dr. Caspari, Sie glauben doch nicht allen Ernstes, unser Netzwerk könnte nicht ohne uns funktionieren. Ganz im Gegenteil. Unsere Leute sind so gut eingespielt, dass alle wunderbar ohne uns weitermachen können. Nach dieser Geschichte mit der Mühle wollten wir uns ohnehin zur Ruhe setzen. Unsere Organisation ist weniger eine Schlange als eine Hydra, der die abgeschlagenen Köpfe sofort wieder nachwachsen.«

»Wie viele Mitarbeiter haben Sie?«, fragte Tina.

»Genug. Ein paar Angehörige des russischen Geheimdienstes und Elitesoldaten des dortigen Militärs. Ein paar alte Gefolgsleute aus der guten alten DDR, ein paar Söldner mit hervorragenden Kontakten in die Krisenherde dieser Welt, wo immer Waffen gebraucht werden.«

»Jetzt, wo Sie Geld auf Kosten Unschuldiger scheffeln, verraten Sie Ihre einstigen politischen Ideale«, griff ihn Tina an.

»Unsere Ideale? Ach Gott, als ob wir je welche gehabt hätten. Wir mussten mit unserer Arbeit Geld heranschaffen, damit Margot Honecker einmal im Monat mit dem Flugzeug nach München zu ihrem Friseur fliegen konnte, während das Volk auf Sparflamme gehalten wurde. Unsere politische Spitze bestand aus Kretins, Tagträumern und Egomanen. Leute wie Honecker oder Mielke glaubten tatsächlich, dass das Volk sie liebt. Eine leuchtende Ausnahme in dieser mit tumben Parolen übertünchten Abrisswohnung DDR war unser Direktor, Schalck-Golodkowski. Er brachte uns alles bei. Bei ihm haben wir gelernt, wie man sich in einem Land bedienen kann, in dem es gar nichts gibt. Wissen Sie, diese ganze rote Sülze war uns doch so etwas von egal. Wir wollten leben, wir wollten raus in die Welt, wir hatten keine Lust auf diesen Käfig …«

»… den Sie mit Ihrer Arbeit lange Zeit halbwegs stabil gehalten haben«, unterbrach ihn Caspari.

»Die einzige Möglichkeit für uns, unsere eigene Freiheit zu sichern.«

»Sie hatten also nie irgendwelche Ideale, die Sie dann später mit der Zwangsprostitution hätten verraten können«, konstatierte Tina.

»Nein.«

»Wie kam es zu der Zusammenarbeit mit Baum?«, wechselte Caspari wieder die Richtung des Verhörs.

»Wir kannten seinen Vorgänger. Der war vor dem Mauerfall Geschäftspartner unserer Abteilung ›Kommerzielle Koordinierung‹ in der Stasi. Als Baum seinen Posten übernahm, führte er die Zusammenarbeit weiter. Nach der Wende waren die Geschäfte noch lukrativer als zu DDR-Zeiten. Wir hatten jetzt mehr Bewegungsfreiheit und konnten die Waffengeschäfte noch besser abwickeln.«

»Wenn die Zusammenarbeit so fruchtbar war – warum musste Baum dann sterben?«, hakte Tina nach.

»Wir kannten ihn wirklich gut. Er wollte abspringen. Er hat durch die Blume gedroht, uns auffliegen zu lassen, wenn wir ihn nicht gehen lassen. Das war sein Fehler.«

»Wir haben das Gespräch beim Italiener in Berlin mitgehört. Uns ist keine Drohung in diese Richtung aufgefallen«, widersprach Tina.

»Wie gesagt, er drohte durch die Blume. Für Mithörer nicht verständlich, für uns eine klare Botschaft, als er die Modalitäten seines Ausstiegs ansprach.«

»Wie ich annehme, haben Sie die Unterlagen, die Sie belasten könnten, schon an sich gebracht«, vermutete Caspari.

Keil zuckte mit den Schultern.

»Noch einmal: Wir kannten ihn wirklich gut.«

»Sie gestehen also, den Mord an Heiko Baum in Auftrag gegeben zu haben«, fasste Tina zusammen.

Keil wirkte mit einem Mal genervt.

»Habe ich das nicht deutlich genug gesagt?«

»Bitte antworten Sie mit Ja oder Nein.«

»Also bitte: Ja.«

»Lassen Sie uns über den Callgirl-Ring reden«, übernahm Caspari wieder die Gesprächsführung. »Wann kamen Sie auf die Idee, die Mädchen aus der Tschernobyl-Region dafür zu missbrauchen?«

»Wir fassten als Ärzte im Westen recht schnell nach der Wende Fuß. Bei Kongressen wurde immer öfter von den Spätfolgen der Reaktorkatastrophe gesprochen. Wir entsandten Pawel dorthin, um zu sehen, ob wir die Situation für unsere Geschäfte nutzen könnten. Als er wiederkam, erzählte er uns von den Tschernobyl-Waisen in Weißrussland und der Ukraine. Da war die Idee geboren, sich Callgirls heranzuziehen. Es war eigentlich ganz einfach. Wir erschufen das Hilfsprojekt als Deckmantel. Ihr Wessis seid ja solche Gutmenschen. Wir hatten keine Probleme, genügend renommierte Kollegen aus den unterschiedlichen Fachrichtungen für die Arbeit zu rekrutieren. Dann gab es ja noch viele andere, Kirchengemeinden, Schulen und so weiter. Keiner hat verstanden, was wir eigentlich vorhatten. Pawel wurde mit den Führungskräften der einzelnen Behörden handelseinig, wir bezahlten eine ordentliche Summe Schmiergeld, und dann fingen wir an, die schönsten, begabtesten und gesündesten Mädchen für ihren Daseinszweck zu erziehen.«

»Was war mit den kränklichen, nicht ganz so hübschen und den weniger schlauen Kindern?«, fuhr Tina dazwischen.

»Die waren für die Tarnung da.«

»Sie mussten einen ganzen Batzen Geld vorab investieren«, vermutete Caspari. »Hat es sich denn gelohnt?«

»Davon können Sie ausgehen. Unser Kundenkreis war der zahlungskräftigste, den Sie sich nur vorstellen können. Wir haben bis zu diesem Flug nach Afghanistan mehr als das Dreifache von dem eingenommen, was wir vor Jahren investiert hatten.«

Caspari war skeptisch.

»Mehr wollten Sie nicht rausholen?«

»Wir wussten, dass der Begleitservice irgendwann auffliegen würde. So lange kann man nicht in diesem Geschäft agieren, ohne aufzufallen. Schon seit einem halben Jahr machten mein Kollege und ich uns Gedanken über den Rückzug aus der Branche.«

»Dann kamen Ihnen die Damen zuvor«, bemerkte Caspari sarkastisch.

»Ja, ist das nicht so etwas wie Vorsehung? Mit ihrem Verhalten lieferten sie uns die Rechtfertigung, sie zu beseitigen«, stimmte Keil zu.

»Wieso mussten Sie Thorsten Abt mit hineinziehen?«, schnitt Tina ihm das Wort ab.

»Er war perfekt für diese Aufgabe«, schwärmte Keil. »Brüning und ich waren uns recht schnell einig, dass seine Unfähigkeit zu sprechen kein organischer Schaden war, sondern als posttraumatische Störung angesehen werden musste. Er brauchte ohnehin Psychopharmaka. Da fiel es nicht auf, wenn wir ihn bei Bedarf in eine willenlose Kreatur verwandelten.«

»Herrn Abt wurde Blut abgenommen. Was immer Sie ihm verabreicht haben – wir finden es«, stellte Tina klar.

Keil lachte auf.

»Was sind Sie doch für eine engagierte Polizistin, Frau Hergenrath.«

Caspari fing Tinas erschrockenen Blick auf.

»Oh ja, ich kenne Ihren Namen und bin über Ihre Liaison mit dem Kollegen Bartholdi bestens informiert. Wie auch über jedes andere Mitglied dieser Abteilung.«

»Und nun sollen wir alle tief beeindruckt und verängstigt vor Ihnen auf die Knie sinken«, hielt Caspari dagegen.

Keil hielt mit einem undurchdringlichen Lächeln gegen die Provokation.

»Um Ihnen das Warten auf die Laborberichte zu ersparen – es war Scopolamin«, fuhr er ungerührt fort. »Eine wunderbare Droge. Sie macht aus einem vernünftigen Menschen einen Handlanger, der nicht mehr Herr über seinen eigenen Willen ist.«

»Eine mörderische Puppe«, meinte Tina.

»Ein Golem«, ergänzte Caspari. »Wie sind Sie auf diese Droge gekommen?«

»Eines der mexikanischen Drogenkartelle war unser Kunde im Sektor Waffenhandel. Bei einem Treffen erzählte mir der Anführer beiläufig von dem Scopolamin. Ich wollte es zuerst nicht glauben. Er gab mir eine eindrucksvolle Demonstration.«

»Eine Demonstration?«

»Seine Männer brachten zwei Gefangene, Mitglieder eines verfeindeten Kartells. Sie waren Brüder. Dem einen wurde die Droge injiziert, der andere wurde festgebunden. Als das Scopolamin zu wirken begann, bekam der Mann den Befehl, seinen gefesselten Bruder zu erwürgen. Er tat es eiskalt und ohne eine Gefühlsregung. Als die Wirkung der Droge Stunden später nachließ, erzählte man ihm, was er getan hatte. Er war so außer sich, dass er darum bettelte, ermordet zu werden.«

»Was für ein Teufelszeug«, kommentierte Tina.

»Deshalb nennt man es in Mexiko auch ›devil's breath‹.«

»Nachdem wir jetzt auch darüber Bescheid wissen, verraten Sie uns doch, wo die Frauen umgebracht wurden. Auf der Haut der Toten fanden sich Spuren von Sand«, drängte Caspari ungeduldig nach vorn.

»Frau Kiesling ließ den Mädchen eine Buchung zukommen. Ein Kunde würde sie in einem Landhotel treffen wollen«, erklärte Keil. »Das war natürlich eine Falle.«

Tina war skeptisch.

»Die Frauen sind darauf eingegangen?«

»Ja, eine solche Buchung war nichts Ungewöhnliches. Viele unserer Kunden können es sich nicht leisten, öffentlich mit einem Callgirl gesehen zu werden. Da ist ein abgeschiedener Landgasthof der perfekte Ort, sich verwöhnen zu lassen. Wir lotsten die Mädchen über Umwege zum Gasthof ›Flörsbacher Höhe‹.

Der ist zurzeit wegen Renovierung geschlossen. Zu unserem Glück kann wegen des starken Frostes dort nicht gearbeitet werden, weshalb der Hof vollkommen verlassen ist. Der perfekte Ort für einen Mord, finden Sie nicht? Abt, oder nach Rosenbaums Sprachgebrauch unser Golem, lag unter einer Tarndecke auf einem Sandhaufen auf der Lauer. Bei seinem Angriff wird sich der Sand an der Haut der Frauen wohl festgesetzt haben. Baustoffe liegen derzeit dort genug herum.«

Caspari hatte genug gehört. Vor ihm saß ein Mann, der jegliches Gefühl von Empathie verloren hatte.

»Sagen Sie mal, schämen Sie sich eigentlich gar nicht?«, polterte er los.

Keil sah ihn zunächst überrascht an. Dann fing er sich wieder.

»Nein«, antwortete er kalt. »Ich habe das gemacht, was ich tun musste, um zu überleben.«

»Von wegen«, widersprach Caspari aufgebracht, »Sie haben auf Kosten anderer Menschen gelebt. Sie haben Leid, Unheil und Zerstörung über andere gebracht. Das ist nicht mit dem Kampf ums Überleben zu entschuldigen. Ihr Leben war nie so bedroht, dass Ihr Handeln auch nur ansatzweise gerechtfertigt wäre. Nein, mein lieber Professor, Sie sind einfach ein böser Mensch, der Böses tut.«

»Ist mir egal«, keifte Keil zurück. »Ich bereue nichts.«

»Haben Sie gar kein Gewissen?«, fragte Caspari mit finsterem Gesicht.

»Ach, hören Sie doch auf. Ich muss niemandem Rechenschaft ablegen. An einen Gott oder an ein Gericht am Jüngsten Tag glaube ich nicht. Wir kommen aus dem Nichts und gehen ins Nichts. Außer einer weltlichen Strafe habe ich nichts zu fürchten.«

»So ganz im Materiellen gefangen«, brummte Caspari. »Sie tun mir leid.«

»Ich habe viele Operationen durchgeführt. Kein einziges Mal habe ich so etwas wie eine Seele entdeckt, als der Patient aufgeschnitten vor mir lag«, argumentierte Keil.

»Schneiden Sie eine Glühbirne auf, finden Sie kein einziges

Lichtteilchen. Und doch entsendet sie viele davon, wenn man den Lichtschalter betätigt. Dann erhellen diese Teilchen den Raum. Würden Sie sagen, es können gar keine Lichtteilchen von der Glühbirne ausgehen, weil Sie keines finden konnten, als Sie sie aufgeschnitten haben? Wenn der Körper stirbt, verlässt die Seele, die vorher eine Einheit mit ihm gebildet hat, ihre Behausung, so wie das Licht aus der Glühbirne hervorgeht.«

»Esoterischer Scheiß«, schnauzte Keil.

»Gedanken eines renommierten Atomphysikers«, widersprach Caspari.

»Das ist irrelevant. Ich werde zu Humus oder Fliegenfutter oder so etwas in der Art, wenn ich unter der Erde liege. Ich gehe im Kreislauf des Lebens auf, ganz ohne die Seele. Und ganz ohne so etwas wie eine ewige Strafe. Ich lebe im Hier und Jetzt. Mir ist es wurst, ob ich andere dabei leiden lasse. Auf mich hat auch nie jemand Rücksicht genommen.«

Caspari raffte seine Akten zusammen und stand auf. »Das war es fürs Erste.«

Tina folgte ihm, sichtlich verdutzt.

»Nur für das Protokoll«, rief Keil ihm hinterher, »wie heißen die übrigen Fundorte, die wir noch bestücken wollten?«

Caspari drückte Tina die Akten in die Hand, drehte sich um, ging auf Keil zu und gab dem alten Mann eine schallende Ohrfeige, die ihn vom Stuhl riss.

»Das war für den Ausdruck ›bestückt‹, Arschloch. Es ging um Menschen, keine abgetragenen Hosen. Für das Protokoll: Der zehnte Fundort wäre eine Stelle bei Biebergemünd, auf der Höhe Niederhof, gewesen, der elfte im Büdinger Loch, der zwölfte auf dem Schulgrund zwischen Gettenbach und Wächtersbach. Zufrieden?«

Keil grinste. Er lag mit feuerrotem Gesicht am Boden.

»Exzellent, wirklich exzellent.«

Mit Tina im Schlepptau verließ Caspari aufgebracht den Verhörraum und überließ Keil dem überrumpelt wirkenden Polizeibeamten, der mit ihnen im Raum gesessen hatte. Auf dem Flur packte sie ihn am Arm.

»Danke, dass du es getan hast. Länger hätte ich diesen ekelhaften Zynismus nicht mehr ertragen. Aber das gibt Ärger, das weißt du.«

Caspari nickte und atmete tief durch.

»Ja, ich weiß. Allerdings war ich das allen schuldig. Meiner Familie und allen Frauen, die unter diesen beiden Kotzbrocken gelitten haben.«

Er legte ihr die Hand auf die Schulter. Dann ging er in sein Büro. Es gab noch etwas, das dringend erledigt werden musste.

Agentenbeichte

Clara zwang sich, den Tag über wach zu bleiben. Mit Lukas spielte sie pausenlos »Uno«, »Mensch, ärgere dich nicht!« und was die Gaststätte noch an Gesellschaftsspielen für Kinder zu bieten hatte. Immer wieder drehten sie kleine Runden an der frischen Luft, begleitet von einer schwer bewaffneten Eskorte. Zwischendurch übte sie mit ihm den Unterrichtsstoff, den seine Klasse gerade durchnahm.

Mit der Dunkelheit kam Caspari samt seinem Personenschutz zurück. Müde aßen sie zu Abend. Dann brachten sie gemeinsam Lukas ins Bett. Caspari las ihm vor, bis der Kleine eingeschlafen war. Dann gingen sie duschen, seit langer Zeit wieder einmal zusammen. Clara genoss es, eng umschlungen mit »ihrem Großen«, wie sie ihn liebevoll nannte, unter einem warmen Wasserschwall zu stehen.

Ihre Haut war gerötet, als sie aus dem Bad kamen. Leise kramte Clara den Föhn aus ihrer Tasche und ging dorthin zurück, wo der heiße Wasserdampf sich auf den Fliesen und dem Spiegel niedergeschlagen hatte. Caspari versuchte, sie beim Zähneputzen anzulächeln. Sie lächelte zurück und fuhr ihm über die feuchten Haare.

Wenig später lag sie in seinem Arm im Bett. Wohlige Erschöpfung durchdrang ihren Körper. Sie sah in Casparis Augen, über denen die Lider langsam nach unten zu gleiten begannen.

Bevor sich seine Augen schlossen, riss der Klingelton seines Mobiltelefons sie beide aus der Halbwelt zwischen Wachen und Schlafen.

Gähnend nahm Caspari das Gespräch an. Er sagte kaum etwas außer »Ja«, »ganz nach Plan«, »wunderbar«. Als er das Gespräch beendet hatte, wirkte er erleichtert, fast heiter.

»Wer außer mir ist imstande, deine Stimmung so zu heben?«, fragte sie neugierig.

»Ich habe heute eine Entscheidung getroffen, die Auswirkungen auf unsere Zukunft hat, wenn alles gut geht.«

Clara richtete sich im Bett auf.

»Was meinst du?«

»Willst du immer so leben? Mit Leibgarde, meine ich?«

»Nein, bloß nicht. Das wäre der Horror.«

»Genau. Doch diese alten Stasi-Knochen werden uns nie in Frieden lassen, solange sie leben. Außerdem haben die beiden vor, sehr alt zu werden. Vor allem außerhalb des Gefängnisses.«

»Woher weißt du das?«

»Eine Bemerkung von Keil beim Verhör hat alle Alarmglocken in mir läuten lassen. Er sagte, er und sein Kollege würden nicht besonders lang in Haft bleiben. Dann relativierte er die Aussage und bezog sie auf ihr Alter. Doch mir war nicht entgangen, was er meinte, wirklich meinte, verstehst du?«

»Du meinst, er will mit seinem Kompagnon ausbrechen?«

»Ja, mit ihrem Netzwerk von ehemaligen Agenten, Elitesoldaten und Exsöldnern scheinen beide keine Schwierigkeiten zu haben, dort wieder rauszukommen.«

»Du glaubst ihm?«

»Aber selbstverständlich. Die Disponentin des Callgirl-Rings kam in ihrer ersten Nacht im Untersuchungsgefängnis ums Leben. Jemand hatte Gift für sie in die Zelle geschmuggelt. Es gibt keinen Anhaltspunkt für einen Verdacht. Dieser Tod wird nie aufgeklärt werden, glaube mir.«

Clara wurde flau im Magen.

»Wieso bist du nach dem Anruf so erleichtert? Das sind doch alles schlimme Aussichten.«

»Schon während des Verhörs, in dem Augenblick, in dem Keil das gesagt hatte, fasste ich einen Entschluss: Ich will keine Angst mehr um meine Familie haben müssen, nie mehr. Also ging ich im Anschluss an das Verhör in mein Büro und rief Samuel Rosenbaum an, einen leitenden Mossad-Agenten in Deutschland. Ich erzählte ihm, dass wir die Köpfe des Syndikats hätten, das dem Mossad so viele Jahre riesige Schwierigkeiten und Verluste bereitet hat.«

»Wie kann der israelische Geheimdienst uns in dieser Lage helfen?«

Um Casparis Mund spielte ein schelmisches Lächeln.

»Er kann das tun, was dem Verfassungsschutz nicht möglich ist. Er kann die beiden Ärzte entführen.«

»Die sitzen doch aber in den Zellen im Gelnhäuser Polizeirevier«, widersprach Clara.

»Nicht mehr. Sie wurden von einem Gefangenentransport abgeholt, der beide ins Untersuchungsgefängnis bringen sollte. Doch Keil und Brüning sind nie dort angekommen.«

»Sind sie geflohen?«, rief Clara aufgeregt.

»Nein«, beruhigte Caspari sie. »Der Gefangenentransport war mit Mossad-Agenten besetzt. Ich hatte die beiden und ihren russischen Helfer in den Zellen auf ihren Abtransport zum Gefängnis warten lassen, während Rosenbaum alles organisierte. Am späten Nachmittag war es dann so weit. Die Mossad-Agenten kamen in echten Polizeiuniformen, legten die richtigen Dokumente vor und nahmen die drei Männer mit.«

Clara war skeptisch.

»Und du bist dir sicher, dass es nicht Leute vom Syndikat waren?«

»Wir hatten eine Losung vereinbart. Einer der Agenten sagte zu mir den Satz: ›So kalt hätte es mal an Weihnachten sein sollen.‹ Und ich antwortete: ›Dann hätte die Gans auch besser geschmeckt.‹«

»Das hat funktioniert, ohne dass Mario oder Gernot Schneider das bemerkt haben?«

»Nein, die beiden haben sofort Lunte gerochen. Doch ich konnte sie beruhigen, bevor die Häftlinge aus den Zellen gebracht wurden. Als der Gefangenentransport losgefahren war, habe ich sie eingeweiht.«

»Nur die beiden?«

»Klar. Was ich getan habe, ist Beihilfe zu einer Entführung. Das ist gegen das Gesetz. Aber es ist die einzige Möglichkeit, euch und auch mich zu schützen. Solange Keil und Brüning, zusammen mit ihrer ganzen Brut, auf freiem Fuß sind, werden wir nie sicher vor ihnen sein.«

»Welche Informationen hast du eben am Telefon erhalten?«

»Die zwei Ärzte und dieser Michail sitzen an Stühlen gefesselt in einem Weinkeller im Rheingau und werden verhört.«

»Und? Reden sie?«

»Sie singen wie die Vögelchen.«

»Drei gut trainierte Exagenten legen Beichte ab? Das kann ich kaum glauben. Werden die etwa gefoltert?«

»Nein, um Himmels willen. Sie erfahren jetzt nur, wie es ist, willenlos zu sein. Genauso wie Thorsten Abt. Der Mossad hat Brüning und Keil Scopolamin gespritzt, eine Psychodroge, mit der sie Abt zu ihrer willenlosen, mordenden Kreatur gemacht haben. Abt konnte nicht reden, er war ja stumm. Doch dieses Zeug lässt sich auch hervorragend als Wahrheitsserum einsetzen. Zusammen mit den Informationen auf dem USB-Stick, den ich einem der beiden Fahrer heute Nachmittag zugesteckt habe, haben die Israelis so viele neue Informationen und Erkenntnisse gewonnen, dass ihnen die Ohren rauschen.«

»Du hast eure gesamten Ermittlungsakten auf einen USB-Stick kopiert und ihnen mitgegeben?«

Clara war fassungslos.

»Natürlich. Je schneller dieses verdammte Agenten-Netzwerk auffliegt, umso besser. Dann gibt es ein Verbrechersyndikat weniger auf der Welt, das illegal Waffen verkauft und Mädchen in die Prostitution zwingt.«

»Was sagt der BKA-Präsident dazu? Weiß er davon?«

»Von mir hat er kein Sterbenswörtchen zu hören bekommen. Er ist allerdings eng mit Herrn Rosenbaum befreundet und wurde von ihm informiert. Im Übrigen kann er es auch nur schwer ertragen, dass einer seiner Kriminaldirektoren mit seiner Familie lebenslangen Personenschutz braucht. Herr Fuhr verfährt in dieser Angelegenheit nach dem Motto ›Mein Name ist Hase, ich weiß von nichts‹.«

»Wie lange, meinst du, haben wir also noch diesen Schutz nötig?«

»Maximal drei Wochen, denke ich. Wenn der Mossad heute Abend mit so großen Schritten vorankommt, dann sind die Mitglieder des Netzwerkes schneller von der Bildfläche verschwunden, als du denkst.«

»Werden sie umgebracht?« Clara war schockiert.

»Nur, wenn sie sich nicht ergeben. Ansonsten landen sie für den Rest ihrer Tage in israelischen Gefängnissen wegen Waffenhandels mit den Palästinensern.«

»Das geht so einfach?«

»Nicht ganz einfach. Aber in diesem Fall drücken der Verfassungsschutz und der Bundesnachrichtendienst beide Augen zu. Du weißt ja: Eine Hand wäscht die andere.«

Clara sah Caspari lange schweigend an. Hatte er keine Gewissensbisse?

»Ob ich ein schlechtes Gewissen habe?«, erriet er ihre Gedanken. »Ja, ein bisschen schon. Aber weißt du, das hier ist kein kleines Scharmützel. Wir sind in einen Krieg gegen einen übermächtigen Gegner hineingeraten. Wenn wir uns nicht die Hilfe eines starken Partners zu dessen Konditionen geholt hätten, müssten wir immer mit der Angst leben, und die Schlacht wäre für immer verloren. Es war eine Güterabwägung, und ich habe eine Entscheidung getroffen, die mir ›der alte Herr da oben‹ hoffentlich verzeiht.«

»Bestimmt tut er das«, flüsterte sie in sein Ohr. Dann legte sie ihren Kopf auf seine Brust. Ein Gefühl von Sicherheit und Frieden, wie sie es in den vergangenen Wochen nicht mehr gespürt hatte, ließ sie schnell einschlafen. Dass Caspari ihr mit seiner Hand sanft durch das Haar fuhr, bekam sie nicht mehr mit.

Missbrauchter Golem

Clara war auf Casparis Bitten hin mitgekommen, als er in die Klinik nach Schloss Ramholz fuhr, um Thorsten Abt zu besuchen. Der Riese saß auf der Bank in einem Erker und starrte mit traurigen Augen auf die eisige, in Sonnenlicht getauchte Winterlandschaft.

»Sie sind auch hier?«, sagte er und sah Clara überrascht an.

»Ja, in doppelter Funktion. Zum einen als Entführungsopfer, dem Sie geholfen haben. Zum anderen als Seelsorgerin.«

»Wie die Militärpfarrer«, stellte er fest.

»So in etwa.«

Sie setzte sich zu ihm. Caspari hielt sich diskret im Hintergrund.

»Sie tun sich schwer, mit dem Geschehenen fertigzuwerden«, begann Clara.

»Klar. Ich habe mich in ein Monster verwandelt. Ich habe Menschen umgebracht. Lauter unschuldige junge Frauen habe ich getötet. Wie kann ich je wieder meiner Frau unter die Augen treten? Was wird sie nur von mir denken? Ich bin ein Serienmörder.«

Tränen liefen ihm bei diesen Worten über die Wangen.

»Nein. Das haben Sie nicht«, widersprach Clara. »Umgebracht haben sie die Menschen, denen Sie vertrauten, die Professoren Keil und Brüning, zusammen mit diesem Pawel. Sie sind kein Mörder, Herr Abt. Sie sind selbst ein Opfer.«

»Aber ich habe ihnen das Genick gebrochen. Es waren meine Hände, verstehen Sie?«

»Sie waren nur das Werkzeug, ohne eigenen Willen und ohne

Steuerungsfähigkeit. Die Waffen waren die bösen Gedanken und Taten der Männer, die Sie unter Drogen gesetzt haben. Sie waren nichts anderes als eine Greifzange, mit der man etwas ausführt, wozu man seine Hände nicht benutzen will.«

Abt betrachtete schweigend seine großen Hände. Dann rieb er die beiden Handteller aneinander.

»Es ist, als müsste ich das Blut der Frauen wegwischen. Aber es kommt immer wieder zurück.«

»Thorsten Abt, Sie sind ein guter Mensch«, sagte Clara mit fester, ruhiger Stimme. »Dass Sie sich mit der Geschichte quälen, beweist, dass Sie ein Gewissen und eine liebevolle Seele haben. Niemand gibt Ihnen die Schuld. Es wird noch nicht einmal Anklage gegen Sie erhoben.«

»Und doch fühle ich mich schuldig.«

»Es gibt da einen, der die Wahrheit kennt, der weiß, dass Sie ein guter Mensch sind, den keine Schuld trifft.«

»Wirklich?«

»Wirklich. Mensch, haben Sie denn vergessen, dass Sie Ihr Leben aufs Spiel gesetzt haben, um ein Kind heil aus dem Kugelhagel zu holen?«

»Das hätte jeder andere doch auch an meiner Stelle getan.«

»Unsinn. Fragen Sie mal einen Ihrer Kameraden, ob er in diesem Augenblick den Mut und die Liebe gehabt hätte, das zu tun. Sie sind doch als Einziger aus der Deckung gesprungen und haben das Kind heil zu seinen Eltern gebracht.«

»Sie tun gerade so, als wäre ich ein Heiliger.«

»Wahrscheinlich sind Sie das auch.«

»Unsinn.«

»›Niemand hat größere Liebe als die, dass er sein Leben lässt für seine Freunde.‹«

»Wer sagt das?«

»Diese Worte stammen von Jesus. Sie waren bereit, Ihr Leben für das des Kindes zu opfern. Also sind Sie ein Heiliger.«

Clara drückte ihm ein Holzkreuz in die Hand, das an einem Lederband befestigt war, in das kunstvoll Knoten eingearbeitet worden waren.

»Reden Sie mit Gott. Er kennt Ihren Kummer und Ihr Herz. Halten Sie sich am Kreuz fest, wenn es Ihnen dreckig geht, mit den Händen und im Gebet. Das hilft, glauben Sie mir.«

Der Riese betrachtete das Geschenk in seiner Hand, hängte es sich um den Hals und schob es unter seinen Pullover. Dann lächelte er verstohlen und blickte wieder aus dem Fenster.

»Werde ich je wieder als Feldjäger arbeiten können?«

»Die Aufgabe eines Polizisten ist es, Leben zu schützen und den Schwachen beizustehen«, antwortete Clara. »In Afghanistan haben Sie bewiesen, dass das Ihre Bestimmung ist, und in jener Nacht, als Sie diesen Pawel von mir weggerissen haben, auch. Was brauchen Sie noch, um an sich selbst zu glauben?«

»Meine Frau vielleicht, wenn sie mich noch als Ehemann haben will.«

»Das will sie. Sie hat nie aufgehört, das zu wollen. Selbst in der Zeit, in der Brüning sie nicht zu Ihnen gelassen hat, hat sie Sie nicht aufgegeben.«

»Woher wissen Sie das?«

»Ich habe mit ihr gesprochen. Sie ist heute Morgen in aller Herrgottsfrühe losgefahren, um jetzt hier zu sein. Sie sitzt im Foyer und wartet auf Sie.«

Abt stand unsicher auf und sah in Richtung des Empfangs.

»Na los, nun gehen Sie schon«, ermutigte Clara ihn.

Langsam machte er sich auf den Weg zu seiner Frau. Dann hielt er kurz inne. »Danke.«

»Nein, ich danke Ihnen.«

Clara spürte Caspari hinter sich. Mit einem tiefen Gefühl des Glücks drehte sie sich zu ihm um. »Armer Kerl«, sagte sie.

»Er wird es schaffen.«

»Das wird ein langer Weg.«

»Niemand hat gesagt, dass es einfach ist. Du hast ihm gezeigt, dass er ein guter Mensch ist. Das trägt ihn über die schweren Stunden.«

»Apropos ›schwere Stunden‹, ich will wieder heim«, sagte Clara mit Wehmut.

»Heute können wir wieder nach Hause«, versicherte er. »Die

Spurensicherung ist abgeschlossen, ein neues Schutzteam wartet auf uns. Camillo kann es kaum erwarten, von dir gekrault zu werden.«

»Oh Gott, Camillo«, rief Clara entsetzt auf. In den letzten beiden Tagen hatten ihr, Lukas und den alten Casparis der Schreck und die Aufregung noch so tief in den Knochen gesteckt, dass sie den jungen Berner Sennenhund glatt vergessen hatten. »Was ist mit ihm?«

»Auch er wurde betäubt. Die Kollegen hatten ihn in eine Tierklinik gebracht, wo er sich erst einmal erholt hat. Ecki war so nett und hat ihn vorhin wieder auf den Weiherhof gebracht.«

»Dann sollten wir uns schnell auf den Weg nach Hause machen«, rief sie und ging mit energischem Schritt los. Doch etwas in ihr wollte noch nicht mitgehen. Tief in ihr regte sich der Zweifel. Sie hielt inne und drehte sich zu Caspari um.

»Wird es wieder so sein wie früher, Christoph?«, fragte sie mit trockenem Mund.

»Nach dem, was wir in den letzten Wochen erlebt haben? Nein«, antwortete er freiheraus. »Aber ob das Morgen reicher und schöner wird als das Gestern, das liegt an uns, findest du nicht?«

Epilog

Es klopfte an der Haustür. Obwohl die Leute vom Personenschutz den Weiherhof noch immer bewachten, ging Caspari mit entsicherter Dienstwaffe zum Eingang. Durch den Türspion sah er ein bekanntes Gesicht. Er sicherte die Pistole und öffnete.

»Guten Tag, Dr. Caspari«, grüßte Samuel Rosenbaum. »Darf ich kurz hereinkommen?«

Überrascht ließ Caspari ihn eintreten.

»Sie wohnen ein gutes Stück von Wiesbaden entfernt. Fahren Sie die Strecke jeden Tag?«, wunderte sich Rosenbaum, während er Caspari in das Wohnzimmer folgte.

»Nicht jeden Tag. Dank dem Intranet kann ich viele Tätigkeiten von meinem heimischen Schreibtisch aus erledigen.«

»Ja, die Errungenschaften unserer modernen Welt«, sinnierte Rosenbaum. »Sie fragen sich sicher, warum ich einfach so ohne Voranmeldung hier hereinschneie. Nun, der Grund ist ganz einfach: Wir haben das Netzwerk komplett zerlegt.«

Caspari war erstaunt.

»Sie haben alle gekriegt? In nur drei Wochen?«

»Es musste ja schnell gehen. Bevor die Bande mitbekommen konnte, dass wir alle Informationen über sie haben, mussten wir die Mitglieder dingfest machen. Das war ein außerordentlicher Aufwand an Personal und Logistik. Aber wir haben es geschafft. Die meisten Mitglieder der Bande sitzen in Israel im Gefängnis und warten auf ihren Prozess. Natürlich auch Brüning und Keil.«

Caspari wurde heiß. »Die meisten Mitglieder …« Hörte der Alptraum denn nie auf?

»Oh nein, nicht, was Sie denken«, beruhigte ihn Rosenbaum. »Mit einigen der Verbrecher hatten wir sehr intensive Kämpfe. Nahkampf und Feuergefecht. Wir haben elf von ihnen getötet. Dabei haben wir leider selbst einen Mann verloren.«

»Das heißt, wir können uns wieder frei bewegen, ohne Schutzmannschaft und gepanzerte Wagen?«, fragte Caspari vorsichtig nach.

»Absolut, Dr. Caspari.«

Rosenbaum zog eine Flasche mit einer klaren Flüssigkeit aus seinem Mantel.

»Tahor Vodka. Koscherer Vodka aus Polen«, erklärte er. »Haben Sie zwei Gläser? Aber bitte keine Schnapsgläschen, sondern Wassergläser. So, wie es sich gehört.«

Caspari holte die Gläser aus der Küche, und Rosenbaum schenkte reichlich ein.

»Ohne Sie wüsste ich immer noch nicht, wer die Leute sind, die meinen Neffen auf dem Gewissen haben. Dank Ihrer guten Arbeit haben wir einen der Hauptlieferanten der Radikalen auf der Gegenseite ausgeschaltet. Ich bin Ihnen zu tiefstem Dank verpflichtet.« Er hob das Glas und prostete Caspari zu. *»Le' chajim!«*

»Le' chajim!«

Danke!

Mein Dank gilt den Menschen, ohne deren Unterstützung ich dieses Buch nicht hätte schreiben können:

Andrea Euler, Stephan Siemon und Valentina Krauss für ihre Ideen und Kommentare beim Entstehen dieses Krimis.

Meinem Selbstverteidigungsausbilder, dem Hauptkommissar Werner Dietrich, für seine Hilfe rund um das Thema Handfeuerwaffen und deren Manipulation.

Der Kriminaloberrätin Jenny Breede, die mir wie immer half, mich im Dschungel der Strukturen von Polizei und Justiz zurechtzufinden.

Dem Internisten Thomas Schröder, der mich in der Frage von Spuren radioaktiver Verstrahlung im menschlichen Körper beriet.

Meinen Literaturagenten Conny Heindl und Gerald Drews sowie dem Team vom Emons Verlag für die phantastische Betreuung.

Vielen Dank euch und Ihnen allen für diese großartige Unterstützung!